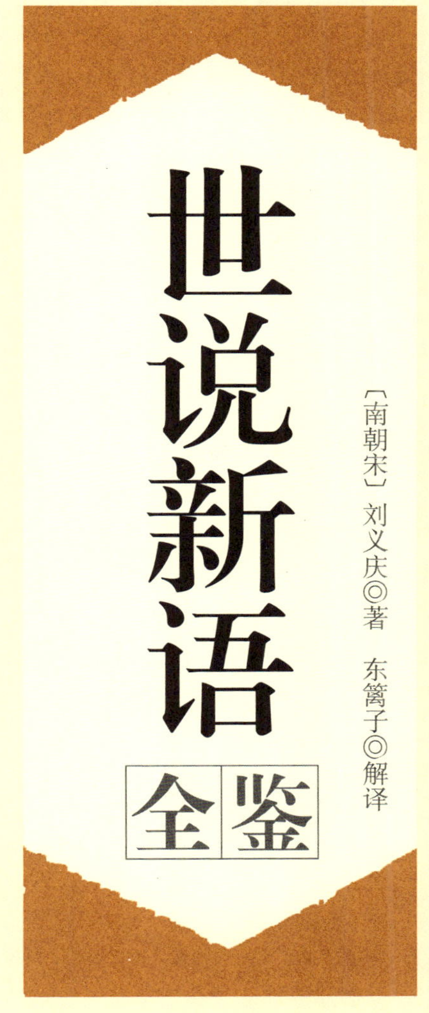

中国纺织出版社有限公司
国家一级出版社
全国百佳图书出版单位

内 容 提 要

《世说新语》主要记述了汉末到刘宋间名士的言行与逸事，主要内容为人物评论、清谈玄言和机智应对的故事等。全书按类分为德行、言语、政事、文学、方正、雅量等36门，1100多则。由于篇幅所限，本书在原著基础上精选出最具代表性的内容进行生动解译，读者可借此品读精华，了解士人风貌，以提高自身修养境界。

图书在版编目（CIP）数据

世说新语全鉴：珍藏版 /（南朝宋）刘义庆著；东篱子解译．—北京：中国纺织出版社有限公司，2019.8

ISBN 978-7-5180-6325-3

Ⅰ．①世…　Ⅱ．①刘…　②东…　Ⅲ．①笔记小说－中国－南朝时代②《世说新语》－译文③《世说新语》－注释　Ⅳ．①I242.1

中国版本图书馆CIP数据核字（2019）第126543号

策划编辑：张淑媛　　责任校对：寇晨晨　　责任印制：储志伟

中国纺织出版社有限公司出版发行
地址：北京市朝阳区百子湾东里A407号楼　邮政编码：100124
销售电话：010－87155894　传真：010－87155801
http：//www.c-textilep.com
E-mail：faxing@c-textilep.com
中国纺织出版社天猫旗舰店
官方微博 http://weibo.com/2119887771
北京华联印刷有限公司印刷　各地新华书店经销
2019年8月第1版第1次印刷
开本：710×1000　1/16　印张：20
字数：271千字　定价：68.00元

前言

《世说新语》是中国古代志人笔记的代表作。作者刘义庆（403—444），是南朝刘宋王朝的宗室，袭封临川王，曾任南兖州刺史等职。《宋书》说他"爱好文义""招聚文学之士，近远必至"。著有《徐州先贤传赞》九卷、《典叙》及志怪小说《幽明录》等。

《世说新语》全书共36门，1100多则，主要记载了东汉后期到刘宋间一些名士的言行与逸事。它的不少故事取材于魏晋时期作品《语林》《郭子》《名士传》等书。《世说新语》一书能使我们比较全面地了解魏晋南北朝时期笔记的内容和形式，可以说它是一部魏晋风流故事集，从而起到了名士"教科书"的作用。所谈的人物既有士族阶层，也有帝王将相；既有名媛才女，也有僧徒隐士等。内容包罗万象，涉及政治、经济、文学、思想、习俗、民生等诸多方面，是研究魏晋历史的极好史料。综观全书，可以得到魏晋时期几代士人的群像，进而了解那个时代上层社会的风尚。

《世说新语》在艺术上也有突出成就，具有较高的文学研究价值。作者刘义庆注重描写人物的形貌、才学、心理，善于抓住人物的特征，运用夸张描绘的方式，表现人物的性格；善于运用对比手法，把记言与记事结合起来，使人物形象活灵活现。在文笔上，以简洁明快、含蓄隽永、余味无穷著称于世，往往只言片语就鲜明地刻画出人物的内心。鲁迅曾经评论其“记言则玄远冷峻，记行则高简瑰奇”（《中国小说史略》）。

《世说新语》为后代留下了许多脍炙人口的名言佳句，其中的文学典故、人物事迹也多为后世作者所取材、引用，对后代笔记小说的影响极大。可以说，《世说新语》是一部蕴含思想深度、文学历史价值和玄远哲理的文化宝典。

就该书来说，刘义庆的实录有文学的浪漫，刘孝标的注解则有史学的严谨，文史结合，相得益彰，铸就了这本名著。

后世人们所心仪的任性自然、不拘小节、追求智慧的“魏晋风度”，在《世说新语》一书中得到淋漓尽致的体现。“魏晋风度”，对后世人们漫长无奈、风雨飘摇的人生里程，不失为一种甜蜜的安慰。

总之，《世说新语》是中国古代志人笔记的代表作，是中国传统文化宝库中一颗灿烂美丽的明珠，其巨大的文化价值为后世人们提供了丰厚的营养。正如明代学者胡应麟评介《世说新语》："读其语言，晋人面目气韵，恍惚生动，而简约玄淡，真致不穷，古今之绝唱也。"

为了更好地传播中华传统文化，我们参阅《世说新语》的多种版本，精心编写了此书。由于篇幅有限，在原著基础上，我们精选出最具代表性的内容，由此最大限度地保存原著内容的精华部分，对其进行生动的解译。相信阅读本书后，一定能让您更好地感悟和领略中国传统文化的独特魅力。

衷心希望本书能成为您全方位感受和理解《世说新语》这部传世佳作的良师益友。

本书平装本自出版以来，广受读者欢迎和喜爱。为满足大家的收藏、馈赠需要，现特以精装形式推出，敬请品鉴。

解译者

2019 年 2 月

目录

德行第一

【原典】

陈仲举言为士则①，行为世范，登车揽辔②，有澄清天下之志③。为豫章太守，至，便问徐孺子所在④，欲先看之。主簿白⑤："群情欲府君先入廨。"陈曰："武王式商容之闾⑥，席不暇暖。吾之礼贤，有何不可！"

【注释】

①陈仲举：陈蕃（？—168），字仲举，汝南平舆（今属河南）人。桓帝时官至太尉，与李膺等反对宦官专权，为太学生所敬重，被称为"不畏强御陈仲举"。灵帝立，为太傅，与外戚谋诛宦官，事泄被杀。言为士则：其言谈成为士子的准则。士，士子，读书人。②登车揽辔（pèi）：登上公车，手执缰绳。指赴任做官。辔，驾驭牲口的缰绳。③有澄清天下之志：指怀抱扫除奸佞使天下重归于清平之志向。《后汉书·陈壬列传》："蕃年十五，尝闲处一室，而庭宇芜秽。父友同郡薛勤来候之，谓蕃曰：'孺子何不洒扫以待宾客？'蕃曰：'大丈夫处世，当扫除天下，安事一室乎！'"④徐孺子：徐稚（97—168），字孺子，豫章南昌（今属江西）人。⑤主簿：官名，管文书印信，办理事务。府君：汉人对太守的称呼。廨（xiè）：官署。⑥武王：西周武王姬发，周王朝的建立者。闾（lǘ）：里门，巷口之门，指住处。

【译文】

陈蕃的言论是读书人的准则，行为是世人争相模仿的典范。他初次做官，就心怀使天下归于清平的志向。出任豫章太守时，一到任，就打听徐稚的住处，想先去拜访他。主簿禀报说："大家的意思是希望府君先进官署。"陈蕃说："周武王刚刚即位，就去拜访商容，当时连席都没有坐暖。我尊敬仰慕贤能之人，又有什么不可以呢！"

【原典】

周子居常云[①]："吾时月不见黄叔度[②]，则鄙吝之心已复生矣。"

【注释】

①周子居：周乘，字子居，东汉末汝南安城（今河南正阳东北）人，曾为泰山太守，在职时得惠政美誉，为时人所赞叹。②黄叔度：黄宪（75—122），字叔度，号征君，汝南慎阳（今河南正阳北）人，东汉著名贤士。

【译文】

周乘经常对人说："我数月要是见不到黄宪，庸俗贪婪的想法就又滋长起来了！"

【原典】

李元礼风格秀整，高自标持[①]，欲以天下名教是非为己任[②]。后进之士，有升其堂者，皆以为登龙门[③]。

【注释】

①高自标持：指人自视很高，很自负。②名教：以正名定分为主的儒家礼教。③登龙门：龙门，一名河津。喻指抬高声望。

【译文】

李膺的人格高雅出众，品性端庄，自视甚高，他把在全国推行儒家礼教、辨明是非当成自己的责任。后辈读书人有能到他的厅堂做客的，都自以为登上了龙门。

【原典】

李元礼尝叹荀淑、钟皓曰[①]："荀君清识难尚[②]，钟君至德可师。"

【注释】

①李元礼：李膺；荀淑：字季和，颍川颍阴（今河南许昌）人，荀子十一世孙，少有高行，博学。②清识：高明的见识。尚：超过。

【译文】

李膺曾经赞叹荀淑和钟皓说："荀君的见识非常高明，一般人将很难超过他；而钟君拥有人世间最美好的德行，是别人学习的榜样。"

【原典】

陈太丘诣荀朗陵[①]，贫俭无仆役。乃使元方将车[②]，季方持杖后从，长文尚小[③]，载著车中。既至，荀使叔慈应门[④]，慈明行酒[⑤]，余六龙下食[⑥]，文若亦小[⑦]，坐著膝前。于时太史奏："真人东行[⑧]。"

【注释】

①陈太丘：陈寔（shí）（104—187），字仲弓，颍川许昌（今河南许昌长葛市）人，东汉时期官员，因曾任太丘县长，故又称"陈太丘"。②元方：陈纪，字元方，陈寔长子。将车：赶车，驾车。③长文：陈群（？—236），字长文，陈寔之孙，陈纪之子。④叔慈：荀靖，字叔慈，荀淑第三子。⑤慈明：荀爽（128—190），字慈明，荀淑第六子。⑥余六龙：指荀淑其他六个儿子。下食：指上菜。⑦文若：荀彧（yù）（163—212），字文若，荀淑之孙。⑧真人：指陈、荀两家父子均为至德之人。

【译文】

陈寔去拜访荀淑，由于家境清贫俭朴，没有仆人可差遣，于是就叫长子陈纪亲自驾车，第六子陈谌拿着手杖跟在车后面，孙子陈群因为年幼，被放在车里面。到了荀淑家，荀淑叫自己的三儿子荀靖出来迎候客人，第六子荀爽给客人倒酒，其余的六子负责上菜，孙子荀彧坐在荀淑膝前。当时的太史上奏："有才德之士向东出行，这是上应天象之吉兆。"

【原典】

客有问陈季方："足下家君太丘有何功德而荷天下重名[①]？"季方曰："吾家君譬如桂树生泰山之阿，上有万仞之高[②]，下有不测之深；上为甘露所沾，下为渊泉所润。当斯之时，桂树焉知泰山之高，渊泉之深，不知有功德与无也！"

【注释】

①陈季方：即陈谌（chén），陈寔的第六个儿子。足下：对人之敬称。②仞：古代长度单位，八尺或七尺为一仞。

【译文】

有位客人问陈谌："您的父亲有哪些功勋和品德，而享有了天下如此好的声名？"陈谌说："我的父亲就好像生长在泰山山坳的一株桂树，上面是万丈高的陡壁山峰，下面有无法测量的深渊；树顶被甘露沾湿，树根为泉水滋润，在这样的时候，桂树又哪里会知道泰山有多高，深渊有多深？不知道这功德是有还是无！"

【原典】

陈元方子长文，有英才[①]，与季方子孝先各论其父功德[②]，争之不能决，咨于太丘[③]。太丘曰："元方难为兄[④]，季方难为弟。"

【注释】

①陈元方：陈纪。长文：陈群。英才：指杰出的才智。②孝先：陈忠，字孝先，陈谌之子。③咨：询问。④难为（wéi）：难做。

【译文】

陈元方的儿子陈长文，有杰出的才能，他和陈谌的儿子陈忠各自论述自己父亲的事业和品德，两人争执不下，便去问祖父陈寔。陈寔说："元方是哥哥，但未必胜过弟弟，季方是弟弟，也不一定不如哥哥。"

【原典】

荀巨伯远看友人疾，值胡贼攻郡[①]，友人语巨伯曰："吾今死矣，子可去！"巨伯曰："远来相视，子令吾去，败义以求生，岂荀巨伯所行邪？"贼既至，谓巨伯曰："大军至，一郡尽空，汝何男子，而敢独止？"巨伯曰："友人有疾，不忍委之[②]，宁以我身代友人命。"贼相谓曰："我辈无义之人，而入有义之国[③]！"遂班军而还，一郡并获全。

【注释】

①胡：我国古代对西北部少数民族的统称。②委：抛弃。③国：指地方。

【译文】

荀巨伯到很远的地方去探望生病的朋友，正好碰上外族强盗攻打郡城，朋友对荀巨伯说："我今天恐怕是活不成了，您可以走了！"荀巨伯说："我从很远的地方过来看您，您却叫我走；损害道义以求活命，这难道是我荀巨伯干的事吗？"强盗进了郡城，对荀巨伯说："大军到了，全城的人都跑光了，你是什么样的男子汉，竟敢一个人留下来？"荀巨伯说："朋友有病，我不忍心丢下他，我宁愿舍弃自己的性命代朋友去死。"强盗听了互相议论说："我们这些不讲道义的人，却侵入了有道义的地方！"于是就把军队撤回去了，全城也因此得以保全。

【原典】

华歆遇子弟甚整[①]，虽闲室之内[②]，严若朝典[③]。陈元方兄弟恣柔爱之道[④]，而二门之里，两不失雍熙之轨焉[⑤]。

【注释】

①华歆（huà xīn）（157—231）：字子鱼，魏平原高唐（今山东禹城西南）人，汉末魏初时名士，曹魏重臣。②闲室：指闲处在家之时。③朝典：朝廷举行的典礼。④陈元方兄弟：陈纪、陈谌。恣：任意，不受拘束。⑤雍熙：和乐的样子。轨：规矩、法度。

【译文】

华歆对晚辈很严格，即便在家里，也规矩得像奉守着朝廷典礼那样庄敬严肃。陈纪兄弟以温和友爱治家，但在家庭之内，这两家都没有失掉雍容平和的治家准则。

【原典】

管宁、华歆共园中锄菜[①]，见地有片金，管挥锄与瓦石不异，华捉而掷去之。又尝同席读书，有乘轩冕过门者[②]，宁读如故，歆废书出看。宁割席分坐，曰："子非吾友也！"

【注释】

①管宁（158—241）：字幼安，魏北海朱虚（今山东临朐东南）人。②轩冕：古代卿大夫的车服。

【译文】

管宁和华歆一同在菜园里刨地种菜，看到地上有一片金子，管宁不理会，把金子视同瓦片、石块，华歆则把金子捡起来再扔出去。还有一次，两人同坐在一张坐席上读书，有官员坐车从门口经过，管宁照样读书，华歆却扔下书本跑出去看。于是管宁割断席子与华歆分开坐，说道："你不是我的朋友。"

【原典】

王朗每以识度推华歆[①]。歆蜡日尝集子侄燕饮[②]，王亦学之。有人向张华说此事[③]，张曰："王之学华，皆是形骸之外[④]，去之所以更远。"

【注释】

①王朗（？—228）：本名严，后改为朗，字景兴，魏郯（今山东郯城）人，东汉末为三国经学家，曹魏初期重臣。②蜡（zhà）日：古代年终祭祀百神之日。③张华（232—300）：字茂先，范阳方城（今河北固安南）人，以博洽著称，著有《张司空集》《博物志》。④形骸（hài）：指人的形体。

【译文】

王朗时常推崇华歆的见识、气度。华歆曾在蜡祭那天，把子孙们聚到一起宴饮，王朗也学他的做法。有人和张华说起此事，张华说："王朗学华歆，学的都是些表面上的东西，因此距离华歆只会越来越远。"

【原典】

华歆、王朗俱乘船避难，有一人欲依附[①]，歆辄难之[②]。朗曰："幸尚宽，何为不可？"后贼追至，王欲舍所携人。歆曰："本所以疑[③]，正为此耳。既已纳其自托[④]，宁可以急相弃邪？"遂携拯如初[⑤]。世以此定华、王之优劣。

【注释】

①依附：跟从。②辄：立即。难（nàn）之：以为难，使人感到为难。③疑：犹豫。④自托：把自己托付给别人。⑤携拯：携带救助。

【译文】

华歆、王朗一同乘船避难，有一个人想搭他们的船，华歆马上对这一要求表示为难。王朗说："好在船还宽，为什么不可以搭呢？"后来敌兵追来了，王朗想抛弃搭船的人。华歆说："我当初犹豫，就是怕会出现这样的情况。既然刚才已经答应了他的请求，现在又怎么可以因为情况紧迫就抛弃他呢？"便仍旧带着并帮助他。世人于是就凭这件事来判定华歆和王朗的优劣。

【原典】

王祥事后母朱夫人甚谨[①]，家有一李树，结子殊好，母恒使守之[②]。时风雨忽至，祥抱树而泣。祥尝在别床眠，母自往暗斫之[③]。值祥私起，空斫得被。既还，知母憾之不已，因跪前请死。母于是感悟，爱之如己子。

【注释】

①王祥：魏晋时人，是一个孝子，因侍奉后母，年纪很大才进入仕途。②恒：经常。③暗斫（zhuó）：偷偷地砍杀。

【译文】

王祥对待他的后母朱夫人非常谦恭谨慎。他家有一棵李树，结的果实很好，后母一直让他看守那棵树。有一次，王祥正看守李树时忽然起了风雨，王祥就抱着树大哭起来。王祥曾经在另一张床上睡觉，后母躲在暗处准备暗中砍死王祥。正好那时王祥已起床，后母空砍在被子上。等到王祥回来，知道后母因为没能杀死他而遗憾不已，因而跪在后母面前请求一死。后母终于被王祥的孝心所感动，从此爱护他如同自己的亲生儿子一般。

【原典】

王戎云[①]："与嵇康居二十年，未尝见其喜愠之色。"

【注释】

①王戎（234—305）：字濬冲，琅玡临沂（今属山东）人，西晋名士，"竹林七贤"之一。

【译文】

王戎说："我和嵇康相处二十年，从未见过他有喜怒的表情。"

【原典】

王戎、和峤同时遭大丧，俱以孝称。王鸡骨支床[①]，和哭泣备礼。武帝谓刘仲雄曰："卿数省王、和不？闻和哀苦过礼，使人忧之。"仲雄曰："和峤虽备礼，神气不损；王戎虽不备礼，而哀毁骨立[②]。臣以和峤生孝[③]，王戎死孝[④]。陛下不应忧峤，而应忧戎。"

【注释】

①鸡骨支床：瘦骨嶙峋，支离床席。②哀毁骨立：形容悲哀过度，瘦弱不堪，剩个骨架立着。③生孝：指遵守丧礼而能注意不伤身体的孝行。④死孝：对父母尽哀悼之情而至于死的孝行。

【译文】

王戎和和峤同时丧母，都因为尽孝而著称。王戎骨瘦如柴，和峤哀痛哭泣，礼仪周到。晋武帝对刘毅说道："你经常去探望王戎、和峤吗？听说和峤过于悲痛，超出了礼法常规，真令人担忧。"刘毅说："和峤虽然礼仪周到，精神状态没有受到损伤；王戎虽然礼仪不周，可是伤心过度，伤了身体，骨瘦如柴。臣认为和峤是尽孝道而不毁生，王戎是以死去尽孝道。陛下不应为和峤担忧，而应该为王戎担忧。"

【原典】

王安丰遭艰[①]，至性过人[②]。裴令往吊之，曰："若使一恸果能伤人[③]，濬冲必不免灭性之讥。"

【注释】

①王安丰：即王戎。遭艰：遭遇父母的丧事。②至性：指孝顺父母之诚信。③一恸（tòng）：指悲哀之极。

【译文】

王戎遇到父母的丧事，哀痛之情超过一般人。中书令裴楷去吊唁后，说道："如果一次极度的悲哀真能伤害人的身体，那么王戎必定免不了会被讥讽为不听圣人教诲。"

【原典】

王戎父浑有令名[①]，官至凉州刺史。浑薨[②]，所历九郡义故，怀其德惠，相率致赙数百万[③]，戎悉不受。

【注释】

①令名：美好的名声。②薨（hōng）：古代称诸侯或大官之死。③赙（fù）：帮助别人办理丧事的钱财。

【译文】

王戎的父亲王浑享有很高的名望，做官做到凉州刺史。王浑死后，他在各州郡做官时的随从和旧部下，为了感念他生前的恩惠，大家凑了几百万钱送给王戎做丧葬费，王戎一概加以拒绝了。

【原典】

刘道真尝为徒[①]，扶风王骏以五百疋布赎之[②]，既而用为从事中郎[③]。当时以为美事。

【注释】

①刘道真：刘宝，字道真，山阳郡高平人（今山东邹城西南）。②扶风王骏：司马骏（约232—286），字子臧，河内郡温县（今河南温县）人，晋宣帝司马懿第七子。③既而：不久。从事中郎：官名，将帅的僚属。

【译文】

刘道真原来是个罚服劳役的罪犯，扶风王司马骏用五百匹布将他从牢里赎了出来，不久又任用他做从事中郎。这件事情在当时广被人们传诵。

【原典】

郗公值永嘉丧乱[①]，在乡里甚穷馁[②]。乡人以公名德，传共饴之[③]。公常携兄子迈及外生周翼二小儿往食[④]。乡人曰："各自饥困，以君之贤，欲共济君耳，恐不能兼有所存。"公于是独往食，辄含饭著两颊边，还吐与二儿。后并得存，同过江。郗公亡，翼为剡县，解职归，席苫于公灵床头，心丧终三年[⑤]。

【注释】

①郗（xī）公：郗鉴，字道徽，博学儒雅著称，官至太尉。值：恰逢，正赶上。永嘉丧乱：晋怀帝永嘉年间（307—313），政治腐败，民不聊生，永嘉五年（公元311年），匈奴南侵，攻破洛阳，俘虏怀帝，焚毁全城，史称"永嘉丧乱"，西晋由此衰亡。②穷馁（něi）：穷困饥饿。③传：轮流。饴（sì）：同"饲"，给人吃。④迈：郗迈，字思远，官至少府、中护军。⑤心丧：指不穿丧服，在心中悼念。

【译文】

郗鉴恰逢永嘉丧乱时，避居乡下，生活非常穷困，甚至要靠挨饿过日子。乡里人都很尊敬郗公的名望和德行，就决定轮流给他做饭吃。郗公带着侄子郗迈和外甥周翼一起去吃饭。乡里人说："大家都饥饿困乏，因为您的贤德，所以我们要共同帮助您，如果再加上两个孩子，恐怕就不能一同养活了。"从此郗公就一个人去吃饭，把饭含在两颊旁，回来后吐给两个孩子吃。两个孩子活了下来，一同南渡过江。郗公去世时，周翼任剡县令，他辞职回家，在郗公灵床前铺了草垫守孝，整整守了三年心丧。

【原典】

顾荣在洛阳[①]，尝应人请，觉行炙人有欲炙之色[②]，因辍己施焉。同坐嗤之[③]。荣曰："岂有终日执之，而不知其味者乎？"后遭乱渡江[④]，每

经危急，常有一人左右己[⑤]，问其所以，乃受炙人也。

【注释】

①顾荣（？—312）：字彦先，吴郡（今江苏苏州）人。②行炙人：端送烤肉的侍者。炙，烤肉。③同坐：同席的人。④乱：指“永嘉之乱”。⑤左右：相帮，相助。

【译文】

顾荣在洛阳的时候，有一次应友人邀请去赴宴。宴会上，他发现上菜的人有想吃烤肉的神情，于是就把自己那一份烤肉让给了他。同席的人都笑话顾荣，顾荣说：“哪有整天做烤肉而不知它滋味的人呢？”后来遭遇永嘉之乱，顾荣随大家一起纷纷渡江避难，每次遇到危急，总有一人帮助自己，顾荣问他缘故，原来正是那个接受烤肉的人。

【原典】

祖光禄少孤贫[①]，性至孝，常自为母炊爨作食[②]。王平北闻其佳名，以两婢饷之，因取为中郎。有人戏之者曰：“奴价倍婢[③]。”祖云：“百里奚亦何必轻于五羖之皮邪[④]？”

【注释】

①祖光禄：祖纳，字士言，晋范阳遒县（今河北涞水北）人。②炊爨（cuàn）：烧火做饭。③奴：指男性奴仆。婢：指女奴。④羖（gǔ）：黑色公羊。

【译文】

祖纳少年时死了父亲，家境十分贫寒，他生性孝顺，经常亲自给母亲烧火做饭。平北将军王乂听到祖纳的好名声，就把两个婢女送给他，并任用他做中郎。有人跟祖纳开玩笑说：“奴仆的身价比婢女多一倍。”祖纳说：“百里奚的身价又怎么会比五张羊皮轻贱呢？”

【原典】

周镇罢临川郡还都[①]，未及上住泊青溪渚[②]。王丞相往看之[③]。时夏月，暴雨卒至，舫至狭小，而又大漏，殆无复坐处。王曰：“胡威之清[④]，何以过此！”即启用为吴兴郡[⑤]。

【注释】

①周镇：字康时，晋陈留尉氏（今属河南）人，为人清约寡欲，有政绩，官临川、吴兴郡守。②上住：上岸住宿。渚（zhǔ）：水中的小块陆地。③王丞相：王导（276—339），字茂弘，琅邪临沂（今属山东）人。④胡威（？—280）：字伯武，一名貔，淮南寿春（今安徽寿州）人。⑤启用：举用，荐举任用。

【译文】

周镇从临川郡解任回到京都，还没来得及上岸，将船停在青溪岸边。丞相王导去看望他。当时正是夏天，突然下起暴雨来，船很狭窄，而且雨漏得厉害，几乎没有可坐的地方。王导说："胡威的清廉，怎么可能会超过这种情况呢！"王丞相于是立刻起用周镇做吴兴郡太守。

【原典】

邓攸始避难[①]，于道中弃己子，全弟子。既过江，取一妾，甚宠爱。历年后讯其所由[②]，妾具说是北人遭乱[③]，忆父母姓名，乃攸之甥也。攸素有德业，言行无玷[④]，闻之哀恨终身，遂不复畜妾[⑤]。

【注释】

①邓攸（？—326）：字伯道，襄陵（今属山西）人，幼年时以恪尽孝道而著称。②所由：指出身，来历。由，由来，来历。③具说：详细诉说。④玷（diàn）：白玉上的瑕疵，喻指污点。⑤畜：原为畜养禽兽，这里指纳妾。

【译文】

邓攸当初避永嘉之乱时，在半路上狠心抛下自己的儿子，保全了弟弟的儿子。过江南渡以后，娶了一个小妾，非常宠爱。一年后问她的身世来由，她便详细地诉说自己是北方人，因遭逢战乱，逃难到江南，回忆起父母的姓名，原来她竟然是邓攸的外甥女。邓攸在德行方面一向对自己要求很高，言谈举止上也很少有瑕疵，听了这件事，邓攸伤心后悔了一辈子，从那时起，他就再也没有娶过妾了。

【原典】

桓常侍闻人道深公者①，辄曰："此公既有宿名②，加先达知称③，又与先人至交④，不宜说之。"

【注释】

①桓常侍：桓彝，字茂伦，晋谯国龙亢（今安徽怀远）人。深公：名道潜，字法深，晋高僧。②宿名：久为人知的名望。③先达：前辈。知称：赞扬称许。④先人：指去世的父亲。

【译文】

散骑常侍桓彝听人议论法深和尚，就说："此公素有美名，而且受到前辈贤达的赞扬和赏识，他又是我先父的好友，所以我看不应该议论他。"

【原典】

阮光禄在剡①，曾有好车，借者无不皆给。有人葬母，意欲借而不敢言②。阮后闻之，叹曰："吾有车而使人不敢借，何以车为？"遂焚之③。

【注释】

①阮（ruǎn）光禄：阮裕，字思旷，陈留尉氏（今属河南）人，以德业著称，又因曾做过金紫光禄大夫，故称阮光禄。剡（shàn）：县名，在今浙江嵊州西南。②意：心里。③遂：就，于是。

【译文】

光禄大夫阮裕在剡县的时候，曾经有一辆很好的车，不管谁向他借车，没有不借的。有个人要葬母亲，心想借车，可却不敢开口。阮裕后来听说这件事，叹息说："我虽然有车，但是人不敢来借，那我要车还有什么用呢！"于是就一把火将车子烧了。

【原典】

谢奕作剡令[①]，有一老翁犯法，谢以醇酒罚之，乃至过醉而犹未已[②]。太傅时年七八岁[③]，著青布绔，在兄膝边坐，谏曰："阿兄！老翁可念，何可作此。"奕于是改容曰[④]："阿奴欲放去邪[⑤]？"遂遣之。

【注释】

①谢奕：字无奕，东晋陈郡阳夏（今河南太康）人。令：县令，一县的行政长官。②已：停止。③太傅：即谢安（320—385），字安石，少有重名，年四十余方出仕，初为桓温司马，后任吴兴太守。④改容：指由严厉的脸色改变为温和的脸色。容：脸上的神情或气色。⑤阿奴：魏晋南北朝间年长者对幼者的爱称。

【译文】

谢奕做剡县县令的时候，有一个老头犯了法，谢奕就拿醇酒罚他喝，以至醉得很厉害，却还不停罚。谢安当时只有七八岁，穿一条青布裤，在他哥哥膝上坐着，劝告说："哥哥，老人家看起来真可怜，怎么可以对他做这种事！"谢奕脸色立刻缓和下来，说道："你要把他放走吗？"于是就把那个老人打发走了。

【原典】

谢太傅绝重褚公[①]，常称[②]："褚季野虽不言，而四时之气亦备[③]。"

【注释】

①谢太傅：即谢安。褚（chǔ）公：指褚裒（póu）（303—349），字季野，河南阳翟（今河南禹县）人。②常：通"尝"，曾经。③气：气象，指冷热风雨阴晴等现象。

【译文】

太傅谢安非常敬重褚裒，曾经称颂说："褚裒虽然口里不说，可是心里正像一年四季的气象那样，样样都有。"

【原典】

刘尹在郡[1]，临终绵惙[2]，闻阁下祠神鼓舞[3]。正色曰："莫得淫祀[4]！"外请杀车中牛祭神，真长答曰："丘之祷久矣[5]，勿复为烦。"

【注释】

①刘尹：刘惔（tán），字真长，晋沛国相（今安徽濉溪西北）人，汉室之裔，明帝女婿。郡，这里指丹阳郡，治所在今江苏南京东南，是护卫京师的重要地区。②绵惙（chuò）：指气息微弱，这里指弥留之际奄奄一息的样子。③阁下：阁楼下。鼓舞：击鼓跳舞，一种祭祀的仪式。④淫祀：滥行祭祀。⑤丘之祷久矣：语出《论语·述而》，有次孔子得了重病，弟子子路请求允许向神祷告，孔子说："丘之祷久矣。"委婉地拒绝了子路的请求。

【译文】

刘惔在丹阳郡任上，临终弥留之际，听见供神佛的阁楼下正在击鼓舞蹈，举行祭祀。他便神色严肃地说："不要滥行祭祀！"他的属员请求杀掉驾车的牛来举行祭祀，刘惔回答说："我早就祷告过了，不要再做烦扰人的事情了。"

【原典】

谢公夫人教儿[1]，问太傅[2]："那得初不见君教儿[3]？"答曰："我常自教儿[4]。"

【注释】

①谢公夫人：谢安夫人。②太傅：即谢安。③那得：怎么。初不：从未。④我常自教儿：指自己的为人处世，都是儿子所能看到、听到的，可以效法，是一种言传身教。

【译文】

谢安的夫人在教导儿子时，追问太傅谢安："怎么从来没有见你教导过儿子？"谢安回答说："我经常以自身言行教导儿子。"

【原典】

晋简文为抚军时[①]，所坐床上尘不听拂[②]，见鼠行迹，视以为佳。有参军见鼠白日行[③]，以手板批杀之[④]，抚军意色不说。门下起弹，教曰[⑤]：“鼠被害，尚不能忘怀，今复以鼠损人，无乃不可乎[⑥]？”

【注释】

①晋简文：东晋简文帝司马昱（320—372），字道万，元帝少子，即位前封会稽王，任抚军将军，后又进位抚军大将军、丞相。②床：古时坐、卧之具，这里指坐具。③参军：将军府属下的官员。④手板：即“笏（hù）”，古代官吏上朝或谒见上司时拿在手中的狭长板子，上面可以记事。⑤教：上对下的告谕。⑥无乃：岂不是，表示委婉语气。

【译文】

晋简文帝任抚军大将军时，所坐床榻上的灰尘不让擦去，看见上面有老鼠爬过的痕迹，反而认为很好。有位参军看见老鼠白天走出来，就拿手板把老鼠打死了，抚军露出很不高兴的神色。门客站起来弹劾，抚军劝告他说：“老鼠给打死了，尚且不能忘怀，现在又为了一只老鼠去损伤人，恐怕不行吧？”

【原典】

范宣年八岁[①]，后园挑菜，误伤指，大啼。人问：“痛邪？”答曰：“非为痛，身体发肤，不敢毁伤，是以啼耳[②]！”宣洁行廉约[③]，韩豫章遗绢百匹[④]，不受。减五十匹，复不受。如是减半，遂至一匹，既终不受。韩后与范同载，就车中裂二丈与范，云：“人宁可使妇无裈邪[⑤]？”范笑而受之。

【注释】

①范宣：字子宣，晋陈留（今属河南）人。②身体发肤，不敢毁伤：语出《孝经》：“身体发肤，受之父母，不敢毁伤，孝之始也。”身，躯干。体，头和四肢。③洁行廉约：品行高洁，清廉俭朴。④韩豫章：韩伯（？—约385），字康伯，颍川长社（今河南长葛）人，历任豫章太守、镇

军将军等。⑤帏（kūn）：同“裈”。满裆裤。

【译文】

范宣八岁时，在后园挖菜，不小心弄伤了手指，就大哭起来。有人问他：“很疼吗？”他回答说：“不是因为疼，人的身体发肤都来自于父母，不该随意毁伤，因此才哭！”范宣品行高洁，为人清廉简朴，豫章太守韩伯送给他一百匹绢，他不肯收下；减去五十匹，仍不接受；就这样一半一半地递减，直到剩下一匹绢，范宣仍然不肯接受。后来韩伯邀范宣一起坐车，韩伯便在车里撕下二丈绢给范宣，说：“作为丈夫难道能让妻子没有裤子穿吗？”范宣才笑着把绢收下了。

【原典】

王子敬病笃[①]，道家上章应首过[②]，问子敬：“由来有何异同得失[③]？”子敬云：“不觉有余事，惟忆与郗家离婚[④]。”

【注释】

①王子敬：王献之，字子敬，是晋代大书法家王羲之最小的儿子，擅书法，尤擅草书，与王羲之并称“二王”。②道家：指道教。③由来：向来，一向。异同，指和平常不同的。④与郗家离婚：指王献之曾娶郗昙的女儿为妻，后两人离婚之事。

【译文】

王献之病危，请道士主持上表文祷告，本人应该坦白过错，道士问献之，“一向有什么异常和过错？”献之说：“想不起有别的事，只记得和郗家离过婚。”

【原典】

殷仲堪既为荆州[①]，值水俭[②]，食常五碗盘[③]，外无余肴。饭粒脱落盘席闲，辄拾以啖之。虽欲率物[④]，亦缘其性真素[⑤]。每语子弟云：“勿以我受任方州[⑥]，云我豁平昔时意。今吾处之不易。贫者士之常，焉得登枝而捐其本！尔曹其存之！”

【注释】

①殷仲堪（？—399）：陈郡（今河南淮阳）人，东晋太常殷融之孙，晋陵太守殷师之子。②水：水灾。俭：年成歉收。③五碗盘：每套由一个圆形托盘及盛放于其中的五只小碗组成，故名。④率物：为人表率。物，人。⑤真素：自然坦率，不做作。⑥方州：大州。方，大。

【译文】

殷仲堪任荆州刺史后，赶上该地区水涝歉收，他每天吃饭时常常只用五碗盘盛菜，此外就没有什么荤菜了，如有饭粒掉在餐桌上，总要捡起来吃掉。这样做虽然是有心为人表率，却也是由于生性朴素使然。殷仲堪常常对子弟们说："不要因为我出任一州长官，就认为我会把平素的意愿操守都丢弃掉。如今，我处在这个位置上很不容易。清贫是读书人的本分，怎么能够登上高枝就抛弃它的根本呢！你们要记住这个道理。"

【原典】

桓南郡既破殷荆州，收殷将佐十许人[①]，咨议罗企生亦在焉[②]。桓素待企生厚，将有所戮，先遣人语云："若谢我，当释罪。"企生答曰："为殷荆州吏，今荆州奔亡，存亡未判，我何颜谢桓公？"既出市，桓又遣人问欲何言，答曰："昔晋文王杀嵇康，而嵇绍为晋忠臣。从公乞一弟以养老母。"桓亦如言宥之。桓先曾以一羔裘与企生母胡，胡时在豫章，企生问至，即日焚裘。

【注释】

①收：逮捕。将佐：将领和僚属。②咨议：官名，晋以后王府设咨议参军，以备咨询谋议，简称"咨议"。罗企生：字仲伯，晋豫章（今江西南昌）人，时任殷仲堪幕府咨议参军。

【译文】

桓玄打败荆州刺史殷仲堪后，逮捕了殷仲堪的部将僚属十来人，咨议参军罗企生也在里面。桓玄一向优待罗企生，当他打算杀掉一些人的时候，先派人去告诉企生说："如果向我认罪，一定免你一死。"企生回答说："我是殷荆州的官吏，现在荆州老少还在逃亡，生死不明，我有什么颜面向桓公谢罪？”押赴刑场以后，桓玄又派人前去问他还有什么话要说，企生答道：“过去晋文王杀了嵇康，可是他儿子嵇绍却做了晋室的忠臣；因此我想请桓公留下我一个弟弟来奉养老母亲。”桓玄就按他的要求赦免了他弟弟的罪。

桓玄曾经送给罗企生母亲胡氏一件羔皮袍子，这时胡氏在豫章，当企生被害的消息传来时，她当天就把那件皮袍子给烧了。

【原典】

王恭从会稽还①，王大看之②，见其坐六尺簟③，因语恭：“卿东来，故应有此物，可以一领及我。”恭无言。大去后，即举所坐者送之。既无余席，便坐荐上④。后大闻之甚惊，曰：“吾本谓卿多⑤，故求耳。”对曰：“丈人不悉恭⑥，恭作人无长物。”

【注释】

①王恭（？—398），字孝伯，太原晋阳（今山西太原）人，东晋重臣。会稽：郡名，治所在今绍兴。②王大：即王忱，王恭的族叔。③簟（diàn）：竹席。④荐：草垫子。⑤卿：六朝时，尊辈称晚辈，或同辈熟人间的亲热称呼。⑥丈人：古代晚辈对长辈或老人的敬称。

【译文】

王恭从会稽回来后，王忱去看他，看见他坐着一张六尺长的竹席子，便对王恭说："你从东边回来，自然会有这种东西，可以拿一张给我。"王恭没有说什么。王忱走后，王恭就拿起所坐的那张竹席送给王忱。既没有多余的竹席，就坐在草席子上。后来王忱听说这件事，很吃惊，对王恭说："我原本以为你有很多这样的东西，所以才问你要呢。"王恭回答说："你不了解我，我为人身边从来没有多余的东西。"

【原典】

吴郡陈遗①，家至孝，母好食铛底焦饭②。遗作郡主簿③，恒装一囊，每煮食，辄贮录焦饭④，归以遗母。后值孙恩贼出吴郡⑤，袁府君即日便征⑥，遗已聚敛得数斗焦饭，未展归家，遂带以从军。战于沪渎⑦，败。军人溃散，逃走山泽，皆多饥死，遗独以焦饭得活。时人以为纯孝之报也。

【注释】

①吴郡：郡名，治所在今江苏苏州。②铛（chēng）：一种平底浅锅。焦饭：锅巴。③主簿：官名，负责文书簿籍等事。④贮录：储藏。录，收藏。⑤孙恩（？—402）：字灵秀，琅邪（今属山东）人。⑥袁府君：即袁山松（？—401），一名菘，阳夏（今河南太康）人。⑦沪渎（dú）：水名，在上海东北吴淞江下游近海处。

【译文】

吴郡人陈遗在家极为孝顺，他母亲喜欢吃锅底的焦饭。陈遗在担任郡太守的下属负责文书的官员的时候，总是常带一只口袋，每次煮饭，总是把锅底焦饭装起来，带回家给母亲吃。后来遇上孙恩在吴郡叛乱，内史袁山松马上要出兵征讨，这时陈遗已经积攒了几斗焦饭，还来不及送回家，就带着跟随军队出发了。双方在沪渎开战，袁山松战败了，军队散乱，军人们都逃跑到山林沼泽地带，多数人饿死了，只有陈遗靠着焦饭活了下来。当时人都认为这是对他纯厚孝心的好报。

【原典】

吴道助、附子兄弟[①]，居在丹阳郡后。遭母童夫人艰[②]，朝夕哭临[③]。及思至，宾客吊省，号踊哀绝，路人为之落泪。韩康伯时为丹阳尹，母殷在郡，每闻二吴之哭，辄为凄恻。语康伯曰："汝若为选官[④]，当好料理此人。"康伯亦甚相知。韩后果为吏部尚书[⑤]。大吴不免哀制[⑥]，小吴遂大贵达。

【注释】

①吴道助：吴坦之，字处靖，小字道助，晋濮阳鄄城（今属山东）人。附子：吴隐之，字处默，小字附子，官晋陵太史、广州刺史等。②艰：忧，遭父母之丧为丁忧，亦称丁艰。③哭临：举行哀悼仪式痛哭流涕。④选官：负责选拔官员的长官。⑤吏部尚书：吏部的行政长官，主要掌管官吏的任免、考核、升降、调动等。⑥不免哀制：指经不起丧亲的悲痛而死。

【译文】

吴坦之和吴隐之兄弟俩住在丹阳郡官署的后面。不幸碰上母亲童夫人逝世，他们在早晚哭吊，等到守孝期到，宾客来吊唁时，都顿足号哭，哀恸欲绝，过路的人也因此落泪。当时韩伯任丹阳尹，母亲殷氏住在郡府中，每逢听到吴家兄弟俩的哭声，总是感到非常哀伤。她对韩伯说："你将来要是做了选官，要好好照顾这两个人。"韩伯对他们十分了解。后来韩伯果然出任吏部尚书。这时大吴坦之已经死了，小吴隐之后来做了大官，且十分显贵。

言语第二

【原典】

边文礼见袁奉高[1]，失次序[2]。奉高曰："昔尧聘许由，面无怍色[3]，先生何为颠倒衣裳[4]？"文礼答曰："明府初临[5]，尧德未彰，是以贱民颠倒衣裳耳。"

【注释】

①边文礼：边让，字文礼，东汉陈留浚仪（今属河南）人。袁奉高：袁阆，字奉高。②失次序：指举止失措。③怍（zuò）色：惭愧的神色。④颠倒衣裳：语出《诗经·齐风·东方未明》："东方未明，颠倒衣裳。颠之倒之，自公召之。"此指把衣服穿颠倒了。⑤明府：对太守的尊称。

【译文】

边让谒见袁阆的时候，举止失措。袁阆说："古时候尧请许由出来做官，许由的脸上没有流露出丝毫愧色。先生为什么弄得颠倒了衣裳呢？"文礼回答说："您刚到任，如尧般的大德还没有明显表现出来，所以我才颠倒了衣裳呢！"

【原典】

徐孺子年九岁[1]，尝月下戏。人语之曰："若令月中无物[2]，当极明邪？"徐曰："不然，譬如人眼中有瞳子，无此必不明。"

【注释】

①徐孺子：徐稚。②若令：如果。物：传说月亮中有嫦娥、玉兔、桂树和三条腿的蟾蜍。

【译文】

徐孺子九岁时，有一次在月光下玩耍，有人对他说："如果月亮里面

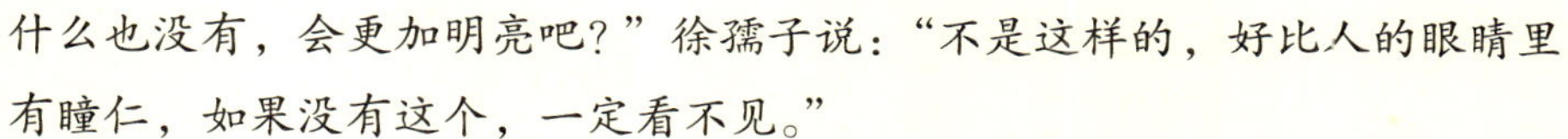
什么也没有，会更加明亮吧？”徐孺子说：“不是这样的，好比人的眼睛里有瞳仁，如果没有这个，一定看不见。”

【原典】

孔文举年十岁[①]，随父到洛。时李元礼有盛名[②]，为司隶校尉[③]，诣门者皆俊才清称及中表亲戚乃通[④]。文举至门，谓吏曰：“我是李府君亲。”既通，前坐。元礼问曰：“君与仆有何亲？”对曰：“昔先君仲尼与君先人伯阳，有师资之尊，是仆与君奕世为通好也[⑤]。”元礼及宾客莫不奇之。太中大夫陈韪后至[⑥]，人以其语语之。韪曰：“小时了了，大未必佳！”文举曰：“想君小时，必当了了！”韪大踧踖。

【注释】

①孔文举：孔融（153—208），字文举，鲁国（今山东曲阜）人。②李元礼：李膺。③司隶校尉：汉至魏晋监察京师和地方的监察官。④俊才清称：杰出之士有高雅的名望者。中表亲戚：泛指内外亲戚。⑤奕世：累世，一代接一代。⑥太中大夫：官名，主管议论政事。

【译文】

孔融十岁时，跟随父亲到洛阳。当时李膺很有名望，担任司隶校尉。但凡登门拜访的都是杰出的人才、享有清名的人，以及他的内外亲戚，只有这些人才被允许通报进门。孔融到了他门口，对守门人说：“我是李府君的亲戚。”通报后，孔融进去坐在前面。李膺问道：“你和我是什么亲戚啊？”孔融回答说：“从前我的先人孔仲尼和您的先人李伯阳有师友之亲，这样说来，我与您是世代通家之好。”李膺和宾客们对他的回答没有不感到惊奇的。这时，太中大夫陈韪刚进来，有人把孔融的话告诉了他。陈韪说：“小时聪明伶俐，长大后未必会怎么样。”孔融应声说：“照您这样说，您小时候想必是非常聪明伶俐的了！”陈韪非常尴尬。

【原典】

孔融被收[①]，中外惶怖[②]。时融儿大者九岁，小者八岁。二儿故琢钉戏[③]，了无遽容。融谓使者曰：“冀罪止于身，二儿可得全不[④]？”儿徐进曰："大人岂见覆巢之下[⑤]，复有完卵乎？"寻亦收至[⑥]。

【注释】

①孔融被收：指孔融被曹操逮捕一事。②中外：指朝廷内外。③琢钉戏：古时一种儿童游戏。④不（fǒu）：通"否"。⑤大人：对父亲的敬称。⑥寻：不久。

【译文】

孔融被曹操逮捕，朝廷内外众人都很惊恐。当时，孔融的儿子大的才九岁，小的仅八岁，两个孩子仍然在玩琢钉戏，一点也没有恐惧的样子。孔融对前来逮捕他的人说："希望惩罚只限于我自己，两个孩子能否得以保全性命？"这时，两个儿子不慌不忙地上前说："父亲难道看见过打翻的鸟巢下面还有完整的蛋吗？"不久，专程来逮捕两个儿子的差使也到了。

【原典】

荀慈明与汝南袁阆相见[①]，问颍川人士，慈明先及诸兄。阆笑曰："士但可因亲旧而已乎[②]？"慈明曰："足下相难，依据者何经？"阆曰："方问国士[③]，而及诸兄，是以尤之耳。"慈明曰："昔者祁奚内举不失其子，外举不失其仇，以为至公。公旦《文王》之诗，不论尧舜之德，而颂文武者[④]，亲亲之义也[⑤]。《春秋》之义，内其国而外诸夏。且不爱其亲而爱他人者，不为悖德乎？"

【注释】

①荀慈明：荀爽。②因：依靠。③国士：全国推崇的才德之士。④文武：周文王姬昌及周武王姬发。⑤亲亲：热爱亲人。

【译文】

荀爽和汝南袁阆见面时，袁阆问荀爽颍川郡都有哪些有才德之士，荀爽先提到自己的几位兄长。袁阆便嘲讽他说："难道才德之士只能倚靠亲朋故旧来扬名吗？"荀爽说："您责备我，可有什么依据？"袁阆说："我刚才问的是国士，你却只谈自己的诸位兄长，因此我才责问你呀！"荀爽说："从前祁奚在推荐人才时，对内不忽略自己的儿子，对外不忽略自己的仇人，正因为这样人们才认为他是最公正无私的。又如周公姬作《文王》时，不去叙

说远古帝王尧和舜的德政，却歌颂周文王、周武王，这是符合热爱亲人这一大义的。《春秋》记事的原则是：把本国看成亲的，把诸侯国看成疏的，再说不爱自己的亲人而爱别人的人，岂不是违反了道德准则吗？”

【原典】

南郡庞士元闻司马德操在颍川[①]，故二千里候之[②]。至，遇德操采桑，士元从车中谓曰：“吾闻丈夫处世，当带金佩紫[③]，焉有屈洪流之量[④]，而执丝妇之事？”德操曰：“子且下车，子适知邪径之速，不虑失道之迷。昔伯成耦耕，不慕诸侯之荣；原宪桑枢[⑤]，不易有官之宅。何有坐则华屋，行则肥马，侍女数十，然后为奇？此乃许、父所以忼慨，夷、齐所以长叹。虽有窃秦之爵[⑥]，千驷之富，不足贵也！”士元曰：“仆生出边垂，寡见大义。若不一叩洪钟，伐雷鼓，则不识其音响也。”

【注释】

①南郡：郡名，辖境内有今湖北襄樊、荆门、洪湖等地，治所在今湖北江陵东北。庞士元：庞统（179—214），字士元，号凤雏，汉时荆州襄阳（今湖北襄阳）人。司马德操：司马徽（？—208），字德操，颍川阳翟（今河南禹州）人，善于知人，有“水镜”之称。②故：特，特地。③带金佩紫：佩带金印紫绶带，汉时只有相国、列侯等才能带金佩紫。④洪流之量：比喻才能、气度之大如同浩大的水流。⑤原宪：春秋时鲁国人，一说宋人，字子思，孔子学生。⑥窃秦之爵：指吕不韦以计谋窃取秦国的爵位。

【译文】

南郡庞统听说司马徽住在颍川，专程走了两千里路去拜访他。到了那里，碰上司马徽正在采桑叶，庞统就在车里对司马徽说：“我听说大丈夫处世，就应该做大官，办大事，哪有压抑住自己长江大河的度量，去做蚕妇专门做的事情呢？”司马徽说：“您赶紧下车来。您只知道走小路快，却不担心自己会迷路。从前伯成宁愿回家种地，也不羡慕做诸侯的荣耀；原宪宁愿住在破屋里，也不愿住达官的住宅。哪里有住就要住在豪华的宫室里，出门就必须肥马轻车，左右要有几十个婢妾侍候，然后才能算是与众不同的道理呢？这正是隐士许由、巢父慷慨辞让天下的原因，也是清廉之士伯夷、叔齐长叹的缘由之所在。就算有吕不韦那样从秦国窃取的官爵，有齐景公那样拥有四千匹马的富有，这样的人也是不值得尊重和羡慕的。”庞统说：“我出生在边远偏僻的地方，很少见识到大道理。如果不叩击大钟，敲打雷鼓，那真是就不知道您的音容了。”

【原典】

刘公干以失敬罹罪[①]，文帝问曰[②]：“卿何以不谨于文宪[③]？”桢答曰：“臣诚庸短，亦由陛下纲目不疏[④]。”

【注释】

①刘公干：刘桢（？—217），字公干，东平宁阳（今属山东）人，东汉名士，建安七子之一。罹罪：遭受罪罚。罹（lí），遭受。②文帝：曹丕（187—226），字子桓，曹操次子。③文宪：法规。④纲目：法网。

【译文】

刘桢因为失敬受到判罪。曹丕问他：“你为什么不注意法纪呢？”刘桢回答说：“臣确实平庸浅陋，但也是由于陛下法网严密。”

【原典】

钟毓、钟会少有令誉[①]。年十三，魏文帝闻之，语其父钟繇曰[②]：“可令二子来。”于是敕见[③]。毓面有汗，帝曰：“卿面何以汗？”毓对曰：“战战惶惶，汗出如浆。”复问会：“卿何以不汗？”对曰：“战战栗栗，汗不敢出。”

【注释】

①钟毓（yù）（？—263）：字稚叔，魏颍川长社（今河南长葛东北）人，三国时期魏国大臣，太傅钟繇之子，司徒钟会之兄。钟会（225—264）：字士季，魏颍川长社（今河南长葛东北）人，官至司徒，为司马昭重要谋士。②钟繇（yáo）（151—230）：字元常，东汉末为黄门侍郎，三国时期曹魏著名书法家、政治家。③敕（chì）：皇帝的命令。

【译文】

钟毓、钟会兄弟俩少年时就有好名声，钟毓十三岁时，魏文帝听说他们俩，便对他们的父亲钟繇说：“可以叫两个孩子来见我。”于是下令赐

见。进见时钟毓脸上有汗，文帝问道："你脸上为什么出汗？"钟毓回答说："战战惶惶，汗出如浆。"文帝又问钟会："你为什么不出汗？"钟会回答说："战战栗栗，汗不敢出。"

【原典】

魏明帝为外祖母筑馆于甄氏[①]。既成，自行视，谓左右曰："馆当以何为名？"侍中缪袭曰[②]："陛下圣思齐于哲王[③]；罔极过于曾、闵[④]。此馆之兴，情钟舅氏，宜以'渭阳'为名。"

【注释】

①魏明帝：曹叡（205—239），字元仲，魏文帝曹丕长子，母文昭皇后甄氏，三国时期曹魏第二位皇帝，公元226—239年在位。②侍中：官名，皇帝近侍。③圣思：圣明的思虑。哲王：贤明的君主。④罔极：无穷无尽。曾、闵：即曾参、闵子骞。他们都是孔子的弟子，也是有名的孝子。

【译文】

魏明帝在甄家给外祖母修建了一所华丽的住宅。建成以后，亲自前去察看，并且问随从的人："这府第应该起一个什么名字比较好呢？"侍中缪袭说："陛下圣明的思虑和贤明的君主一样周到，报恩的孝心超过了曾参、闵子骞。这处府第的兴建，感情专注于舅家，应该用'渭阳'来做它的名字。"

【原典】

何平叔云[①]："服五石散，非唯治病，亦觉神明开朗。"

【注释】

①何平叔：何晏（190—249），字平叔，魏南阳宛（今河南南阳）人，三国时期魏国玄学家、大臣。

【译文】

何平叔说："服食五石散，不但能治病，而且人也会觉得精神很清爽。"

【原典】

嵇中散既被诛[①]，向子期举郡计入洛，文王引进[②]，问曰："闻君有箕山之志，何以在此？”对曰：“巢、许狷介之士[③]，不足多慕[④]。”王大咨嗟[⑤]。

【注释】

①嵇中散：嵇康。向子期：向秀。②文王：即司马昭。引进：指召见向秀。③狷（juàn）介：洁身孤高。④多慕：赞许仰慕。⑤咨嗟：赞叹。

【译文】

嵇康被杀以后，向秀被郡守所举荐，与上计吏一同到京城洛阳，司马昭召见了他，问他：“听说您有意隐居不出，为什么到了京城？”向秀回答说：“巢父、许由是孤高傲世的人，不值得称赞、羡慕。”司马昭听了，大为叹赏。

【原典】

晋武帝始登阼[①]，探策得“一”[②]。王者世数[③]，系此多少[④]。帝既不说，群臣失色，莫能有言者。侍中裴楷进曰：“臣闻天得一以清，地得一以宁，侯王得一以为天下贞。”帝说，群臣叹服。

【注释】

①晋武帝：司马炎。登阼（zuò）：即位。②探策：即抽签。③世数：世代相传的数目。④系：关联。

【译文】

晋武帝刚登位的时候，用蓍草占卜，得到数字“一”。要推断帝位能传多少代，就在于这个数目的多少。因为只得到“一”，武帝很不高兴，群臣也吓得脸色发白，没人敢出声。侍中裴楷进言道：“臣听说天得到一就清明，地得到一就安宁，侯王得到一就能做天下的中心。”武帝一听就高兴了，群臣都赞叹而且佩服裴楷。

【原典】

满奋畏风[①]。在晋武帝坐，北窗作琉璃屏[②]，实密似疏，奋有难色。帝笑之。奋答曰：“臣犹吴牛，见月而喘。”

【注释】

①满奋：字武秋，晋高平（今山东微山西北）人。②琉璃屏：琉璃做

成的屏风。琉璃，一种有色半透明体矿石。

【译文】

满奋怕风。一次在晋武帝旁侍坐，北窗前有琉璃屏风，实际很严实，看起来却像透风似的，满奋便面有难色。武帝笑他，满奋回答说："臣就好比吴地的牛，看见月亮就喘起来了。"

【原典】

诸葛靓在吴①，于朝堂大会。孙皓问②："卿字仲思，为何所思？"对曰："在家思孝，事君思忠，朋友思信，如斯而已。"

【注释】

①诸葛靓（jìng），字仲思，琅琊阳都（今山东沂水南）人，曹魏征东大将军诸葛诞少子。②孙皓（242—284）：字元春，吴郡富春（今浙江富春）人，孙权之孙，三国吴的末代君主。

【译文】

诸葛靓在吴国的时候，一次在朝堂上参加朝会。孙皓好奇地问他："你字仲思，平时都思什么？"诸葛靓回答说："在家就思考怎样尽孝，在朝侍奉君主就思考怎样尽忠，和朋友交往就思考怎样诚实待人，不过就是这些内容罢了。"

【原典】

蔡洪赴洛[①]，洛中人问曰："幕府初开[②]，群公辟命[③]，求英奇于仄陋，采贤俊于岩穴。君吴楚之士，亡国之余，有何异才[④]，而应斯举？"蔡答曰："夜光之珠，不必出于孟津之河；盈握之璧[⑤]，不必采于昆仑之山。大禹生于东夷，文王生于西羌，圣贤所出，何必常处[⑥]。昔武王伐纣，迁顽民于洛邑，得无诸君是其苗裔乎[⑦]？"

【注释】

①蔡洪：字叔开，三国时期吴郡人，吴亡入晋，有才名，著《孤奋论》，其文已亡。②幕府：原指将帅在外的营帐，后亦称地方军政大吏的衙署。③辟命：征召，任命。④异才，特别的才能。⑤盈握之璧：指玉璧大小，握在手上满满一把。盈，满。⑥何必常处：何必一定产生在固定的地方。⑦苗裔：后裔、后代。

【译文】

蔡洪被荐举到洛阳之后，洛阳的人问他："官署刚刚成立，百官都在招募下属，在出身卑微的人当中寻找英俊奇特的人才，在山野隐士中征俊杰。你是吴楚之地的读书人，只是一个亡国之人，有什么特殊才能来参加征召呢？"蔡洪回答说："夜明珠不一定都出在孟津一带的河中，握在手上满满一把的壁玉也不一定都得从昆仑山上开采而得。大禹出生在东夷，周文王出生在西羌，圣贤的出生地，为什么非要在某个固定的地方。从前周武王打败了殷纣，把商朝愚顽的百姓迁到了洛阳，莫非各位就是那些刁顽之民的后代吗？"

【原典】

诸名士共至洛水戏[①]。还，乐令问王夷甫曰[②]："今日戏乐乎？"王曰："裴仆射善谈名理，混混有雅致[③]；张茂先论史汉，靡靡可听[④]；我与王安丰说延陵、子房，亦超超玄著[⑤]。"

【注释】

①名士：当时唾弃礼法、任情而行、喜好玄言清谈的知名人士。洛水：即今洛河。②乐令：乐广。王夷甫（256—311），王衍，字夷甫，琅邪郡临沂（今属山东）人，西晋时期著名清谈家，西晋末年重臣，司徒王

戎堂弟。③混混（gǔn）：水奔流不息的样子，这里用以形容说话滔滔不绝。④靡靡：细致动听。⑤超超：高超脱俗。玄著：言论深妙。

【译文】

诸位名士一起到洛水边游玩，回来后，乐广问王衍："今天玩得高兴吗？"王衍说："裴頠擅长谈名理，滔滔不绝，极有雅致；张华谈《史记》《汉书》，娓娓动听；我和王戎谈论季札、张良，也是议论高妙而不着形迹。"

【原典】

王武子、孙子荆、各言其土地人物之美。王云："其地坦而平，其水淡而清，其人廉且贞。"孙云："其山嶵巍以嵯峨[①]，其水浹渫而扬波[②]，其人磊砢而英多[③]。"

【注释】

①嶵（zuì）巍：山险峻的样子。②浹渫（yā dié）：水波连续的样子。③磊砢（lěi luǒ）：形容人有奇才异能。英多：杰出众多。

【译文】

王济和孙楚各自谈论自己家乡的土地、人物的出色之处。王济说："我们那里的土地坦而平，那里的水淡而清，那里的人廉洁又公正。"孙楚说："我们那里的山险峻巍峨，那里的水浩荡扬波，那里的人才杰出而众多。"

【原典】

元帝始过江[①]，谓顾骠骑曰[②]："寄人国土，心常怀惭。"荣跪对曰："臣闻王者以天下为家，是以耿、亳无定处[③]，九鼎迁洛邑[④]。愿陛下勿以迁都为念[⑤]。"

【注释】

①元帝：晋元帝司马睿（276—323），字景文，原为琅琊王、安东将军，在西晋末年的战乱中，国都失守，晋愍帝被俘，他先过江镇守建康（南京），几年后又在此登位称帝，建康原是东吴之地，江东士族的势力

很大，所以有寄人国土之感。②顾骠（piào）骑：顾荣，字彦先，吴人，吴亡后到洛阳，元帝镇守江东时任军司，加散骑常侍，死后赠骠骑将军。③耿、亳（bó）：商代成汤迁国都到亳邑，祖乙又迁到耿邑，盘庚再迁回亳邑，从成汤到盘庚，共迁都五次，所以说"无定处"。④九鼎：传说夏禹铸九鼎，是传国之宝，也是权力的象征，周武王定都镐京后，却把九鼎迁到东都洛邑（今河南洛阳）。⑤迁都：指迁移镇守地，都指都邑。

【译文】

晋元帝刚到江南的时候，对骠骑将军顾荣说道："寄居在他人国土上，心里常常感到惭愧。"顾荣跪着回答说："臣听说帝王把天下看成家，因此商代的君主或者迁都耿邑，或者迁都亳邑，没有固定的地方，周武王也把九鼎搬到洛邑。希望陛下不要惦念着迁都的事。"

【原典】

庾公造周伯仁[①]。伯仁曰："君何所欣说而忽肥？"庾曰："君复何所忧惨而忽瘦？"伯仁曰："吾无所忧，直是清虚日来[②]，滓秽日去耳[③]。"

【注释】

①庾公：庾亮。周伯仁：周𫖮（yǐ，269—322），字伯仁，汝南安成（今河南平舆西南）人，两晋时期名士、大臣，西晋安东将军周浚之子。②直是：只是。清虚：清静淡泊。③滓（zǐ）秽：污秽，丑恶。

【译文】

庾亮去拜访周𫖮，周𫖮说："您喜悦些什么，怎么忽然胖起来了？"庾亮说："您又忧伤些什么，怎么忽然瘦下去了？"周𫖮说："我没有什么值得忧伤的事情，只是清静淡泊的志向在一天天地增加，而污浊的思虑在一天天地去掉就是了！"

【原典】

过江诸人[①]，每至美日[②]，辄相邀新亭[③]，藉卉饮宴[④]。周侯中坐而叹曰："风景不殊，正自有山河之异！"皆相视流泪。唯王丞相愀然变色曰[⑤]："当共戮力王室[⑥]，克复神州[⑦]，何至作楚囚相对[⑧]？"

【注释】

①过江诸人：西晋末年战乱不断，中原人士相率过江避难，"过江诸人"本指这些人，这里实际却是指其中的朝廷大官，士族人士。②美日：风和日丽的日子。③新亭：原是三国时吴国所筑，故址在今南京市南。④藉（jiè）卉：坐在草地上。⑤王丞相：王导，字茂弘，晋元帝司马睿即位后任丞相。愀（qiǎo）然：形容脸色变得不愉快。⑥戮力：并力，合力。⑦神州：这里指沦陷的中原地区。⑧楚囚：原指楚国的囚犯。这里比喻渡江诸人虽然怀念中原，但是无法回头，内心因此悲戚。

【译文】

到江南避难的那些人，每逢风和日丽的日子，总是互相邀约到新亭去，坐在草地上聚会饮酒。一次，武城侯周顗在饮宴的中途，叹着气说："这里的风景和中原没有什么不同，只是山河不一样了！"大家都你看我，我看你，潸然泪下。只有丞相王导脸色变得很难看，说道："我们应当同心协力辅佐王室，恢复中原，为什么像楚囚那样相对哭泣？"

【原典】

顾司空未知名[①]，诣王丞相。丞相小极[②]，对之疲睡。顾思所以叩会之[③]，因谓同坐曰："昔每闻元公道公协赞中宗[④]，保全江表，体小不安，令人喘息[⑤]。"丞相因觉，谓顾曰："此子珪璋特达[⑥]，机警有锋。"

【注释】

①顾司空：顾和，字君孝，王导任扬州刺史时，召他为从事，累迁尚书令，死后追赠司空。②极：疲乏。③叩会：询问、会见。④元公：指顾荣，他是顾和的族叔，死后谥号为元，所以称为元公。中宗：晋元帝的庙号。⑤喘息：呼吸急促，比喻焦急不安。⑥珪璋特达：珪和璋是玉器，是诸侯朝见天子时所用的重礼，用珪璋时可以单独送达，不须加上别的礼品为辅，后用来比喻有才德的人不用别人推荐也会有成就。

【译文】

司空顾和还没有出名的时候，去拜访丞相王导。王导有点疲乏，对着他打瞌睡。顾和考虑着怎样才能和王导见面并请教，便对同座的人说："过去我常常听族叔元公谈论王丞相辅佐中宗，保全了江南。现在王丞相贵体不太舒适，真叫人焦急不安。"王导听见他说，便醒来了，对顾和说："你这个人才德可贵，十分机警，词锋犀利。"

【原典】

刘琨虽隔阂寇戎[①]，志存本朝[②]，谓温峤曰[③]："班彪识刘氏之复兴[④]，马援知汉光之可辅[⑤]。今晋阼虽衰[⑥]，天命未改[⑦]。吾欲立功于河北，使卿延誉于江南[⑧]。子其行乎？"温曰："峤虽不敏，才非昔人，明公以桓、文之姿，建匡立之功，岂敢辞命！"

【注释】

①刘琨（271—318）：字越石，中山魏昌（今河北无极）人。寇戎：入侵的外族。戎，我国西部少数民族。②存：思念。③温峤（288—329）：字太真，在刘琨手下任右司马（军府的官职，综理一府之事）。④复兴：衰落后再度兴旺起来。⑤马援（前14—49）：汉代人，封新息侯，拜伏波将军，辅佐汉光武帝，南征北伐，屡建战功。⑥晋阼（zuò）：晋王朝的国运。⑦天命：封建统治者认为皇帝是由上天的意志安排的，这叫天命。⑧延誉：传播美名。

【译文】

刘琨虽然被西戎敌寇围困在山西，但他心中总是不忘晋朝。他对温峤说："班彪认识到刘氏王室能够复兴，马援知道汉光武帝可以辅佐。现在晋室的国运虽然开始走向衰败了，可是天命还没有改变。我想在黄河以北建功立业，而且想让你在江南扬名，您会去吗？"温峤说："我虽然不聪明，天资愚笨才能不及前辈，可是您想用齐桓、晋文那样的才智，建立救国中兴的功业，我怎么敢不受命呢！"

【原典】

温峤初为刘琨使来过江。于时江左营建始尔[①]，纲纪未举[②]。温新至，深有诸虑。既诣王丞相，陈主上幽越[③]，社稷焚灭[④]，山陵夷毁之酷[⑤]，有黍离之痛[⑥]。温忠慨深烈[⑦]，言与泗俱[⑧]，丞相亦与之对泣。叙情既毕，便深自陈

结，丞相亦厚相酬纳。既出，欢然言曰："江左自有管夷吾[⑨]，此复何忧？"

【注释】

①始尔：开始，"尔"是词缀。②纲纪：国家的法制。③主上：皇帝，这里指晋愍（mǐn）帝司马邺。幽越：监禁。④社稷：古代帝王、诸侯所祭的土神和谷神，后也借用来泛指国家。⑤山陵：皇帝的坟墓。⑥黍离：《诗经·王风》篇名，据说周王室迁到东都洛阳以后，有人到西周都城时，看到原来的宗庙宫室已经毁为平地，种上了黍稷，哀怜周王室日渐衰微，心里忧伤，便作了这首诗。⑦忠慨：忠诚愤慨。⑧泗（sì）：鼻涕。⑨管夷吾：管仲，名管夷吾，字仲，春秋时代齐国人，齐桓公的宰相，辅助齐桓公成为霸王。

【译文】

温峤出任刘琨的使节刚到江南来。这时，江东东晋王朝建立工作刚开始，法纪还没有制定。温峤初到，对这种种情况很是忧心。接着便去拜访丞相王导，诉说愍帝被囚禁流放，社稷宗庙被焚烧，先帝陵墓被毁坏的残酷现实，表现出亡国的哀痛。温峤忠诚愤慨的感情深厚激烈，边说边哭，王导也跟着他一起流泪。温峤叙述完实际情况后，就真诚地诉说结交之意，王丞相也真诚地接纳了他。出来以后，温峤高兴地说："江南已有像管夷吾这样的贤相，我还需担心什么呢！"

【原典】

王敦兄含为光禄勋[①]。敦既逆谋，屯据南州，含委职奔姑孰[②]。王丞相诣阙谢。司徒、丞相、扬州官僚问讯[③]，仓卒不知何辞。顾司空时为扬州别驾[④]，援翰曰："王光禄远避流言，明公蒙尘路次[⑤]，群下不宁，不审尊体起居何如？"

【注释】

①光禄勋：官名，掌管皇帝宿卫侍从。②委职：弃职。③官僚：官府所统属的官吏。④别驾：官名，刺史的属官，职务是随刺史外出视察。⑤蒙尘：指王导天天诣阙谢罪。

【译文】

王敦的哥哥王含任光禄勋之职。王敦谋反以后，领兵驻扎在姑孰。王含就弃职到姑孰投奔王敦。丞相王导为这事上朝谢罪。这时候，司徒、丞相、扬州府中的官员都来打听消息，匆忙间不知应该怎样措辞。司空顾和当时任扬州别驾，拿起笔来写道："王含远远地躲开了流言，明公您每天在路上风尘仆仆，下属们心里都很不安，不知贵体饮食起居怎么样？"

【原典】

郗太尉拜司空[①]，语同坐曰："平生意不在多，值世故纷纭[②]，遂至台鼎[③]。朱博翰音[④]，实愧于怀。"

【注释】

①郗太尉：郗鉴，晋成帝咸和四年（公元329年）任司空，后又进位太尉。②世故：世事。③台鼎：指三公或宰相。④朱博翰音：朱博是汉代人，出任丞相，临授职时，忽然有一种像钟声的声音响起，有人解释说，这是因为君主不听取意见，有名无实的人登上朝廷，才会有一种无形的声音发出，这里比喻名不副实，不应处此高位。翰音：翰指高飞，声音高飞，比喻空名。

【译文】

太尉郗鉴就任司空一职，他和同座的人说："我平生志向不够远大，只是碰巧遇上世事纷乱，便升到三公位。就像西汉朱博徒有空名，内心实在有愧。"

【原典】

孔廷尉以裘与从弟沈[①]，沈辞不受。廷尉曰："晏平仲之俭[②]，祠其先人，豚肩不掩豆[③]，犹狐裘数十年，卿复何辞此？"于是受而服之。

【注释】

①裘：皮衣。从弟：堂弟。②晏平仲：晏婴，字平仲，春秋时代齐国大夫，主张节俭，据说他一件狐裘穿了三十年。③豚：小猪。豆：盛食物的器具，形似高脚盘。

【译文】

廷尉孔坦把一件皮衣送给堂弟孔沈，孔沈不肯收下。孔坦劝说他道："晏婴那么节俭的人，祭祀祖先的时候，猪蹄膀也都盖不满盘子，可他还是穿了几十年的狐皮袍子，你又为什么不肯收下这件呢？"孔沈这才把皮衣收下来穿上。

【原典】

竺法深在简文坐①，刘尹问："道人何以游朱门②？"答曰："君自见其朱门，贫道如游蓬户③。"或云卞令④。

【注释】

①竺法深：晋高僧道潜，字法深。简文：晋简文帝司马昱。②朱门：红漆的大门，指达官贵人之家。③蓬户：用蓬草编成的门，指穷苦人家。④卞令：卞壸（kǔn），字望之，曾任尚书令。

【译文】

竺法深做了简文帝的座上客，丹阳尹刘惔问他："和尚为什么会和官宦人家交往？"竺法深回答道："在您看来那也许是官宦人家，但是在我看来却是和贫苦人家一样。"有人说这是卞壸问的。

【原典】

孙齐由、齐庄二人小时诣庾公，公问："齐由何字？"答曰："字齐由。"公曰："欲何齐邪①？"曰："齐许由。""齐庄何字？"答曰："字齐庄。"公曰："欲何齐？"曰："齐庄周②。"公曰："何不慕仲尼而慕庄周？"对曰："圣人生知③，故难企慕④。"庾公大喜小儿对。

【注释】

①齐：看齐。②庄周：庄子，名周，战国时人，与老子同是道家学派的代表人物。③圣人：才德最高的人，这里指孔子。④企慕：仰慕。

【译文】

孙潜，孙放兄弟二人，小时候去拜见庾亮。庾亮问孙潜的字是什么，孙潜回答说："字齐由。"又问："想向谁看齐呢？"孙潜说："向许由看齐。”庾亮接着又问孙放的别名是什么。孙放回答说：“字齐庄。”庾亮说：“想向谁看齐？”孙放说：“向庄周看齐。”庾亮问：“为什么不仰慕孔子而仰慕庄子？”孙放回答说：“孔子是圣人，生来就知道一切，所以很难仰慕。”庾亮对这个小孩子的回答非常满意。

【原典】

庾法畅造庾太尉[①]，握麈尾至佳[②]，公曰：“此至佳，那得在？”法畅曰：“廉者不求，贪者不与，故得在耳。”

【注释】

①庾法畅：当作康法畅，和尚名。②麈（zhǔ）尾：拂尘，形状像羽扇、扇柄左右扎上麈尾（驼鹿尾）毛，谈话时借助它来指画，魏晋清谈之士喜欢用它。

【译文】

康法畅去拜访太尉庾亮时，手里拿的拂尘非常漂亮。庾亮于是问道：“你手里的东西这么好，怎么还能留得住？”法畅说：“廉洁的人不会向我要，贪心的人我也不会给他，所以它能一直被我留着。”

【原典】

桓公北征经金城[①]，见前为琅邪时种柳，皆已十围，慨然曰：“木犹如此，人何以堪！”攀枝执条，泫然流泪[②]。

【注释】

①桓公：桓温（312—373），字元子，谯国龙亢（今安徽怀远西）人。金城：地名，南琅琊（láng yá）郡郡治，今江苏句容北。②泫（xuàn）然：眼泪流下的样子。

【译文】

桓温北伐前燕的时候，经过金城，看见自己从前任琅琊内史时所种的柳树，都已经有十围那么粗了，就感慨地叹道：“树木尚且这样，人怎么经受得起岁月的流逝呢！”他攀着树枝，抓住柳条儿，泪流不止。

【原典】

顾悦与简文同年，而发蚤白。简文曰："卿何以先白？"对曰："蒲柳之姿[①]，望秋而落；松柏之质，经霜弥茂。"

【注释】

①蒲柳：植物名，即水杨，因为它早凋，故常用来比喻早衰的体质。姿：通"资"，资质。

【译文】

顾悦和简文帝同岁，可是头发早已白了。简文帝问他："你为什么头发比我先白呢？"顾悦回答说："我如蒲柳，资质差，一到秋天就枯萎凋零了；您如松柏，质地坚实，虽经历秋霜反而能变得更加茂盛。"

【原典】

简文入华林园[①]，顾谓左右曰："会心处，不必在远。翳然林水[②]，便自有濠、濮间想也[③]。觉鸟兽禽鱼，自来亲人。"

【注释】

①华林园：故址在今南京鸡鸣山南古台城内，三国吴建。②翳（yì）然：遮蔽的样子。③想：思慕之意。

【译文】

简文帝进华林园游玩，回头对随从说："让人心领神会的地方不一定要在很远的地方找寻。林木葱茏，山水掩映，就自然能让人产生像待在濠水、濮水边上那种悠然自得的想法，觉得鸟兽禽鱼会自己来亲近人的感觉。"

【原典】

谢太傅语王右军曰[①]："中年伤于哀乐，与亲友别，辄作数日恶。"王曰："年在桑榆[②]，自然至此，正赖丝竹陶写[③]。恒恐儿辈觉，损欣乐之趣。"

【注释】

①王右军：王羲之（303—361，一作321—379），字逸少，琅琊临沂（今属山东）人，官至右军将军、会稽内史，人称王右军，是著名的书法

家。②桑榆：太阳下山时，阳光只照着桑树、榆树的树梢，比喻人的晚年。③陶写：陶冶和抒发。

【译文】

太傅谢安对右军将军王羲之说："自中年以来，总是很容易受到哀伤情绪的折磨，和亲友话别，都会好几天闷闷不乐。"王羲之说："人到了晚年，自然会这样，只能借助音乐来即兴消愁，还常常担心这样做会不会令子侄辈减少了欢乐的情趣。"

【原典】

王右军与谢太傅共登冶城[1]。谢悠然远想，有高世之志。王谓谢曰："夏禹勤王[2]，手足胼胝[3]；文王旰食[4]，日不暇给[5]。今四郊多垒[6]，宜人人自效。而虚谈废务[7]，浮文妨要[8]，恐非当今所宜。"谢答曰："秦任商鞅[9]，二世而亡，岂清言致患邪？"

【注释】

①冶城：原是吴国冶铸之地，晋孝武帝时在城中立寺，安帝时改为花园，筑起亭台楼阁，故址在今南京市。②勤王：为王事尽力。③胼胝（pián zhī）：趼子（jiǎn zi），尧命禹治水，禹在外九年，由于操劳，手脚都起了趼子。④旰（gàn）食：旰，晚。旰食，天黑了才吃饭，指勤于国事。⑤日不暇给（jǐ）：形容事情多，时间不够用。给，足够。⑥四郊：这里指国都四郊，即都城郊外。垒：防护军营的墙壁或堡

垒。⑦废务：荒废了事务。⑧浮文：不切实际的文辞。要：重要的事情。⑨商鞅（前 390—前 338）：战国中期杰出的法家，辅佐秦孝公实行变法，秦国因此富强起来，传六代至秦始皇，便统一中国。

【译文】

右军将军王羲之和太傅谢安一起登上冶城，谢安悠闲地凝神遐想，有超尘脱俗的志趣。王羲之说："夏禹操劳国事，手脚都长了趼子；周文王忙到天黑才吃上饭，总觉得时间不够用。现在国家战乱四起，人人都应当自觉地为国效劳。而空谈只会荒废政务，浮辞妨害国事，恐怕不是当前所应该做的吧。"谢安回答说："秦国任用商鞅，可是秦朝只传两代就灭亡了，这难道也是清谈所造成的灾祸吗？"

【原典】

桓征西治江陵城甚丽[①]，会宾僚出江津望之[②]，云："若能目此城者有赏。"顾长康时为客[③]，在坐，目曰："遥望层城，丹楼如霞[④]。"桓即赏以二婢。

【注释】

①桓征西：桓温，任征西大将军，加官大司马，他开始在江陵筑城墙和营建官署，城临汉江。②江津：指汉江的渡口。③顾长康：顾恺之，字长康，著名画家。④"遥望"两句：大意是远远望着高耸的城墙，红色的城楼像彩霞。层城，昆仑山的最高处，即天庭，这里用以比喻江陵。

【译文】

征西大将军桓温修筑江陵城，非常壮丽，完工后，会集宾客僚属来到汉江渡口，远远观赏城景。他说："现在谁如果能用恰当的词来评价这座城，有奖赏。"顾恺之当时是客人，正在座上，就接过桓温的话，评论道："遥望江陵城，如同昆仑的层城；红楼高耸，如同天边的彩霞。"桓温当即赏给他两个婢女。

【原典】

顾长康从会稽还，人问山川之美，顾云："千岩竞秀[①]，万壑争流[②]，草木蒙笼其上[③]，若云兴霞蔚[④]。”

【注释】

①岩：高峻的山峰。②壑（hè）：山沟。③蒙笼：覆盖。④云兴霞蔚：彩云兴起，形容绚丽多彩。

【译文】

顾恺之从会稽回来，人们问他那边山川的景色如何秀丽，顾恺之形容说：“那里千峰竞相比高，万溪争先奔流到海，茂密的草木笼罩其上，有如彩云涌动，霞光灿烂。”

【原典】

简文崩，孝武年十余岁立[①]，至暝不临[②]。左右启“依常应临”。帝曰：“哀至则哭，何常之有！”

【注释】

①孝武：晋孝武帝司马曜（yào），简文帝的第三个儿子，十一岁继简文帝登位。②临（lìn）：哭吊，亲人死，到一定时候要哭丧，叫临。

【译文】

简文帝逝世，孝武帝十多岁就登上帝位，服丧期间，天黑了他也不哭丧。侍从向他启奏说：“按惯例应该哭吊了。”孝武帝说：“极度的悲痛到来时，自然就会哭，有什么惯例不惯例的！”

【原典】

孝武将讲《孝经》[①]，谢公兄弟与诸人私庭讲习[②]。车武子难苦问谢[③]，谓袁羊曰：“不问则德音有遗[④]，多问则重劳二谢。”袁曰：“必无此嫌。”车曰：“何以知尔？”袁曰：“何尝见明镜疲于屡照，清流惮于惠风[⑤]？”

【注释】

①讲：研究、讨论。②私庭：私人宅院之中庭。③苦：反复，屡次。④德音：善言，对别人言辞的敬称，这里指谢安兄弟的言论。⑤“何尝”句：说明明镜屡照，仍然明亮；惠风轻拂，水流仍然清澈。

孝武帝将要讲论《孝经》，谢安、谢石兄弟和众人先在家里研讨、学习。车武子因提出一些疑难、急迫的问题问谢安兄弟而感到为难，并且对袁羊说："不问，怕漏掉他们精湛的言论；问得多了，又怕反复劳累二谢。"袁羊说："一定不会出现这种情况的。"车武子说："你怎么知道不会出现这样的事情呢？"袁羊说："何曾见过明亮的镜子会因为连续照影而疲劳，清澈的流水会害怕微风从上面轻轻刮过？"

【原典】

王子敬云："从山阴道上行[①]，山川自相映发[②]，使人应接不暇。若秋冬之际，尤难为怀[③]。"

【注释】

①山阴：会稽郡山阴县（今浙江绍兴）。②映发：互相映衬，彼此显现。③为怀：忘怀，忘记，此句意谓犹觉玩赏不尽。

【译文】

王献之说："从山阴道上走过时，山光水色交相辉映，使人眼花缭乱，沿途美景根本就看不过来。如果是秋冬之际，那更是叫人难以忘怀。"

【原典】

谢太傅问诸子侄："子弟亦何预人事[①]，而正欲使其佳[②]？"诸人莫有言者，车骑答曰："譬如芝兰玉树，欲使其生于阶庭耳[③]。"

【注释】

①预：参与，干预。②正：只。③"譬如"句：比喻希望美好、高洁的东西都能出自自己家门，芝兰和玉树二者都用来比喻人的才德之美。

【译文】

太傅谢安问众子侄："子侄后辈与世事有什么关系，长辈们为什么总想培养他们成为优秀子弟？"大家都不说话。车骑将军谢玄回答说："这就好比芝兰玉树，总想使它们生长在自家的庭院中啊！"

【原典】

道壹道人好整饰音辞，从都下还东山，经吴中[①]。已而会雪下，未甚寒。诸道人问在道所经。壹公曰："风霜固所不论，乃先集其惨澹[②]。郊邑正自飘瞥[③]，林岫便已皓然[④]。"

【注释】

①吴中：指春秋时吴国旧都，即今江苏省吴中区，属吴郡。②惨澹：色彩暗淡。③飘瞥：形容大雪纷飞。④林岫（xiù）：树林、山峰。皓然：形容洁白。

【译文】

道壹和尚喜欢修饰言辞。他从京都回东山时，经过吴郡。随即遇到下雪，还不是很冷。回来后，和尚们问他途中见闻。道壹说："风霜固然不用说了，雪珠下时先凝聚起一片暗淡；郊野、村落雪花纷飞，树林和山峰就已经白茫茫一片。"

【原典】

张天锡为凉州刺史，称制西隅[①]。既为苻坚所禽[②]，用为侍中。后于寿阳俱败，至都，为孝武所器。每入言论，无不竟日。颇有嫉己者，于坐问张："北方何物可贵？"张曰："桑椹甘香，鸱鸮革响[③]。淳酪养性，人无嫉心。"

【注释】

①称制：伪称皇帝。西隅：西部边远的地区。②苻（fú）坚：苻坚在东晋升平元年（公元357年）称大秦天王，继承前秦政权，在十六国中最为强大。③鸱鸮（chī xiāo），指猫头鹰。革：鸟的翅膀。

【译文】

张天锡任凉州刺史时，在西部边远的地区称王。他被苻坚俘虏以后，任用他为侍中。后来随苻坚攻晋，在寿阳县大败，来到东晋都城，得到晋孝武帝的器重。每次入朝谈论，没有不谈一整天的。于是就经常有一些妒忌他的人当众问他："北方有哪些东西最为可贵？"张天锡回答说："桑葚香甜，猫头鹰振翅作响，醇厚的奶酪怡情养性，北方的人们没有妒忌之心。"

【原典】

顾长康拜桓宣武墓①，作诗云："山崩溟海竭，鱼鸟将何依②。"人问之曰："卿凭重桓乃尔③，哭之状其可见乎？"顾曰："鼻如广莫长风④，眼如悬河决溜⑤。"或曰："声如震雷破山，泪如倾河注海。"

【注释】

①"顾长康"句：顾长康即顾恺之，他曾在桓温手下任参军，得到桓温的赏识，所以对桓温很感激。②"山崩"句：大意是，山倒塌了，海枯竭了，鱼儿鸟儿，依靠什么！③凭重：倚重。④广莫：也作广漠，这里指广漠的原野。《淮南子·坠形训》："穷奇广莫，风之所生也。"⑤悬河：形容瀑布，比喻河水倾泻不止。决溜：指河堤决口，河水急流。

【译文】

顾恺之去拜谒桓温的陵墓，并且作诗说："山崩溟海竭，鱼鸟将何依！"有人问他说："你过去倚重桓温才会这样说，你痛哭桓温的情状大概可以让我们见识一下吧？"顾恺之说："我哭泣时，鼻息像旷野生风，眼泪像瀑布倾泻。"换言即为："哭声像疾雷震破山岳，眼泪像江河倾泻进大海般。"

【原典】

范宁作豫章，八日请佛有板①。众僧疑，或欲作答。有小沙弥在坐末曰②："世尊默然③，则为许可。"众从其义。

【注释】

①八日请佛：当时风俗以夏历四月八日是佛的生日，到这一天，请佛像供奉。板：写字用的木简。请佛时要上文书说明，写在板上，这就叫做板。晋时制度，板必须答复。②沙弥：初出家的年轻和尚。③世尊：佛教徒对释迦牟尼佛的尊称。

【译文】

范宁在做豫章太守的时候，有一年的四月八日用文书的形式向庙里请佛像，众和尚有的疑惑，有的认为要给他一个答复。这时有个坐在末座上的小和尚说："佛祖不说话，就是准许了。"大家都很赞同他的意见。

【原典】

司马太傅斋中夜坐[①]，于时天月明净，都无纤翳[②]。太傅叹以为佳。谢景重在坐[③]，答曰："意谓乃不如微云点缀。"太傅因戏谢曰："卿居心不净，乃复强欲滓秽太清邪[④]？"

【注释】

①司马太傅：司马道子，晋简文帝第五子，封会稽王，任太傅。②纤翳：微小的遮蔽，指云彩。③谢景重：谢重，字景重，在司马道子手下任骠骑长史。④滓（zǐ）秽：污秽，玷污。太清：天空。

【译文】

太傅司马道子夜里在书房闲坐，这时天空明朗，月光皎洁，天上一点云彩也没有，太傅赞叹不已，认为这样的景色真是美极了。当时谢重也在座，就发表自己的意见说："我倒觉得有一点点云彩点缀天空更美。"太傅司马道子便打趣谢重说："你自己心地不干净，还要强行让天空也不干净吗？"

【原典】

桓玄义兴还后[①]，见司马太傅，太傅已醉，坐上多客，问人云："桓温来欲作贼[②]，如何？"桓玄伏不得起[③]。谢景重时为长史，举板答曰："故宣武公黜昏暗，登圣明，功超伊、霍。纷纭之议，裁之圣鉴[④]。"太傅曰："我知！我知！"即举酒云："桓义兴，劝卿酒。"桓出谢过。

【注释】

①桓玄：是桓温的儿子，曾出任义兴郡太守，不久离职，还京都。②桓温：任大司马、大将军，公元371年废晋帝为海西县公，并立司马道子的父亲为帝，就是简文帝。③伏：趴下，桓玄既因太傅直呼其父之名，加以大罪，羞愤难当，且怕太傅于醉中施以惩处，所以害怕得伏地不敢起。④圣鉴：帝王的鉴识，这里指太傅的鉴识。

【译文】

桓玄从义兴郡回到京都后，去谒见司马道子。这时司马道子已经喝醉了，在座的还有很多客人，司马道子就问大家说：“桓温晚年想造反，这是怎么回事呢？”桓玄拜伏在地不敢起来。谢重当时任长史，拿起手板来回答说：”已故的宣武公桓温废黜昏庸的废帝，扶助圣明君主简文帝登上帝位，其功勋已经远远地超过了伊尹和霍光。至于别人盛传的议论，只有靠太傅英明的鉴识来裁决了。”司马道子说：“我知道！我知道！”随即举起酒杯说：“桓玄，我敬你一杯！”桓玄离席向司马道子谢罪。

【原典】

宣武移镇南州，制街衢平直[①]。人谓王东亭曰[②]：“丞相初营建康，无所因承[③]，而制置纡曲，方此为劣。”东亭曰：“此丞相乃所以为巧。江左地促，不如中国；若使阡陌条畅[④]，则一览而尽。故纡余委曲[⑤]，若不可测。”

【注释】

①制：修建。街衢：街道。②王东亭：王珣（xún），字元琳，王导之孙。③因承：沿袭承继。④阡陌（qiān mò）：田间小路，这里指街道。⑤委曲：曲折。

【译文】

桓温将治所移到南州后，他规划修建的街道很是平直。于是就有人对东亭侯王珣说：“丞相王导当初筹划修筑京城建康城的街道时，没有现成的图样可以效仿，所以修筑得弯弯曲曲，和这里相比就显得差些。”王珣说：“这正是王丞相规划巧妙的地方。江东地方狭窄，比不上中原开阔。如果街道修筑得畅通无阻，就会让人一眼看到底，而特意地拐弯抹角，将会给人一种幽深莫测的感觉。”

政事第三

【原典】

陈仲弓为太丘长，时吏有诈称母病求假。事觉收之，令吏杀焉。主簿请付狱[①]，考众奸[②]。仲弓曰："欺君不忠，病母不孝。不忠不孝，其罪莫大。考求众奸，岂复过此？"

【注释】

①主簿：官名，主管文书簿籍等。狱：狱吏。②考：考问。众奸：众多犯罪事实。

【译文】

陈寔任太丘县县长，当时有个小官吏假称母亲有病请假，事情被发觉，陈寔就逮捕了他，并命令狱吏处死。主簿请求交给诉讼机关查究其他犯罪事实，陈寔说："欺骗君主就是不忠，诅咒母亲生病就是不孝；不忠不孝，没有比这个罪名更大的了。查究其他罪状，难道还能超过这个罪名吗？"

【原典】

陈仲弓为太丘长，有劫贼杀财主[①]，主者捕之。未至发所[②]，道闻民有在草不起子者[③]，回车往治之。主簿曰："贼大，宜先按讨。"仲弓曰："盗杀财主，何如骨肉相残[④]？"

【注释】

①财主：财货的主人（不是现代所说的富家）。②发所：出事地点。③在草：生孩子。草，产蓐，晋时孕妇分娩多用草垫着。④"盗杀"句：意指母子相残，违逆天理人伦，要先处理，而杀人只是违反常理。

【译文】

陈寔在任太丘县县长时，有一次碰到强盗劫财害命，主管的官吏已经捕获了强盗。陈寔前去处理，还没到出事地点，半路上听说有家老百姓生下孩子不想亲自抚养，便掉头去处理这件事情了。主簿建议道："强盗杀人事大，应该先去查办。"陈寔说："强盗杀物主，只是违反常理，怎么比得上骨肉相残这种事重大？"

【原典】

陈元方年十一时[①]，候袁公。袁公问曰："贤家君在太丘，远近称之，何所履行[②]？"元方曰："老父在太丘，强者绥之以德，弱者抚之以仁，恣其所安，久而益敬。"袁公曰："孤往者尝为邺令[③]，正行此事。不知卿家君法孤？孤法卿父？"元方曰："周公、孔子，异世而出，周旋动静[④]，万里如一。周公不师孔子，孔子亦不师周公。"

【注释】

①陈元方：陈纪，陈寔长子。②何所履行：所履行因何，执行的是什么。③孤：古代王侯的自称。④周旋动静：指处置世事的举动措施。周旋：应酬。

【译文】

陈纪十一岁时，有一次去拜访袁公。袁公问他："令尊在太丘县任职时，远近的人都称颂他，他是怎么治理的呢？"陈纪说："老父在太丘时，对强者就用恩德来安抚他，对弱者就用仁爱来抚慰他，放手让他们安居乐业，时间久了，就更加受到当地百姓们的敬重。"袁公说："我过去做邺县县令的时候，也用过类似这种办法。不知道是你父亲效仿了我呢，还是我效仿了你父亲呢？"陈纪说："周公、孔子他们生在两个不同的时代，他们的礼仪举止，虽然相隔很远也如出一辙。周公没有效仿孔子，孔子也没有效仿周公。"

【原典】

贺太傅作吴郡[①]，初不出门。吴中诸强族轻之[②]，乃题府门云："会稽鸡，不能啼。”贺闻故出行，至门反顾，索笔足之曰：“不可啼，杀吴儿！”于是至诸屯邸[③]，检校诸顾、陆役使官兵及藏逋亡[④]，悉以事言上，罪者甚众。陆抗时为江陵都督[⑤]，故下请孙皓[⑥]，然后得释。

【注释】

①贺太傅：贺邵，字兴伯，会稽郡山阴县人，三国时吴国人，任吴郡大守，后升任太子太傅。②吴中：吴郡的政府机关在吴，即今江苏省吴中区。强族：豪门大族。③屯邸：庄园。④逋（bū）亡：逃亡，战乱之时，赋役繁重，贫民多逃亡到士族大家中藏匿，给他们做苦工，官府也不敢查处。⑤陆抗：吴郡人，丞相陆逊之子，孙策外孙。⑥孙皓：三国时吴国的亡国君主，公元280年晋兵攻陷建业，孙皓投降，吴亡。孙皓和陆抗有亲戚关系。

【译文】

太子太傅贺邵任吴郡太守，开始时不大出门。吴中的豪门士族们都轻视他，竟在官府大门写上“会稽鸡，不能啼”的字样。贺邵听说后，特意出去，走到门外回头看，并且要来笔在上述两句后补写道：“不可啼，杀吴儿。”贺邵于是到各大族的居所，查核顾姓、陆姓家族奴役官兵和窝藏逃亡户口的情况，然后把事情本末全部报告朝廷，因此而获罪的人很多。陆抗当时正任江陵都督，特意赶往建业请求孙皓帮助，这才得到赦免。

【原典】

山公以器重朝望[①]，年踰七十，犹知管时任[②]。贵胜年少[③]，若和、裴、王之徒，并共言咏。有署阁柱曰[④]：“阁东有大牛，和峤鞅[⑤]，裴楷鞦[⑥]，王济剔嬲不得休[⑦]。”或云潘尼作之。

【注释】

①山公：山涛。朝望：在朝廷中有威望。②知管：主持掌管。知，主持。③贵胜年少：显贵并年轻者。④署：题字。阁：官署，指尚书省官署。⑤鞅（yāng）：驾车时套在牛马脖子上的皮带。⑥鞦（qiū）：拴在牛马屁股上的绊带。⑦剔嬲（niǎo）：纠缠烦扰。

【译文】

山涛由于受到朝廷器重，因此在朝廷中享有很高的威望，年纪虽然已经过了七十了，还照旧担当重任。一些权贵家子弟，如和峤、裴楷、王济等人对他推崇备至。于是就有人在尚书省官署的柱子上这样写道："阁道东边有大牛，和峤在牛前，裴楷在牛后，王济在中间挑逗纠缠不得休。"有人说这是潘尼干的事情。

【原典】

贾充初定律令[①]，与羊祜共咨太傅郑冲[②]。冲曰："皋陶严明之旨[③]，非仆闇懦所探。"羊曰："上意欲令小加弘润[④]。"冲乃粗下意[⑤]。

【注释】

①贾充（217—282）：字公闾，平阳襄陵（今山西襄汾东北）人。②郑冲（？—274）：字文和，荥阳开封（今属河南）人。③皋陶（yáo）：舜时的法官，制定了法令。④弘润：扩充润色。⑤粗下意：粗略地提出自己的意见。

【译文】

贾充刚刚定出法令，就和羊祜一起去征求太傅郑冲的意见。郑冲说："皋陶制定法令的那种严肃而公正的宗旨，不是我这种愚昧懦弱的人所能窥测揣摩的。"羊祜说："圣上的意思是让你稍加补充润色一下就可以了。"郑冲这才概略地说出自己的意见。

【原典】

山司徒前后选[①]，殆周遍百官，举无失才。凡所题目[②]，皆如其言。唯用陆亮，是诏所用，与公意异，争之不从。亮亦寻为贿败。

【注释】

①山司徒：山涛。前后选：指山涛先后两次担任选拔官员的职位。②题目：品题，评论人物。

【译文】

司徒山涛前后两次担任选官，几乎考察遍了朝廷内外百官，一个人才也没有漏掉。凡是他品评过的人物，都像他所说的那样。只有任用陆亮是皇帝的命令决定的，和山涛的意见不同，他为这事力争过，皇帝没有听从。不久陆亮也因为受贿而被撤职。

【原典】

嵇康被诛后，山公举康子绍为秘书丞①。绍咨公出处②，公曰："为君思之久矣！天地四时，犹有消息③，而况人乎？"

【注释】

①秘书丞：官名，秘书省的属官，掌管图书典籍。②出处（chǔ）：出仕和退隐。③消息：消长，减少和增长。

【译文】

嵇康被杀以后，山涛推荐嵇康的儿子嵇绍做秘书丞。嵇绍去和山涛商量到底要不要出任此职，山涛说："我替您考虑此事已经很久了！天地间还有一年四季交替变化的时候，更何况是人呢！"

【原典】

王安期为东海郡①，小吏盗池中鱼，纲纪推之②。王曰："文王之囿③，与众共之④。池鱼复何足惜！"

【注释】

①王安期：王承（275—320），字安期，太原晋阳（今山西太原）人。②纲纪：古称综理州郡之事的官员，即主簿。③文王：即周文王。囿（yòu）：古代天子养禽兽的园子。④共：共同使用。《孟子·梁惠王下》载，周文王有个方圆七十里的园囿，人们可以到那里去砍柴、打猎。

【译文】

王承任东海郡内史时，有个小吏偷了池塘中的鱼，主簿要查办这件事，王承说："周文王的苑囿是和百姓共同使用的。池塘中少了几条鱼又有什么值得可惜呢！"

【原典】

成帝在石头[①]，任让在帝前戮侍中钟雅、右卫将军刘超。帝泣曰："还我侍中！"让不奉诏，遂斩超、雅。事平之后，陶公与让有旧，欲宥之[②]。许柳儿思妣者至佳[③]，诸公欲全之。若全思妣，则不得不为陶全让，于是欲并宥之。事奏，帝曰："让是杀我侍中者，不可宥！"诸公以少主不可违[④]，并斩二人。

【注释】

①成帝：司马衍，字世根，325—342年在位。②宥：赦免。③许柳：字季祖，东晋时人。④少主：指晋成帝司马衍。

【译文】

晋成帝被苏峻劫持在石头城，任让在成帝面前要杀侍中钟雅和右卫将军刘超。成帝哭着说："把侍中还给我！"任让不听命令，终于斩了刘超和钟雅。等到叛乱平定以后，陶侃因为和任让有老交情，就想赦免他，另外叛军许柳有个儿子叫许永，很有才德，大臣们也想保全他。可是要想保全许永，就不得不为陶侃保全任让，于是就想两个人一起被赦免。当把处理办法上报给成帝时，成帝说："任让是杀害我侍中的人，此人不能赦免！"大臣们认为不能违抗少主的命令，于是就把这两个人都斩了。

【原典】

丞相尝夏月至石头看庾公[①]。庾公正料事[②]，丞相云："暑可小简之[③]。"庾公曰："公之遗事，天下亦未以为允。"

【注释】

①丞相：王导。庾公（296—344）：庾冰，字季坚，东晋颍川鄢陵

（今属河南）人，庾亮之弟。②料事：料理事情。③小简：稍微简省些。

【译文】

一年夏天，丞相王导曾经到石头城探望庾冰，庾冰正在处理公事，王导说："天气热，可以稍为简略一些。"庾冰说："您留下些公事不办，天下人也未必认为妥当！"

【原典】

丞相末年[①]，略不复省事，正封箓诺之[②]。自叹曰："人言我愦愦[③]，后人当思此愦愦。"

【注释】

①"丞相"句：王导辅佐晋元帝、明帝、成帝三世，为政宽和得众，事从简易，晚年更是如此。②封箓（lù）：指奏章、公文、簿籍等。诺：画诺，签字。③愦愦（kuì）：糊涂，昏乱。

【译文】

王导到了晚年，几乎不再处理政事，只负责在簿籍、文书上签字，他自己感慨地说："人家都说我是老糊涂，后人当会想念这种糊涂。"

【原典】

陶公性检厉，勤于事。作荆州时，敕船官悉录锯木屑，不限多少，咸不解此意。后正会[①]，值积雪始晴，听事前除雪后犹湿[②]，于是悉用木屑覆之，都无所妨。官用竹皆令录厚头[③]，积之如山。后桓宣武伐蜀，装船，悉以作钉。又云：尝发所在竹篙，有一官长连根取之，仍当足[④]，乃超两阶用之。

【注释】

①正（zhēng）会：正月初一皇帝朝会群臣，接受朝贺的礼仪，封疆大臣也在这一天会见僚属。②听事：处理政事的大堂。除：台阶。③厚头：指毛竹锯剩下来的根。④仍当足：指就用毛竹的根当做支撑用的铁足。

【译文】

陶侃生性检点严厉，工作勤恳。他在担任荆州刺史时，就吩咐负责建

造船只的官员把木屑全都收藏起来，多少不限，大家都不明白他这样做是什么意思。后来到正月初一贺年时，正巧碰上连日下雪天气刚刚转晴，正堂前的台阶扫雪后还是湿漉漉的，于是陶侃叫人全用木屑铺在上面，这样就一点也不妨碍大家出入了。官府用的竹子，陶侃差人将毛竹头收集起来，堆积如山。后来桓温讨伐后蜀，要组装战船，这些竹头就都用来做了钉子。又听说：陶侃曾经征调过荆州地区的竹篙，有一个主管官员把竹子连根砍下，用竹子的根部当做铁足，陶侃听说了这件事情后，便将此人连升两级加以任用。

【原典】

何骠骑作会稽①，虞存弟謇作郡主簿，以何见客劳损，欲白断常客②，使家人节量③，择可通者，作白事成④，以见存。存时为何上佐，正与謇共食，语云："白事甚好，待我食毕作教⑤。"食竟，取笔题白事后云："若得门庭长如郭林宗者⑥，当如所白。汝何处得此人？"謇于是止。

【注释】

①何骠骑：何充，字次道，曾任会稽内史、骠骑将军、扬州刺史，死后赠司徒。②白：下对上的说明，陈述。③节量：适量，限量，据《品藻篇》载，"何次道为宰相，人有讥其信任不得其人。"可知何充和什么人都交往，所以虞謇（jiǎn）希望何充断常客。④白事：陈述意见的呈文，报告。⑤教：指示；批示。⑥门庭长：当作门亭长，主管守门的官。郭林宗：郭泰，字林宗，很有眼力，品评人物很准确。

【译文】

骠骑将军何充在任会稽内史时，虞存的弟弟虞謇担任郡主簿一职，他认为何充见客太多，劳累伤神，便想禀告何充谢绝一般常客，让手下人酌量，选择可以交往的人才通报。他拟好一份呈文，拿来给虞存看。虞存这时担任何充的高级佐官，正和虞謇一起吃饭，告诉虞謇说："这个呈文很好，等我吃完饭再作批示。"吃过了饭，拿起笔在呈文后面签上意见说："如果你能找到一个像郭泰那样有能力的人做门亭长，那我会说服何充一定照你所陈述的意见去办。可是你又到哪里去寻找这样的人呢？"虞謇于是作罢。

【原典】

王、刘与林公共看何骠骑[①]，骠骑看文书不顾之。王谓何曰："我今故与林公来相看，望卿摆拨常务，应对玄言[②]，那得方低头看此邪？"何曰："我不看此，卿等何以得存？"诸人以为佳。

【注释】

①王：王濛。刘：刘惔。林公：支道林。②玄言：也称玄谈或清谈，崇尚虚无，专谈玄理。

【译文】

王濛、刘惔和支道林一起去看望骠骑将军何充，何充在看公文，没有搭理他们。王濛便对何充说："我们今天特意和林公来看望你，希望你能从日常事务中暂时解脱出来，和我们谈论谈论玄学，哪能还低着头看东西呢？"何充说："我不看这些东西，你们这些清谈家怎么能生存呢！"大家认为他说得很好。

【原典】

王大为吏部郎[①]，尝作选草[②]，临当奏，王僧弥来[③]，聊出示之。僧弥得便以己意改易所选者近半，王大甚以为佳，更写即奏。

【注释】

①吏部郎：官名，尚书省内分科主事的长官。②选草：拟举荐授官的人员的名单初稿。③王僧弥：王珉，字季琰，小字僧弥，王导之孙，曾任散骑郎、黄门侍郎等官职。

【译文】

王忱担任吏部郎时，曾起草过一份举荐人员的名单，临到要上奏的时候，这时王珉来了。于是王忱就随手拿出来给他看，王珉趁机按自己的意见改换了将近半数的候选人的名字，王忱认为王珉改得很好，就另外誊清一份，随即上奏。

【原典】

殷仲堪当之荆州，王东亭问曰："德以居全为称[①]，仁以不害物为名。方今宰牧华夏[②]，处杀戮之职，与本操将不乖乎[③]？"殷答曰："皋陶造刑辟之制[④]，不为不贤；孔丘居司寇之任[⑤]，未为不仁。"

【注释】

①居全：指具有完美的品格。称：称号，名称。②宰牧：治理。华夏：中国古称华夏，这里实指晋朝的中部地区。③本操：一贯的志向行为。④刑辟：用刑法治罪。⑤司寇：掌管刑狱的官。孔子曾任鲁国司寇。

【译文】

殷仲堪将要到荆州去就任刺史之职，东亭侯王珣问他说："德行完备称为德，不害人叫做仁。现在你要去治理中部地区，处在有生杀大权的位置上，这和你原来的操守恐怕违背了吧？"殷仲堪回答说："帝舜时的法官皋陶制定了刑法，不能不算是贤德之人；孔子担任了鲁国的司寇一职，也不能不算是有仁爱的人。"

文学第四

【原典】

郑玄在马融门下[①]，三年不得相见，高足弟子传授而已。尝算浑天不合[②]，诸弟子莫能解。或言玄能者，融召令算，一转便决，众咸骇服。及玄业成辞归，既而融有“礼乐皆东[③]”之叹。恐玄擅名而心忌焉。玄亦疑有追，乃坐桥下，在水上据屐。融果转式逐之[④]，告左右曰：“玄在土下水上而据木，此必死矣。”遂罢追，玄竟以得免。

【注释】

①郑玄（127—200）：经学家，字康成，北海高密（今属山东）人。马融（79—166）：经学家，字季长，右扶风茂陵（今陕西兴平东北）人。②浑天：指浑天仪，是古代观测天体位置的仪器。③礼乐皆东：这里是说儒家的学问都跟随郑玄传到东面去了。④转式：旋转式盘推演吉凶，是一种占卜的方法。式一作栻，占卜之具，类似星盘。

【译文】

郑玄在马融门下求学，三年都见不到老师，仅由马融的高足弟子传授罢了。马融曾用浑天仪测算日月星辰的位置，但是与实际情况不符合，众多弟子也都无法解决。有人推荐说郑玄能做到，马融便让他来演算，郑玄一算就解决了，大家都很惊奇、佩服。等到郑玄学业完成，辞别老师回家，马融随即感到礼和乐的中心都将要转移到东方去了，担心郑玄会独享盛誉，心里很忌恨他。郑玄也怀疑有人来追，便到桥底下，在水里垫着木板浮着。马融果然转动栻盘推算郑玄的去向来追他，然后告诉身边的人说：“郑玄在土下、水上，靠着木头，这表明一定是死了。”便决定不去追赶。郑玄终于因此得免一死。

【原典】

郑玄欲注春秋传[1]，尚未成时，行与服子慎遇宿客舍[2]，先未相识，服在外车上与人说己注传意。玄听之良久，多与己同。玄就车与语曰："吾久欲注，尚未了。听君向言，多与吾同。今当尽以所注与君。"遂为服氏注。

【注释】

①《春秋传》：《春秋左氏传》，即《左传》。②服子慎：服虔，字子慎，东汉河南荥阳（今属河南）人，东汉灵帝末任九江太守，著有《春秋左氏传解谊》。

【译文】

郑玄想要注释《左传》，还没有完成，这时有事到外地去，和服子慎相遇，住在同一个客店里，起初两人并不认识，服子慎在店外的车子上，和别人谈到自己注《左传》的想法。郑玄听了很久，听出服子慎的见解多数和自己相同。郑玄就走到车前对服子慎说道："我早就想要注《左传》了，但还没有写完；刚才听了您的谈论，感觉您的内容大多和我相同，现在应该把我作的注全部送给您。"这就是服氏《春秋注》。

【原典】

郑玄家奴婢皆读书。尝使一婢，不称旨[1]，将挞之[2]。方自陈说，玄怒，使人曳著泥中[3]。须臾，复有一婢来，问曰："胡为乎泥中？"答曰："薄言往愬，逢彼之怒[4]。"

【注释】

①称（chèn）旨：符合心意。称，适合。旨，意思。②挞（tà）：鞭打。③曳箸：拉到。曳，拉。④薄言往愬（sù），逢彼之怒：我要去诉说心中的怨苦，正遇到他大发雷霆之怒。这里用来表示对主人的不满。

【译文】

郑玄家里的奴婢都读书。郑玄曾叫一个婢女做事，她没按要求做，他要打她，婢女便陈述辩解。郑玄生气了，叫人把她拖到泥中。不一会儿，又有一个婢女走来，问她："你怎么在泥里？"挨罚的婢女回答说："我准备诉说了几句，赶上他正在发怒中。"

【原典】

服虔既善春秋[①]，将为注，欲参考同异；闻崔烈集门生讲传[②]，遂匿姓名，为烈门人赁作食[③]。每当至讲时，辄窃听户壁间[④]。既知不能踰己，稍共诸生叙其短长。烈闻，不测何人，然素闻虔名，意疑之。明蚤往，及未寤，便呼："子慎！子慎！"虔不觉惊应，遂相与友善。

【注释】

①服虔：字子慎，河南荥阳（今属河南）人。②崔烈：字威考，东汉涿郡（今属河北）人。③赁（lìn）：雇佣。④户壁间：门外。

【译文】

服虔已经对《左传》很有研究，将要给它做注释，想参考各家的异同。他听说崔烈召集学生讲授《左传》，便隐姓埋名，去给崔烈的学生当佣人做饭。每当到讲授的时候，他就躲在门外偷听。等他了解到崔烈超不过自己以后，便渐渐地和那些学生谈论崔烈的得失。崔烈听说后，猜不出他是什么人，可是一向听到过服虔的名声，猜想是他。第二天一大早崔烈就去拜访服虔，趁服虔还没睡醒的时候，便突然叫："子慎！子慎！"服虔不觉惊醒答应，从此两人就结为好友。

【原典】

钟会撰《四本论》[①]，始毕，甚欲使嵇公一见。置怀中，既定，畏其难[②]，怀不敢出，于户外遥掷，便回急走。

【注释】

①《四本论》：钟会所作文章篇名，论说人的才能与德性的同、异、合、离的问题。②难（nàn）：问难，质疑。

【译文】

钟会刚把《四本论》写完，很想让嵇康看一看。他把《四本论》揣在怀里，决定去见嵇康，但是又害怕会因此受到嵇康的质疑问难，就怀揣着

文章不敢拿出，于是走到门外远远地扔进去，便转身急急忙忙地跑了。

【原典】

何晏为吏部尚书[①]，有位望，时谈客盈坐，王弼未弱冠往见之[②]。晏闻弼名，因条向者胜理语弼曰："此理仆以为极，可得复难不？"弼便作难，一坐人便以为屈，于是弼自为客主数番[③]，皆一坐所不及。

【注释】

①何晏：何晏好玄学，擅长清谈，喜欢谈名理，与王弼、郭象同为唯心主义玄学的代表。②王弼：字辅嗣，三国魏河内山阳（今河南焦作）人，主要著有《老子注》《周易注》《论语释疑》等书。弱冠：古代男子到二十岁行冠礼，因为还没有达到壮年，称"弱冠"。也泛指男子二十岁左右。③自为客主：自己既做提问的一方，也做答辩的一方，即自问自答。

【译文】

何晏任吏部尚书，有名望，在他家里清谈的客人常常满座。王弼当时不到二十岁，前往拜见。何晏听到过王弼的名声，便分条列出以前那些精妙的玄理来告诉王弼说："这些道理我认为是谈得最透彻的了，还能再反驳吗？"王弼便提出反驳，满座的人都觉得理屈。于是王弼反复自问自答，所谈的玄理是满座的人所不及的。

【原典】

何平叔注老子[①]，始成，诣王辅嗣[②]。见王注精奇[③]，乃神伏曰[④]："若斯人，可与论天人之际矣[⑤]！"因以所注为道德二论。

【注释】

①何平叔：即何晏。②王辅嗣：即王弼。③精奇：精微独到。④神伏：神服，倾心佩服。⑤天人之际：指天和人的关系，天人关系是中国传统哲学的核心问题。

【译文】

何晏注释《老子》才完成，就去拜会王弼，看见王弼的注极其精彩奇妙，于是非常佩服。说：“像这个人，就可以和他讨论天人关系的问题了！”于是把自己所注的称为《道论》《德论》两篇。

【原典】

王辅嗣弱冠诣裴徽[1]，徽问曰：“夫无者，诚万物之所资，圣人莫肯致言，而老子申之无已，何邪？”弼曰：“圣人体无，无又不可以训，故言必及有；老、庄未免于有，恒训其所不足。”

【注释】

①王辅嗣：即王弼。裴徽：字文季，魏河东闻喜（今属山西）人。

【译文】

王弼不到二十岁时去拜访裴徽，裴徽问他：“无，确实是万物存在的依据，圣人不肯谈这个概念，而老子却反复地说个没完，这是为什么？”王弼说：“圣人认为无是本体，可是无又不能解释清楚，所以言谈间必定涉及有；老子、庄子免不了说到有，所以要经常去解释那个还掌握得不充分的无。”

【原典】

诸葛厷年少不肯学问[1]。始与王夷甫谈，便已超诣。王叹曰：“卿天才卓出，若复小加研寻，一无所愧。”厷后看庄、老，更与王语，便足相抗衡。

【注释】

①诸葛厷（hóng）：字茂远，一作诸葛宏，晋琅琊（今山东临沂）人，有逸才，官至司官主簿。

【译文】

诸葛厷年轻时不肯向他人求救。开始和王衍清谈时，便已达到了很高的造诣。王衍叹道：“你的才智很出众，如果再稍加用功探研，就丝毫也不会比当代名流差了。”诸葛厷后来阅读了《庄子》《老子》，再与王衍清谈，便完全可以和他旗鼓相当了。

【原典】

卫玠总角时问乐令“梦”[①]，乐云“是想”。卫曰：“形神所不接而梦，岂是想邪？”乐云：“因也。未尝梦乘车入鼠穴，捣齑啖铁杵[②]，皆无想无因故也。”卫思“因”，经日不得，遂成病。乐闻，故命驾为剖析之[③]。卫既小差。乐叹曰：“此儿胸中当必无膏肓之疾[④]！”

【注释】

①总角：未成年的人，头发扎成抓髻，叫总角，借指幼年。②捣齑（jī）：把葱、蒜、姜等捣碎腌咸菜。啖（dàn）：给吃。③命驾：吩咐人驾车，即坐车前往。④膏肓（huāng）：心尖脂肪叫膏，心脏和隔膜之间叫肓。古人认为这是药力达不到的地方，病入膏肓就无药可治了。乐广是说，卫玠一有疑难就一定要弄个明白才心安，这就不会积忧成病。

【译文】

卫玠幼年时，问尚书令乐广梦是怎么产生的，乐广说是因为心有所想才产生的。卫玠说：“身体和精神都不曾接触过的却在梦里出现，这哪里是心有所想呢？”乐广说：“是沿袭做过的事。人们不曾梦见坐车进老鼠洞，或者捣碎姜蒜去吃铁杵，这都是因为没有这些想法，没有这些可模仿的先例。”卫玠便思考这些问题，思考了一整天也没有得出答案，终于想得生了病。乐广听说后，特意坐车去给他分析这个问题。卫玠的病才好转。乐广感慨地说：“这孩子心里一定不会得无法医治的病！”

【原典】

庾子嵩读庄子[①]，开卷一尺许便放去[②]，曰：“了不异人意。”

【注释】

①庾子嵩：庾敳（ái），字子嵩，晋颍川鄢陵（今属河南）人，自称是老、庄之徒。②一尺许：一尺左右，古代的书写在帛或纸上，卷起来收藏，所以可以计算长度。

【译文】

庾敳读《庄子》，打开书读了一尺左右的篇幅就放下了，说道：“和我的想法完全相同。”

【原典】

客问乐令“旨不至”者，乐亦不复剖析文句，直以麈尾柄确几[①]，曰：“至不？”客曰：“至！”乐因又举麈尾曰：“若至者，那得去？”于是客乃悟服。乐辞约而旨达[②]，皆此类。

【注释】

①确几（jī）：敲着小桌子。②约：简约，简要。

【译文】

有人请教尚书令乐广“旨不至”这句话是什么意思，乐广不再解释字句，而是直接用拂尘柄敲着小桌子道：“到达了没有？”客人回答说：“到达了。”乐广于是又举起拂尘说：“如果到达了，怎么能离开呢？”于是客人恍然大悟，表示信服。乐广解释问题时言辞简明扼要，可是意思很透彻，都是像上面这个例子一样。

【原典】

初，注庄子者数十家[①]，莫能究其旨要[②]。向秀于旧注外为解义，妙析奇致，大畅玄风。唯《秋水》《至乐》二篇未竟而秀卒。秀子幼，义遂零落，然犹有别本。郭象者[③]，为人薄行，有俊才。见秀义不传于世，遂窃以为己注。乃自注秋水、至乐二篇，又易马蹄一篇，其余众篇，或定点文句而已[④]。后秀义别本出，故今有向、郭二庄，其义一也。

【注释】

①庄子：《庄子》一书是战国时代的庄周以及他的后学所作，继承并发展了《老子》的思想，是道家学派的重要著作，本则下文谈的《秋水》《至乐》《马蹄》，都是其中的篇名，晋代的向秀、郭象等都曾给《庄子》作注，但现存的只有郭注本。②旨要：要领，主要用意。③郭象：字子玄，是西晋时代重要的唯心主义哲学家。④定点：点定；改正。

【译文】

当初，为《庄子》作注的有几十家，可是没有一家能探索到它的精髓。向秀推开旧注，另求新解，精到的分析，美妙的意趣，使《庄子》玄

奥的意旨大为畅达。只是《秋水》《至乐》两篇没有注完，向秀便去世了。向秀的儿子还很小，不能完成父业，致使他的注文零落，不过还有另外的稿本。郭象这个人，为人品行不好，却是才智出众。他看到向秀所释新义在当时没有流传开，便偷来当做自己的注本。他自注了《秋水》《至乐》两篇，又将《马蹄》篇改了注，其余各篇的注，有的只是改正一下文句罢了。后来向秀释义的另一个本子被发现了，所以现在有向秀、郭象两种《庄子》注，但两种注的意义一样。

【原典】

阮宣子有令闻[①]，太尉王夷甫见而问曰："老、庄与圣教同异[②]？"对曰："将无同？"太尉善其言，辟之为掾[③]。世谓"三语掾"。卫玠嘲之曰："一言可辟，何假于三？"宣子曰："苟是天下人望，亦可无言而辟，复何假一？"遂相与为友。

【注释】

①阮宣子：阮修，字宣子，喜欢《老子》《周易》，能谈玄理。②圣教：圣人的教化，儒学。这一句是问老庄思想和儒家思想的异同。③掾（yuàn）：属官，下文的"三语掾"，即三个字属官。

【译文】

阮修很有名望，太尉王衍见到他时问道："老子、庄子和儒家有什么异同？"阮修回答说："不是相同的吗？"太尉很赞赏他的回答，就将他调来做下属。世人都称阮宣子为"三语掾"。卫玠嘲讽他说："只说一个字就可以调用，何必要用三个字！"卫修说："如果是天下所仰望的人，也可以不说话就能调用，又何必要借助一个字呢！"于是两人结为朋友。

【原典】

裴散骑娶王太尉女[①]。婚后三日，诸婿大会，当时名士，王、裴子弟悉集。郭子玄在坐，挑与裴谈。子玄才甚丰赡[②]，始数交未快。郭陈张甚盛[③]，裴徐理前语，理致甚微，四坐咨嗟称快。王亦以为奇，谓诸人曰："君辈勿为尔，将受困寡人女婿[④]！"

【注释】

①裴散骑：裴遐，字叔道，任散骑郎，他善谈名理，且谈吐风雅。余嘉锡《世说新语·笺疏》说："晋、宋人清谈，不惟善言名理，其音响轻重疾徐，皆自有一种风韵。"裴遐就是这样。②丰赡（shàn）：富足，这里指才识渊博。③陈张：铺陈张扬。④寡人：王侯的谦称，王夷甫居宰辅之重，也自称寡人。

【译文】

散骑郎裴遐娶太尉王衍的女儿为妻。婚后第三天，王家邀请诸女婿聚会，当时的名士和王、裴两家子弟齐集王家。郭象也在座，他领头和裴遐谈玄。郭象才识很渊博，开始几番交锋并不很顺利。于是郭象大张旗鼓，而裴遐则慢条斯理地接着刚才的论题阐述，理致极其缜密，满座的人都赞叹称好。王衍也以为新奇罕见，于是对大家说："你们不要再辩论了，不然就要被我女婿困住了。"

【原典】

殷中军见佛经云："理亦应阿堵上[①]。"

【注释】

①阿堵：这。这句指佛经和玄学义理相符，东晋以后，玄学和佛学趋于合流。

【译文】

中军将军殷浩看了佛经，说："玄理也应当在这上面。"

【原典】

褚季野语孙安国云："北人学问，渊综广博[①]。"孙答曰："南人学问，清通简要[②]。"支道林闻之曰："圣贤固所忘言[③]。自中人以还[④]，北人看书，如显处视月；南人学问，如牖中窥日。"

【注释】

①渊综：深厚而且融会贯通。②清通：清新通达，这两句是说北方人做学问着重渊博，南方人则着重专精。③忘言：指默识其意，无需用言语

来说明。④中人：中等人，指具有中等才智的人。

【译文】

诸裒对孙盛说："北方人做学问，深厚广博而且融会贯通。"孙盛回答说："南方人做学问，清新通达而且简明扼要。"支道林听到后，说："圣贤自然不用言语说明，从中等才智以下的人来说，北方人读书，像是在敞亮处看月亮；南方人做学问，像是从窗户里看太阳。"

【原典】

殷中军云[①]："康伯未得我牙后慧[②]。"

【注释】

①殷中军：殷浩。②康伯：韩伯，是殷浩的外甥，殷浩很喜欢他。牙后慧：指言外之意趣。

【译文】

中军将军殷浩说："韩伯还没有学到我言外之意趣。"

【原典】

宣武集诸名胜讲易[①]，日说一卦。简文欲听，闻此便还。曰："义自当有难易，其以一卦为限邪？"

【注释】

①名胜：名流。《易》：即《周易》。

【译文】

桓温将许多著名人士聚在一起讲解《周易》，且每天只解释一卦。简文帝本来打算也想去听，但一听说是这样讲就回来了，说："卦的内容自然是有难有易，不过怎么能限定每天只讲一卦呢？"

【原典】

孙安国往殷中军许共论[①]，往反精苦，客主无间。左右进食，冷而复暖者数四。彼我奋掷麈尾，悉脱落，满餐饭中。宾主遂至莫忘食。殷乃语孙曰："卿莫作强口马[②]，我当穿卿鼻。"孙曰："卿不见决鼻牛，人当穿卿颊。"

【注释】

①孙安国：孙盛。殷中军：殷浩。②强（jiàng）口马：比喻嘴硬，不服输。

【译文】

孙盛到中军将军殷浩处一起清谈，两人来回辩驳，殚精竭虑，宾主间毫无隔阂。侍候的人端上饭菜也顾不得吃，饭菜凉了又热，热了又凉，这样如此反复都已经是好几遍了。双方奋力甩动着拂尘，以致拂尘的毛全部脱落，饭菜上都落满了。主客一直激辩到晚上，忘了吃饭。殷浩便对孙盛说："你不要做硬嘴马，我会把你的鼻子穿起来！"孙盛说："你没见决鼻子牛么？当心人家会穿你的腮帮子！"

【原典】

庄子逍遥篇[①]，旧是难处，诸名贤所可钻味，而不能拔理于郭、向之外[②]。支道林在白马寺中，将冯太常共语[③]，因及逍遥。支卓然标新理于二家之表，立异义于众贤之外，皆是诸名贤寻味之所不得。后遂用支理。

【注释】

①逍遥：《逍遥游》，是《庄子》中的第一篇，论述了万物要无所依靠，才能逍遥自得的思想。②郭、向：郭象、向秀，两家都是注释《庄子》的。③冯太常：冯怀，字祖思，任太常（主管祭祀、礼乐）、护军将军等职。

【译文】

《庄子·逍遥游》在过去是较难探究的一篇，诸位名士所钻研的义理，都没有超出郭象和向秀的研究。支道林在白马寺里，和太常冯怀一起谈论，便谈到《逍遥游》。支道林在郭、向两家的见解之外，所阐发的义

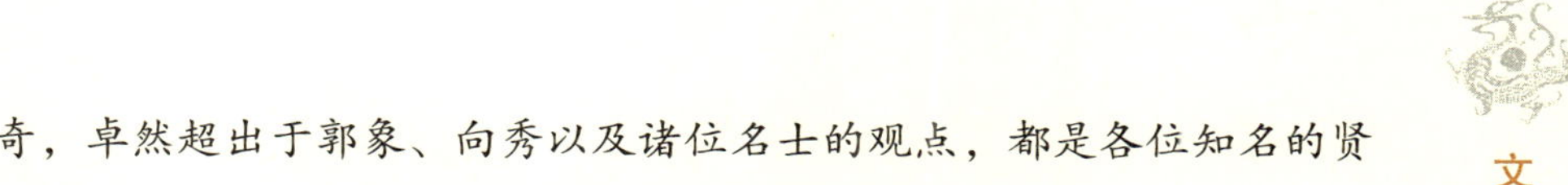

理新奇，卓然超出于郭象、向秀以及诸位名士的观点，都是各位知名的贤士寻求不得的。于是后来人们就接受了支道林的观点。

【原典】

王逸少作会稽[①]，初至，支道林在焉。孙兴公谓王曰："支道林拔新领异[②]，胸怀所及，乃自佳，卿欲见不？"王本自有一往隽气[③]，殊自轻之。后孙与支共载往王许，王都领域[④]，不与交言。须臾支退，后正值王当行，车已在门。支语王曰："君未可去，贫道与君小语。"因论庄子逍遥游。支作数千言，才藻新奇，花烂映发。王遂披襟解带[⑤]，留连不能已。

【注释】

①王逸少：王羲之，字逸少。②拔新领异：标新立异。拔，提出。领，领会。③一往隽（jùn）气：指一向有超人的气质。隽，通"俊"。④领域：指心存界限。⑤披襟解带：即宽衣解带，指坦诚相待。

【译文】

王羲之出任会稽内史，刚到任，支道林正在那里。孙绰对王羲之说："支道林标新理立异义，胸中所想本就佳妙，您想见见他吗？"王羲之本来就有超凡脱俗的气质，很轻视支道林。后来孙绰和支道林一起坐车到王羲之那里，王羲之总是着意矜持，不和他交谈。不一会儿支道林就告退了，后来有一次正碰上王羲之要外出，车子已经在门外等着了。支道林对王羲之说："您还不能走，我想和您稍微谈论一下。"于是就谈到《庄子·逍遥游》。支道林一谈起来，洋洋数千言，才气不凡，辞藻新奇，像繁花灿烂，交映生辉。王羲之终于脱下外衣不再出门，并且留连不止。

【原典】

林道人诣谢公[①]，东阳时始总角[②]，新病起，体未堪劳。与林公讲论，遂至相苦。母王夫人在壁后听之，再遣信令还[③]，而太傅留之。王夫人因自出云："新妇少遭家难[④]，一生所寄，唯在此儿。"因流涕抱儿以归。谢公语同坐曰："家嫂辞情慷慨，致可传述，恨不使朝士见。"

【注释】

①林道人：即支道林，下文又称“林公”。谢公：谢安，下文又称“太傅。”②东阳：谢朗，官至东阳郡太守，是谢安的侄儿。③信：送信的人，这里指传话的人。④新妇：妇女谦称。家难：家里的不幸遭遇，这里指丈夫死了。

【译文】

支道林和尚去拜访谢安，谢朗当时还年幼，病刚刚好，身体还经不起劳累。他和支道林一起研讨、辩论玄理，以至于互相辩驳，毫不相让。他母亲王夫人在隔壁房中听见这样，就一再派人叫他回去，可是太傅谢安把他留住。王夫人便只好亲自出来，说：“我早年寡居，一辈子的寄托，只在这孩子身上。”于是流着泪把儿子抱回去了。谢安告诉同座的人说：“家嫂言辞情意都很激愤，很值得传扬称道，遗憾的是不能让朝中人士见到！”

【原典】

支道林初从东出[①]，住东安寺中。王长史宿构精理，并撰其才藻，往与支语，不大当对。王叙致作数百语[②]，自谓是名理奇藻。支徐徐谓曰：“身与君别多年，君义言了不长进。”王大惭而退。

【注释】

①从东出：支道林原居会稽，在京都建康东部，晋哀帝派人把他接到建康，所以说“从东出”。②叙致：陈述道理。

【译文】

支道林刚从会稽来到建康时，住在东安寺里。左长史王濛事先想好精微的义理，并且想好富有才情、文采的言辞，去和支道林清谈，可是和支道林的谈论无法匹敌。王濛作长篇论述，自以为讲的是至理名言，用的是奇丽辞藻。支道林听后，慢吞吞地对他说：“我和您分别多年，看来您在义理、言辞两方面全都没有长进。”王濛非常惭愧地告辞走了。

【原典】

殷中军读小品，下二百签[①]，皆是精微，世之幽滞[②]。尝欲与支道林辩之[③]，竟不得。今小品犹存[④]。

【注释】

①签：签注，读书有疑难处，夹上字条做标记。②幽滞：深奥难解。③“尝欲”句：据《语林》载：殷浩因为对佛经有所不解，派人去请支道林。王羲之却以为，殷浩不了解的，支道林也未必能讲通，如果讲错了，更是影响名声，所以劝他不要去。支道林同意王羲之的话，没有去见殷浩。④小品：小品经。

【译文】

中军将军殷浩读佛经《小品》，有不少不理解的地方，加了二百张字条标明，这些都是精深奥妙的地方，是当时隐晦难明的。殷浩曾经想和支道林辩明这些问题，但他终究没能如愿。现在《小品》还保存着。

【原典】

于法开始与支公争名，后精渐归支，意甚不忿，遂遁迹剡下。遣弟子出都，语使过会稽。于时支公正讲小品。开戒弟子：“道林讲，比汝至，当在某品中[①]。”因示语攻难数十番，云：“旧此中不可复通。”弟子如言诣支公。正值讲，因谨述开意。往反多时，林公遂屈。厉声曰：“君何足复受人寄载！”

【注释】

①品：佛家经论之篇章。

【译文】

于法开当初和支道林争名，后来人心渐渐归向于支道林，他心里非常不服气，便隐居到剡县。有一次，于法开派弟子到京都去，吩咐弟子要经过会稽山阴县。那时支道林正在那里宣讲佛经《小品》。于法开告诫他的弟子说：“支道林开讲《小品》，等你到达时，就该讲某一章了。”于是给弟子示范，告诉他来回数十次的攻诘辩难，并且说：“过去这里面的问题不可能比我讲的更明白了。”弟子照他的嘱咐去拜访支道林。正好碰上支道林宣讲，便小心地陈述于法开的见解，两人来回辩论了很久，支道林终于辩输了，于是厉声说：“您何苦受人指使呢！”

【原典】

康僧渊初过江[①]，未有知者，恒周旋市肆[②]，乞索以自营[③]。忽往殷渊源许，值盛有宾客，殷使坐，粗与寒温，遂及义理[④]。语言辞旨[⑤]，曾无愧色。领略粗举，一往参诣[⑥]。由是知之。

【注释】

①康僧渊：西域僧人，曾和殷浩谈及佛经义理，辨别俗书性情之义。②市肆：市中商店，市场。③自营：自己谋生活。④义理：探究经义和名理的学问。⑤辞旨：言辞的意趣。⑥一往参诣：指一向深入钻研。

【译文】

康僧渊刚到江南的时候，还没有人了解他，经常在街市商场上徘徊，靠乞讨来养活自己。一次，他突然到殷渊源家去，正碰上有很多宾客在座，殷渊源让他坐下，和他稍微寒暄了几句，便谈及义理。康僧渊的言谈意趣，竟然毫无愧色。不管是有深刻领会的，还是粗略提出的义理，都是他一向深入钻研过的。正是由于这次清谈，大家才了解他。

【原典】

人有问殷中军：“何以将得位而梦棺器[①]，将得财而梦矢秽[②]？”殷曰：“官本是臭腐，所以将得而梦棺尸；财本是粪土，所以将得而梦秽污。”时人以为名通。

【注释】

①位：官位，爵位。②矢：通“屎”。迷信的说法，做梦和现实正相反，故有此问。

【译文】

有人问中军将军殷浩：“为什么将要得到官爵就梦见棺材，将要得到钱财就梦见粪便？”殷浩回答说：“官爵本来就是腐臭的东西，所以人将要

得到它时就会梦见棺材尸体；钱财本来就是粪土，所以人将要得到它时就会梦见肮脏的东西。”当时的人认为这是名言通论。

【原典】

支道林、殷渊源俱在相王许[①]。相王谓二人：“可试一交言。而才性殆是渊源崤、函之固[②]，君其慎焉！”支初作，改辙远之[③]，数四交，不觉入其玄中。相王抚肩笑曰：“此自是其胜场[④]，安可争锋！”

【注释】

①相王：指晋简文帝司马煜，他未登帝位时，以上稽王身份任丞相，所以称相王。②崤（xiáo）、函：崤山和函谷关，大概指今陕西潼关以东至河南新安县境一带，是秦国的险要关塞。这里以崤、函之固形容殷渊源善谈才性，无懈可击，难以攻入。③改辙：改道，比喻改变方向、话题。④胜场：稳操胜算的处所，杰出之处。

【译文】

支道林、殷浩都在相王司马煜府中，司马煜对两人说道：“你们可以试着辩论一下。可是才性关系问题是殷浩的坚固堡垒，您可要谨慎啊！”支道林开始论述问题时，便改变方向，远远避开才性问题，但是论辩了几个回合，便不觉进入了司马煜的玄理之中。相王拍着支道林的肩膀笑道：“这本来是他的特长，你怎么可以和他争胜呢！”

【原典】

谢公因子弟集聚，问毛诗何句最佳[①]？遏称曰[②]：“昔我往矣，杨柳依依；今我来思，雨雪霏霏[③]。”公曰：“讦谟定命，远猷辰告[④]。”谓此句偏有雅人深致。

【注释】

①毛诗：即《诗经》，是周代的一部诗歌总集，现在流传下来的是由毛亨和毛苌作传的，又称《毛诗》。②遏：是谢玄的小名，谢玄是谢安的侄儿。③“昔我”两句：出自《诗经·小雅·采薇》，大意是：“想起我离家出征的时光，杨柳轻轻摆荡；如今我回到家乡了，雪花漫天飘扬。”雨

（yù）雪：下雪。④“讦（xū）谟”句：出自《诗经·大雅·抑》，大意是：国家大计一定要号召，重大方针政策要及时宣告。谢安是从政治角度肯定这一句的。

【译文】

谢安趁着子弟们聚会在一起的时候，问道：“《诗经》里面哪一句最好？”谢玄称赞说：“最好的是‘昔我往矣，杨柳依依；今我来思，雨雪霏霏。’”谢安说：“应该是‘讦谟定命，远猷辰告’。”认为这一句特别具有高雅之士的深远意趣。

【原典】

张凭举孝廉[①]，出都，负其才气，谓必参时彦。欲诣刘尹，乡里及同举者共笑之。张遂诣刘。刘洗濯料事，处之下坐，唯通寒暑，神意不接。张欲自发无端。顷之，长史诸贤来清言。客主有不通处，张乃遥于末坐判之，言约旨远，足畅彼我之怀，一坐皆惊。真长延之上坐，清言弥日，因留宿至晓。张退，刘曰：“卿且去，正当取卿共诣抚军[②]。”张还船，同侣问何处宿？张笑而不答。须臾，真长遣传教觅张孝廉船[③]，同侣惋愕。即同载诣抚军。至门，刘前进谓抚军曰：“下官今日为公得一太常博士妙选[④]！”既前，抚军与之话言，咨嗟称善曰：“张凭勃窣为理窟。”即用为太常博士。

【注释】

①张凭：字长宗，晋吴郡（今江苏苏州）人。②抚军：指简文帝司马昱，晋穆帝永和元年（公元 345 年），以会稽王司马昱为抚军大将军，故称抚军。③传教：主管宣布教令的郡吏。④下官：下属官吏的自称。太常博士：官名，是礼官，专管仪礼。

【译文】

张凭察举为孝廉后，到京都去，他仗着自己有才气，认为必定能置身于当时才学名流之列。他想去拜访丹阳尹刘惔，他的同乡和一同察举的人都笑话他。张凭于是去拜访刘惔，这时刘惔正在处理一些杂事，就把他安排在下座，只是和他寒暄一下，神态心意都没有注意他。张凭想引出话题却没有因由。不久，长史王濛等名流来清谈，主客双方产生分歧不能沟通的地方，张凭便远远地在末座上给他们分析评判，言辞精炼而内容深刻，能够把彼此心意表述明白，满座的人都很惊奇。刘惔就请他坐到上座，和他清谈了一整天，留他住到天亮。第二天，张凭告辞时，刘惔说："你暂时回去，我将邀你一起去拜见抚军。"张凭回到船上，同伴们问他在哪里过夜，张凭笑笑，没有回答。不一会儿，刘惔派郡吏来找张凭坐的船，同伴们很惊愕。刘惔当即和他一起坐车去谒见抚军。到了大门口，刘惔先进去对抚军说："下官今天给您找到一个太常博士的极佳人选。"张凭进见后，抚军和他谈话，不住赞叹，连声说好，并说："张凭才华横溢，义理集于一身。"于是马上任用他做太常博士。

【原典】

汰法师云："'六通[①]''三明'同归，正异名耳。"

【注释】

①六通：佛教用语，认为有六种通：天眼通、天耳通、身通、他心通、宿命通，漏尽道（漏：烦恼），前五通，一般人可能修炼到，最后一通，即割断一切烦恼，自在无碍，这只有圣者能做到。三明：指心得到解脱，能知过去、现在、未来三世，明指显豁、分明。宿命通，知过上之生命相；天眼通，知未来之上命相；漏尽道，知现在之苦相，能割断一切烦

恼。所以六通、三明，殊名同归。

【译文】

汰法师说："六通和三明同一指归，只是名称不同罢了。"

【原典】

支道林、许、谢盛德，共集王家。谢顾谓诸人："今日可谓彦会①，时既不可留，此集固亦难常。当共言咏，以写其怀。"许便问主人有《庄子》不？正得《渔父》一篇。谢看题，便各使四坐通。支道林先通，作七百许语，叙致精丽，才藻奇拔，众咸称善。于是四坐各言怀毕。谢问曰："卿等尽不？"皆曰："今日之言，少不自竭。"谢后粗难，因自叙其意，作万余语，才峰秀逸②。既自难干，加意气拟托，萧然自得，四坐莫不厌心。支谓谢曰："君一往奔诣③，故复自佳耳。"

【注释】

①彦会：贤士聚会。彦，对士的美称。②才峰：比喻才能突出。秀逸：特异超俗。③一往奔诣：直接阐明要领，达到很高的境界。

【译文】

支道林、许询、谢安诸位品德高尚人士一起到王濛家聚会。谢安环顾左右对大家说："今天可以说是贤士雅会。时光不可挽留，这样的聚会当然也难常有，我们应该一起谈论吟咏，来抒发我们的情怀。"许询便问主人王濛有没有《庄子》这部书，主人只找到《渔父》一篇。谢安看了题目，便叫大家一个个讲解其义理。支道林先讲解，说了七百来句话，说解义理精妙优美，才情辞藻新奇拔俗，大家都觉得他讲得非常好。于是在座的人各自谈完了自己的体会。这时谢安问道："你们说完了没有？"都说："今天的谈论，很少有保留，没有不尽意的了。"然后谢安大致提出一些疑问，就此谈了自己的意见，洋洋万余言，才思敏锐高妙，特异超俗。既难以反驳，加上情意有所比拟、寄托，潇洒自如，使满座的人无不心悦诚服。支道林对谢安说："您的话阐明要领，境界很高，自然很优异呀！"

【原典】

僧意在瓦官寺中，王苟子来，与共语，便使其唱理[1]。意谓王曰："圣人有情不？"王曰："无。"重问曰："圣人如柱邪？"王曰："如筹算[2]，虽无情，运之者有情。"僧意云："谁运圣人邪？"苟子不得答而去。

【注释】

①唱理：首先谈论玄理。唱，通"倡"。②筹算：筹码，计算的用具。

【译文】

僧意住在瓦官寺中，王修到来，和他一起谈玄理，便让他先开个头。僧意问王修："圣人有感情没有？"王说："没有"。僧意又问道："那么圣人像柱子一样吗？"王修说："像筹码，虽然没有感情，可是使用它的人有感情。"僧意又问："谁来使用圣人呢？"王修回答不了就走了。

【原典】

司马太傅问谢车骑[1]："惠子其书五车，何以无一言入玄[2]？"谢曰："故当是其妙处不传。"

【注释】

①司马太傅：司马道子。②"惠子"句：《庄子·天下》说，惠施所著的书可以装满五车（极言著书之多），可是讲的道理很杂乱，言辞也不当。

【译文】

太傅司马道子问车骑将军谢玄："惠子所著的书有五车之多，为什么没有一句话涉及玄言？"谢玄回答说："这当然是因为玄言的精微处难以言传。"

【原典】

羊孚弟娶王永言女。及王家见婿，孚送弟俱往。时永言父东阳尚在[1]，殷仲堪是东阳女婿，亦在坐。孚雅善理义[2]，乃与仲堪道《齐物》[3]。殷难之，羊云："君四番后，当得见同。"殷笑曰："乃可得尽，何必相同？"

乃至四番后一通。殷咨嗟曰："仆便无以相异。"叹为新拔者久之[④]。

【注释】

①东阳：指王临之，曾任东阳太守。②理义：理和义，这里指辨析名理的学问。③《齐物》：《齐物论》，是《庄子》中的一篇。④新拔者：后起之秀。

【译文】

羊孚的弟弟羊辅娶王永言的女儿为妻。当王家要接待女婿的时候，羊孚亲自送他弟弟到王家。这时王永言的父亲东阳太守王临之还活着，殷仲堪是王临之的女婿，也在座。羊孚非常擅长谈论玄理，便和殷仲堪谈论《庄子·齐物论》。殷仲堪反驳了羊孚的见解，羊孚说："您经过四个回合后将会见到彼此的见解相同。"殷仲堪笑着说："只能说尽，为什么一定会相同！"等到四个回合后两人见解竟然相通了。殷仲堪感慨地说："这样，我就没有什么见解跟你不同了！"并且久久地赞叹羊孚是后起之秀。

【原典】

殷仲堪云："三日不读《道德经》[①]，便觉舌本间强[②]。"

【注释】

①道德经：《老子》一书后来称为《道德经》。②间强（jiàng）：生硬。这句指对理论根据生疏了，才思就不敏捷，言谈就不流畅。

【译文】

殷仲堪说："三天如果不读《道德经》，就会觉得舌根发硬。"

【原典】

桓南郡与殷荆州共谈，每相攻难。年余后，但一两番。桓自叹才思转退。殷云："此乃是君转解[①]。"

【注释】

①"此乃"句：言桓玄更加了解殷氏所谈玄理，所以攻难就少了。

【译文】

南郡公桓玄和荆州刺史殷仲堪在一起谈玄，每每互相辩驳，一年多以

后，辩驳少了，只有一两次。桓玄自己慨叹才思越来越倒退了，殷仲堪却说："这其实是您理解能力不断提高的缘故。"

【原典】

文帝尝令东阿王七步中作诗[1]，不成者行大法[2]。应声便为诗曰："煮豆持作羹，漉菽以为汁[3]。萁在釜下然[4]，豆在釜中泣。本自同根生，相煎何太急？"帝深有惭色。

【注释】

①文帝：魏文帝曹丕，是曹操的儿子，逼迫汉献帝让位，自立为帝。东阿王：曹植（192—232），字子建，曹丕的同母弟，天资聪敏，是当时杰出的诗人，曹操几乎要立他为太子，曹丕登帝位后，他很受压迫，一再贬爵徙封，后封为东阿王。②大法：大刑，重刑，这里指死刑。③漉（lù）：过滤。菽（shū），豆类的总称。④然：通"燃"，烧。

【译文】

魏文帝曹丕曾经命令东阿王曹植在七步之内作成一首诗，如果作不出的话，就要用死刑。曹植应声便作成一诗："煮豆持作羹，漉菽以为汁。萁在釜下燃，豆在釜中泣。本自同根生，相煎何太急！”魏文帝听了深感惭愧。

【原典】

左太冲作《三都赋》初成[①]，时人互有讥訾，思意不惬。后示张公[②]。张曰：“此《二京》可三，然君文未重于世，宜以经高名之士。”思乃询求于皇甫谧[③]。谧见之嗟叹，遂为作叙。于是先相非贰者，莫不敛衽赞述焉[④]。

【注释】

①左太冲：左思，字太冲，齐临淄（今属山东）人，晋代诗人，用十年时间写成《三都赋》。②张公：指张华，张华学识广博，勇于赴义，名重一时，曾任太常、司空。③皇甫谧（mì）：字士安，博览解书，著有《高士传》，名望很高，晋武帝屡召为官，不就。④敛衽（rèn）：整理衣襟，指表示敬意。赞述：称赞传述。

【译文】

左思写《三都赋》，刚写完，当时的人交相讥笑非难，左思心里很不舒服。后来他把文章拿给张华看，张华说：“这可以和《两都》《二京》鼎足而立，可是现在您的文名还没有受到世人重视，应该拿去让享有盛名的人士加以推荐。”左思便拿去请教并拜求皇甫谧。皇甫谧看了这篇赋后非常赞赏，就为赋写了一篇叙文。这样先前那些非难、怀疑这篇赋的人，又都怀着敬意赞扬它了。

【原典】

刘伶著《酒德颂》[①]，意气所寄。

【注释】

①刘伶：字伯伦，竹林七贤之一，放荡不羁，以嗜酒著名，主张无为而治。

【译文】

刘伶写了一篇《酒德颂》，这是他自己心意情趣的寄托。

【原典】

乐令善于清言[①]，而不长于手笔[②]。将让河南尹，请潘岳为表[③]。潘云："可作耳。要当得君意[④]。"乐为述己所以为让，标位二百许语。潘直取错综，便成名笔。时人咸云："若乐不假潘之文，潘不取乐之旨，则无以成斯矣。"

【注释】

①乐令：乐广。②手笔：文辞，文章。③表，奏章。④要当：总归，必须。

【译文】

尚书令乐广擅长清谈，可是不擅长写文章。他想辞去河南尹职务，便请潘岳替他写奏章。潘岳说："我可以写呀，不过我需要知道您的意思才行。"乐广便给他说明自己决定让位的原因，说了二百来句话。潘岳把他的话直接拿来重新编排了一番，便成了一篇名作。当时的人都说："如果乐广不借助潘岳的文辞，潘岳不采纳乐广的意思，就无法写成这样优美的文章了。"

方正第五

【原典】

陈太丘与友期行，期日中[①]。过中不至[②]，太丘舍去[③]，去后乃至[④]。元方时年七岁，门外戏。客问元方："尊君在不[⑤]？"答曰："待君久不至，已去。"友人便怒曰："非人哉！与人期行，相委而去。"元方曰："君与家君期日中。日中不至，则是无信；对子骂父，则是无礼。"友人惭，下车引之。元方入门不顾。

【注释】

①期日中：约定的时间是正午。日中，正午时分。②过中：过了正午。③舍去：不再等候就走了。去，离开。舍，舍弃，抛弃。④乃至：（友人）才到。乃，才。⑤尊君：对别人父亲的一种尊称。不，通"否"。

【译文】

太丘长陈寔和朋友约好一同外出，约定时间是中午出发。过了中午，朋友还没有来，陈寔没有管他，就自己先走了。陈寔离开之后，那位朋友才到。当时陈寔儿子陈纪才七岁，正在门外玩耍。来客问陈纪："令尊在家吗？"陈纪回答说："家父等了您很久，见您不来，就自己先走了。"那位朋友便生起气来，说道："真不是人呀！和别人说好要一起走的，却扔下别人不管，自己走了！"陈纪说："您是跟家父约定中午走的。到了中午还不来，这就是不守信用；对着人家的儿子骂人家的父亲，你这就是不讲礼貌。"那位朋友听了很惭愧，就下车来拉陈纪的手。陈纪却掉头跑进家门，没有搭理他。

【原典】

南阳宗世林[①]，魏武同时，而甚薄其为人，不与之交。及魏武作司

空[②]，总朝政，从容问宗曰："可以交未？"答曰："松柏之志犹存。"世林既以忤旨见疏，位不配德。文帝兄弟每造其门，皆独拜床下，其见礼如此。

【注释】

①南阳：郡名，治宛县（今河南南阳）人。宗世林：宗承，字世林，三国时魏南阳安众（今河南镇平）人。②魏武：曹操，死后追尊为魏武帝，故称。司空：官名，三公之一，参议国事，掌水土之事的最高行政长官。

【译文】

南阳郡人宗承，是和魏武帝曹操同时代的人，他很瞧不起曹操的为人，不肯和曹操结交。等到曹操做了司空，总揽朝廷大权的时候，曾委婉试探宗承说："现在可不可以和我结交呢？"宗承回答说："我如松柏一样的意志还没有变。"宗承就这样因为不合曹操的心意而被疏远，官职很低，和他的才德品行不相配。但是曹丕、曹植兄弟每次登门拜访，都是以晚辈的身份，各自拜在他的坐榻下。他就是这样地受到尊敬。

【原典】

魏文帝受禅[①]，陈群有戚容[②]。帝问曰："朕应天受命[③]，卿何以不乐？"群曰："臣与华歆，服膺先朝，今虽欣圣化，犹义形于色。"

【注释】

①魏文帝：曹丕。受禅（shàn）：接受禅让帝位，指曹丕登位称帝。公元 220 年农历正月，曹操死，其子曹丕继位为汉丞相，十月，曹丕废汉献帝为山阳公，自称皇帝。②陈群：陈群字长文，颍川许昌（今河南许昌）人，其祖父陈寔，父亲陈纪，叔父陈谌，于当世皆负盛名。③应天受命：指登帝位，帝王都认为自己是顺应天意、接受天命而登位的。

【译文】

魏文帝曹丕称帝，陈群面带愁容。文帝问他："朕顺应天命即帝位，你为什么不高兴？"陈群回答说："臣和华歆铭记先朝，现在虽然喜逢盛世，但是怀念故主恩义的心情，还是不免会显露出来。"

【原典】

郭淮作关中都督[①]，甚得民情，亦屡有战庸[②]。淮妻，太尉王凌之妹[③]，坐凌事当并诛。使者征摄甚急[④]，淮使戒装[⑤]，克日当发。州府文武及百姓劝淮举兵，淮不许。至期，遣妻，百姓号泣追呼者数万人。行数十里，淮乃命左右追夫人还，于是文武奔驰，如徇身首之急。既至，淮与宣帝书曰："五子哀恋，思念其母，其母既亡，则无五子。五子若殒，亦复无淮。"宣帝乃表，特原淮妻。

【注释】

①郭淮：字伯济，三国魏太原阳曲（今山西太原）人。都督：官名，地方军政长官，都督诸州军事，兼任所驻地之州刺史。②战庸：战功，庸即功劳。③太尉：官名，汉魏时与司徒、司空并称"三公"。④征摄：指逮捕。⑤戒装：准备行装。

【译文】

郭淮出任关中都督期间，很得民心，也多次建立过战功。郭淮的妻子，是太尉王凌的妹妹，因为王凌犯罪一事受到株连，应当一起处死。派来逮捕她的官吏要人要得很急，郭淮就让妻子准备好行装，按限定的时间出发。州和都督府的文武官员和百姓都劝说郭淮起兵反抗，郭淮没有应允。到了既定的期限，打发妻子上路，沿途百姓号啕痛哭不已，一路跟着呼唤不舍的人有几万人。走了几十里路后，郭淮终于下决心叫手下的人前去把夫人给追了回来，于是文武官员飞跑传命，就像去营救即将被斩首的人那么紧急。夫人追回来以后，郭淮写了封信给司马懿说："五个孩子哀痛欲绝，恋恋不舍，思念他们的母亲。如果他们的母亲死了，我就会失去五个孩子。五个孩子如果死了，也就不再有我郭淮了。"司马懿于是上表魏帝，特准赦免了郭淮的妻子。

【原典】

诸葛亮之次渭滨[①]，关中震动。魏明帝深惧晋宣王战[②]，乃遣辛毗为军司马[③]。宣王既与亮对渭而陈，亮设诱谲万方。宣王果大忿，将欲应之以重兵。亮遣间谍觇之[④]，还曰："有一老夫[⑤]，毅然仗黄钺[⑥]，当军门立，军不得出。"亮曰："此必辛佐治也。"

【注释】

①诸葛亮（181—234）：字孔明，三国蜀汉琅琊阳都（今山东沂南）人。②魏明帝：曹睿，字元仲，魏文帝曹丕的儿子。③辛毗（pí）：字佐治，三国魏颍川阳翟（今河南禹县）人，官至卫尉。④觇（chān）：侦察。⑤老夫：老年男子。⑥黄钺（yuè）：用黄金装饰的长柄大斧，古代为帝王所专用。

【译文】

诸葛亮屯兵在渭水之滨，关中地区人心为之震动不已。魏明帝曹睿十分害怕晋宣王司马懿出战，便派辛毗去担任军师。司马懿和诸葛亮隔着渭水列成阵势以后，诸葛亮千方百计地设法诱骗司马懿出战，司马懿果然非常愤怒，就打算用重兵来对付诸葛亮。诸葛亮派间谍去刺探司马懿的行动，回报说："有一个老人拿着金斧，坚定地面对军营门口站着，将士都出不来。"诸葛亮说："这人肯定是辛毗呀。"

【原典】

夏侯玄既被桎梏[①]，时钟毓为廷尉[②]，钟会先不与玄相知，因便狎之[③]。玄曰："虽复刑余之人，未敢闻命[④]！"考掠初无一言，临刑东市，颜色不异。

【注释】

①夏侯玄：字太初，魏齐王曹芳时任太常，为九卿之一，主管礼仪祭祀之事。桎梏（zhì gù）：脚镣和手铐。②廷尉：官名，九卿之一，掌管诉讼刑狱之事。③狎（xiá）：亲近而不庄重。④闻命：听从命令，这里说未敢闻命，意即不愿与之交往。

【译文】

夏侯玄被逮捕了，当时钟毓任廷尉，钟会先前和夏侯玄关系不是很好，这时趁机戏辱夏侯玄。夏侯玄说："我虽然是个罪人，也还不敢遵命。"经受刑讯拷打，始终不出一声，直到押赴法场行刑，也依然面不改色。

【原典】

夏侯泰初与广陵陈本善[①]。本与玄在本母前宴饮，本弟骞行还，径入，至堂户。泰初因起曰："可得同，不可得而杂。"

【注释】

①夏侯泰初：即夏侯玄。陈本：字休元，三国魏临淮东阳（今安徽天长西北）人，历官郡府、廷尉、镇北将军。

【译文】

夏侯玄和广陵郡人陈本是好朋友。当陈本和夏侯玄在陈本母亲面前喝酒时，陈本的弟弟陈骞从外面回来了，径直往里走，一直走到母亲住的堂屋门口。这时夏侯玄站起来说："我可以与志趣相同的人交往，但是不能够与志趣不相投的人交往杂处。"

【原典】

高贵乡公薨[①]，内外喧哗。司马文王问侍中陈泰曰[②]："何以静之？"泰云："唯杀贾充，以谢天下[③]。"文王曰："可复下此不？"对曰："但见其上，未见其下。"

【注释】

①高贵乡公：指曹髦（máo，241—260），字彦士，是魏文帝曹丕的孙子。②司马文王：司马昭，谥文王。③谢：认罪。

【译文】

曹髦被杀，朝廷内外众人震惊激愤不已，大家议论纷纷。文王司马昭问侍中陈泰："怎样才能使舆论平静下来呢？"陈泰说："只有杀掉贾充来向天下人谢罪。"司马昭说："可不可以再考虑一个比这次一等的处理办法？"陈泰回答说："我只知道比这更重的处置，不可能有比这更轻的处理办法了。"

【原典】

和峤为武帝所亲重[①]，语峤曰："东宫顷似更成进[②]，卿试往看。"还问："何如？"答云："皇太子圣质如初[③]。"

【注释】

①和峤：字长舆，任侍中，迁中书令，多次向晋武帝司马炎谈起担心太子不能继承国家大业，武帝不以为然。②东宫：太子居住的宫室，这里用来称太子。③圣质：太子的资质，“圣”字是敬辞。

【译文】

和峤是晋武帝所信任和器重的人，有一次武帝对和峤说：“太子最近看起来似乎变得更加成熟、长进了，你抽空过去看看。”和峤去了回来，武帝问他怎么样，和峤回答说：“皇太子资质和以前一样。”

【原典】

诸葛靓后入晋[①]，除大司马[②]，召不起。以与晋室有仇，常背洛水而坐。与武帝有旧，帝欲见之而无由，乃请诸葛妃呼靓[③]。既来，帝就太妃间相见。礼毕，酒酣，帝曰：“卿故复忆竹马之好不[④]？”靓曰：“臣不能吞炭漆身[⑤]，今日复睹圣颜。”因涕泗百行。帝于是惭悔而出。

【注释】

①诸葛靓（jìng）：当时在吴国做官，吴亡后，到晋国首都洛阳，因为他父亲诸葛诞被晋武帝的父亲司马昭杀了，所以不肯在晋室做官，回到家乡，终身不仕朝廷。②大司马：官名，八公之一。③诸葛妃：指司马懿的儿子琅琊王的王妃，晋武帝的叔母，诸葛靓的姐姐。④竹马之好：比喻儿童时代的交情。⑤吞炭漆身：比喻为父报仇。

【译文】

诸葛靓后入晋朝，被任命为大司马，他却不肯应召赴任。因为他与晋朝王室有杀父之仇，所以常常背对洛水而坐。他和晋武帝司马炎有交情，司马炎很想见他，却又找不到恰当的理由，就请婶母诸葛太妃把诸葛靓叫来。诸葛靓来后，武帝就到太妃那里和他见面。行礼后就喝酒，喝到痛快的时候，武帝问：“你还记得我们小时候的交情吗？”诸葛靓说：“臣不能像豫让那样为父报仇，所以今天才得以再见到圣上。”说完便涕泪交流。武帝于是惭愧懊悔地走了。

【原典】

武帝语和峤曰[①]："我欲先痛骂王武子[②]，然后爵之。"峤曰："武子俊爽，恐不可屈。"帝遂召武子，苦责之，因曰："知愧不？"武子曰："'尺布斗粟'之谣[③]，常为陛下耻之！它人能令疏亲，臣不能使亲疏，以此愧陛下。"

【注释】

①武帝：晋武帝司马炎。②王武子：王济，字武子。晋武帝曾命弟弟齐王司马攸离开京都回到封国去，王济极力劝谏，触怒了武帝，因此被责，并降职为国子祭酒。③尺布斗粟之谣：比喻兄弟不和。据《史记·淮南衡山列传》载，汉文帝的弟弟淮南王刘长以谋反罪被流放，途中绝食而死，后来有首民歌唱道："一尺布，尚可缝；一斗粟，尚可舂。兄弟二人，不能相容。"汉文帝和淮南王是兄弟，晋武帝和齐王也是兄弟，所以王济引用了这首民谣来讽他。

【译文】

晋武帝告诉和峤说："我想先痛骂王济一顿，然后才封给他爵位。"和峤说："王济才智出众，性情直爽，恐怕不能使他屈服。"武帝于是召见王济，狠狠地责骂了他，然后问道："你知道羞愧了吗？"王济说："想起尺布斗粟的民谣，经常替陛下感到羞愧。别人能让关系疏远的人亲近起来，臣却不能使亲近的人变得疏远。就因为这一点对陛下有愧。"

【原典】

杜预之荆州[①]，顿七里桥[②]，朝士悉祖[③]。预少贱，好豪侠，不为物所许。杨济既名氏[④]，雄俊不堪，不坐而去。须臾，和长舆来，问："杨右卫何在？"客曰："向来，不坐而去。"长舆曰："必大夏门下盘马[⑤]。"往大夏门，果大阅骑。长舆抱内车，共载归，坐如初。

【注释】

①杜预（222—284）：字元凯，京兆杜陵（今陕西西安东南）人。②顿：停留。七里桥：在洛阳东郊，京都士人，送往迎来，常在此处。③祖：原称祭祀路神，后亦指送行。④杨济：字弘通，晋弘农华阴（今属陕西）人。

⑤大夏门：洛阳的一座城门楼。盘马：骑着马盘旋。

【译文】

杜预到荆州去上任，屯驻在七里桥这个地方，许多朝廷人士都来到这里给他送行。杜预年轻时地位卑贱低微，好行侠义，不为公众所赞许。杨济既是出身名门的杰出人物，忍受不了这种场面，没落座就走了。一会儿，和峤来了，问："杨右卫在哪里？"有位客人说："刚才来了，没坐一坐就走了。"和峤说："一定是到大夏门下骑马盘旋。"便到大夏门去，杨济果然是在那里检阅兵马操练。和峤便将他拉到车上，一起坐车回到七里桥，好像刚来那样入座。

【原典】

杜预拜镇南将军，朝士悉至，皆在连榻坐[①]。时亦有裴叔则。羊稚舒后至[②]，曰："杜元凯乃复连榻坐客！"不坐便去。杜请裴追之，羊去数里住马，既而俱还杜许。

【注释】

①连榻：榻分独榻和连榻，坐独榻为尊，坐连榻则有待客怠慢之嫌。②羊稚舒：羊琇，字稚舒，晋泰山南城（今属山东）人。

【译文】

杜预担任镇南将军时，朝廷的官员都来庆贺，大家都在连榻上落座。当时在座的也有裴楷。羊琇后到，说："杜元凯竟然用连榻待客！"不落座就走了。杜预请裴楷去追他回来，羊琇骑马走了几里地就停下了，接着就和裴楷一起回到杜预家。

【原典】

晋武帝时，荀勖为中书监，和峤为令。故事[①]，监、令由来共车。峤性雅正[②]，常疾勖谄谀。后公车来，峤便登，正向前坐，不复容勖。勖方更觅车，然后得去。监、令各给车自此始。

【注释】

①故事：前代的制度，成例。②雅正：方正，端方正直。

【译文】

晋武帝时，荀勖任中书监，和峤任中书令。按照旧例，监和令向来同坐一辆车上朝。和峤本性正直，一向憎恶荀勖那种阿谀逢迎的作风。后来每逢官车来接他们上朝，和峤便上车，正对着前面端坐，不再给荀勖留出位置。荀勖还要另外找一辆车，然后才能走。以后监和令分别派车，就是从这时开始的。

【原典】

山公大儿著短帢[①]，车中倚。武帝欲见之，山公不敢辞，问儿，儿不肯行。时论乃云胜山公。

【注释】

①山公：山涛。短帢（qià）：古代士人戴的一种便帽。

【译文】

山涛的大儿子戴着一顶便帽，靠在车上。晋武帝想召见他，山涛不敢替他推辞，就出来问儿子的意见，儿子不肯去。当时的人就说这个儿子胜过山涛。

【原典】

向雄为河内主簿[①]，有公事不及雄，而太守刘淮横怒，遂与杖遣之。雄后为黄门郎[②]，刘为侍中，初不交言。武帝闻之，敕雄复君臣之好[③]，雄不得已，诣刘，再拜曰："向受诏而来，而君臣之义绝，何如？"于是即去。武帝闻尚不和，乃怒问雄曰："我令卿复君臣之好，何以犹绝？"雄曰："古之君子[④]，进人以礼，退人以礼；今之君子，进人若将加诸膝，退人若将坠诸渊。臣于刘河内，不为戎首[⑤]，亦已幸甚，安复为君臣之好？"武帝从之。

【注释】

①向雄：字茂伯，河内山阳（今属河南）人。②黄门郎：官名，也称黄门侍郎，职责为侍从皇帝，传达诏命，与侍中同为官内近侍官。③君臣之好：上下级的和睦关系。④君子：指达官贵人。⑤戎首：指挑起

事端的人。

【译文】

向雄担任河内郡的主簿时，有件公事本来和他没关系，可是郡太守刘淮为这事大为震怒，便对他动了杖刑，并且打发他走了。向雄后来担任黄门侍郎，刘淮任侍中，两人虽在同一衙门，却从来不交谈。晋武帝听说这件事，便命令向雄要恢复两人原有的上下级和睦关系。向雄不得已，就到刘淮那里，行再拜礼后说："刚才奉皇上的命令而来，可是我们之间的上下级恩义已经断绝了，怎么样？"说完，马上就走了。武帝后来听说两人还是不和，就生气地问向雄："我命令你们要恢复旧时的和睦关系，你为什么还要绝交？"向雄说："古时候的君子，按礼法举荐官员，也按礼法贬黜官员；而现在的君子，举荐人家时就像要将你抱到膝上那么疼爱，贬黜你时就像要将你推下万丈深渊般那么狠。臣下对刘淮若能做到不去挑起事端，那已经算是很幸运的了，怎么还能修复旧有的上下级关系呢！"晋武帝听后，不再勉强他。

【原典】

齐王冏为大司马辅政[①]，嵇绍为侍中，诣冏咨事。冏设宰会[②]，召葛旟、董艾等共论时宜[③]。旟等白冏："嵇侍中善于丝竹，公可令操之。"遂送乐器。绍推却不受。冏曰："今日共为欢，卿何却邪？"绍曰："公协辅皇室，令作事可法。绍虽官卑，职备常伯[④]。操丝比竹[⑤]，盖乐官之事，不可以先王法服，为伶人之业。今逼高命，不敢苟辞，当释冠冕，袭私服，此绍之心也。"旟等不自得而退。

【注释】

①齐王冏（jiǒng）：司马冏，字景治，封为齐王。②宰会：招待僚属的宴会。③葛旟（yú）：在齐王手下任从事中郎。董艾：原为县令，齐王起兵时兼任右将军。时宜：当时的需要，这里指时政。④备常伯：备用为常伯，这是谦辞，表示自己不称职。常伯，是官名，上古曾设此官，后来也用来称天子左右的近臣，如侍中、散骑常侍就是常伯。⑤操丝比竹：指吹弹演奏。

【译文】

齐王司马冏任大司马，辅理国政，嵇绍当时任侍中，到司马冏那里去请示公事。司马冏设宴邀请僚属来集会，召集葛旟、董艾等人一起讨论当前政务。葛旟等人告诉司马冏说："嵇侍中擅长乐器，您可以叫他演奏一下。"于是便送上乐器，嵇绍拒绝接受。司马冏说："今天大家一起饮酒作乐，你为什么拒绝呢？"嵇绍说："您辅助皇室，应该使大家做事能够有个榜样。我官职虽然卑微，也毕竟是皇帝的近臣，吹弹演奏，这是乐官该做的事情，我不能穿着官服来做乐工的事。我现在迫于遵命，不敢随便推辞，可是应该脱下官服，穿上便服，这是我的愿望。"葛旟等人感觉很没趣，就退了出去。

【原典】

卢志于众坐问陆士衡[①]："陆逊、陆抗，是君何物？"答曰："如卿于卢毓、卢珽。"士龙失色[②]。既出户，谓兄曰："何至如此，彼容不相知也？"士衡正色曰："我父、祖名播海内，宁有不知？鬼子敢尔[③]！"议者疑二陆优劣，谢公以此定之。

【注释】

①卢志：字子通，晋范阳涿（今河北涿州）人。陆士衡：陆机，字士衡，历任著作郎、平原内史。②士龙：陆云，字士龙，是陆机的弟弟。③鬼子：鬼的子孙，表示对人的憎称。原注引孔氏《志怪》说，卢志的远祖卢充曾因打猎而入鬼府，与崔少府的亡女结婚而生子，陆机因此骂卢志

是鬼的子孙。

【译文】

卢志在大庭广众之下问陆机："陆逊、陆抗是您的什么人？"陆机回答说："正像你和卢毓、卢珽的关系一样。"陆云听了大惊失色。出门以后，陆云就对哥哥说："哪至于弄到这种地步呢！他可能真是不了解我们的底细呀。"陆机很严厉地说："我父亲、祖父都是海内知名人士，世人岂有不知道的道理？鬼子竟敢这样无礼！"舆论界对陆家兄弟的优劣一向难以确定，谢安就拿这件事来判定两人的优劣。

【原典】

羊忱性甚贞烈。赵王伦为相国①，忱为太傅长史，乃版以参相国军事。使者卒至，忱深惧豫祸②，不暇被马③，于是帖骑而避。使者追之，忱善射，矢左右发，使者不敢进，遂得免。

【注释】

①赵王伦：赵王司马伦，他于晋惠帝永康元年（公元300年）杀皇后贾氏，并杀司空张华等，自为相国，羊忱因此不愿在他手下做官，怕得祸。②豫：通"与"，涉及。③被马：给马备好马鞍。

【译文】

羊忱的性格非常坚贞刚烈。赵王司马伦自任相国的时候，羊忱任太傅府长史，便任命他为参相国军事。传达任命的使者突然来到了，羊忱非常害怕牵连受祸，匆忙间来不及给马备好马鞍，只好贴着马背骑上马逃避。使者去追他，羊忱擅长射箭，不断向使者左右开弓，使者不敢再追，这才得以逃脱。

【原典】

王太尉不与庾子嵩交，庾卿之不置①。王曰："君不得为尔②。"庾曰："卿自君我，我自卿卿。我自用我法，卿自用卿法。"

【注释】

①卿：对官爵、辈份低于自己的人或同辈之间的亲热、不拘礼节的

称呼。置：放下。②君：对对方的尊称，王太尉对庾子嵩原是可以称呼“卿”的，可是他用了尊称。

【译文】

太尉王夷甫不和庾子嵩交往，可是庾子嵩却用卿来称呼他，亲热个没完。王夷甫说：“君不能用这种称呼。”庾子嵩回答说：“卿尽管称我为君，我尽管称卿为卿；我自己用我的叫法，卿自己用卿的叫法。”

【原典】

阮宣子伐社树[①]，有人止之。宣子曰：“社而为树，伐树则社亡；树而为社，伐树则社移矣。”

【注释】

①社：土地神，此指土地神庙或土地神坛。

【译文】

阮修要砍掉土地庙的树，有人阻止他。阮修说：“如果土地神就是树，那么砍了树，土地神就不存在了；如果树就是土地神，那么砍了树，土地神也就迁走了。”

【原典】

阮宣子论鬼神有无者[①]，或以人死有鬼，宣子独以为无，曰：“今见鬼者，云箸生时衣服，若人死有鬼，衣服复有鬼邪？”

【注释】

①阮宣子：阮修。

【译文】

阮修谈论鬼神有无问题。有人认为人死后有鬼，唯独阮修认为没有，他说：“现在有自称说看见过鬼的人，说鬼是穿着活着时候的衣服，如果人死了有鬼，那么衣服也有鬼吗？”

【原典】

元皇帝既登阼[①]，以郑后之宠，欲舍明帝而立简文。时议者咸谓：“舍

长立少，既于理非伦[②]，且明帝以聪亮英断，益宜为储副[③]。”周、王诸公，并苦争恳切。唯刁玄亮独欲奉少主，以阿帝旨。元帝便欲施行，虑诸公不奉诏。于是先唤周侯、丞相入，然后欲出诏付刁。周、王既入，始至阶头，帝逆遣传诏，遏使就东厢。周侯未悟，即却略下阶。丞相披拨传诏，迳至御床前曰：“不审陛下何以见臣。”帝默然无言，乃探怀中黄纸诏裂掷之。由此皇储始定。周侯方慨然愧叹曰：“我常自言胜茂弘，今始知不如也！”

【注释】

①元皇帝：晋元帝司马睿，初为安东将军，公元 317 年，王导等拥立为帝。登阼（zuò）：指即位。②非伦：不合伦理道德。③储副：太子，下文又称皇储。

【译文】

晋元帝登上帝位以后，因为宠爱郑后，所以想废掉长子司马绍而改立司马昱为太子。当时朝廷的舆论都认为抛开长子而立幼子，在道理上不符合立嗣的顺序，而且太子司马绍聪明诚实，英明果断，很适合做太子。周顗、王导诸位大臣都竭力争辩，情辞恳切，只有刁协一人想尊奉少主来迎合元帝的心意。元帝想付诸实施，又担心诸大臣不接受命令，于是就先召唤武城侯周顗和丞相王导入朝，然后就想把诏令交给刁协去发布。周、王两人进来后，才走到台阶上面，元帝已经事先派传诏官迎着他们，拦住不让入内，请他们到东厢房去。周顗还没醒悟过来，就退下台阶。王导拨开传诏官，径直走到元帝座前，说道：“不明白陛下为什么召见臣？”元帝默然无言，就从怀里拿出黄纸诏书撕碎了并扔掉它。从此太子才算确定了。周顗这才又感慨又惭愧地叹道：“我经常自以为胜过王导，现在才知道自己根本就比不上他啊！”

【原典】

王丞相初在江左[①]，欲结援吴人[②]，请婚陆太尉[③]。对曰：“培塿无松柏[④]，薰莸不同器[⑤]。玩虽不才，义不为乱伦之始。”

【注释】

①王丞相：王导。江左：江东。②结援：以结交来求得援助。吴

人：吴地人士，东晋王朝，偏安江左，即在春秋时代的吴国旧地。③陆太尉：陆玩，吴郡人，晋元帝任为丞相参军。④培塿（pǒu lǒu）：小土丘。⑤薰：香草。莸（yóu）：臭草。

【译文】

丞相王导刚到江东之初，很想结交、攀附当地的吴地人士，于是就向太尉陆玩提出结成儿女亲家的提议。陆玩回复说："小土丘上长不了松柏那样的大树，香草和臭草不可能被同放在一个器物里。我虽然没有才能，可是按道理也不能够带头做有违门第的事情。"

【原典】

诸葛恢大女适太尉庾亮儿[①]，次女适徐州刺史羊忱儿。亮子被苏峻害，改适江虨。恢儿娶邓攸女。于时谢尚书求其小女婚[②]。恢乃云："羊、邓是世婚[③]，江家我顾伊，庾家伊顾我，不能复与谢裒儿婚。"及恢亡，遂婚。于是王右军往谢家看新妇，犹有恢之遗法，威仪端详[④]，容服光整。王叹曰："我在遣女裁得尔耳[⑤]！"

【注释】

①诸葛恢：字道明，晋琅琊阳都（今山东沂南）人。②谢尚书：谢裒（póu），字幼儒，任吏部尚书，曾为其子谢石向诸葛恢求亲。③世婚：世代联姻的人家。诸葛恢是士族，庾亮更是士族的代表。当时谢裒家功业不显，人们还不认为他是世家，所以诸葛恢不肯与他结亲。诸葛恢死后，谢家兴起，诸葛氏渐衰微，这才肯嫁女给谢家。④威仪：严肃的容貌和庄重的举止。⑤遣：送走。裁：通"才"，仅仅。

【译文】

诸葛恢的大女儿嫁给太尉庾亮的儿子，二女儿嫁给徐州刺史羊忱的儿子。庾亮的儿子被苏峻杀害了，大女儿又改嫁江虨。诸葛恢的儿子娶了邓攸的女儿为妻。当时尚书谢裒为儿子谢石向诸葛恢求娶他的小女儿，诸葛恢就说："羊家、邓家和我们是世代姻亲，江家是我看顾他，庾家是他看顾我，我不能再和谢裒的儿子结亲。"等到诸葛恢死了以后，两家终于结成了亲家。结婚时，右军将军王羲之到谢家去看新娘，看到新娘还保存着

诸葛恢旧有的礼法，容貌举止，端庄安详；风采服饰，华美整齐。王羲之叹道："我嫁女儿时，也只能够做到这样啊！"

【原典】

周伯仁为吏部尚书，在省内夜疾危急。时刁玄亮为尚书令，营救备亲好之至。良久小损[①]。明旦，报仲智，仲智狼狈来。始入户，刁下床对之大泣[②]，说伯仁昨危急之状。仲智手批之，刁为辟易于户侧。既前，都不问病，直云："君在中朝，与和长舆齐名，那与佞人刁协有情？"迳便出。

【注释】

①小损：病情减缓。②床：坐榻。

【译文】

周𫖮任吏部尚书时，有一次夜晚在官署里不幸染了病，情况很是危急。周𫖮当时刁协任尚书令，多方设法抢救，表现得极为亲密友好，过了很久，周𫖮的病情才稍为减轻了些。第二天早晨，通知了周𫖮的弟弟周嵩，周嵩急急忙忙地赶来。刚进门，刁协就离座对他大哭，并述说周𫖮夜里病危的情况。周嵩听完就扬手给他一耳光，刁玄亮被打得惊退到门边。周嵩走到周𫖮的床前，一点儿都不问病况，而是直截了当地说："您在西晋时，和峤名望相等，怎么会跟谄佞的人刁协有交情！"说完就头也不回地走了。

【原典】

王含作庐江郡[①]，贪浊狼籍[②]。王敦护其兄，故于众坐称："家兄在郡定佳，庐江人士咸称之！"时何充为敦主簿，在坐，正色曰："充即庐江人，所闻异于此！"敦默然。旁人为之反侧[③]，充晏然[④]，神意自若。

【注释】

①王含：字处弘，是王敦的哥哥。②狼籍：行为不法。③反侧：惶恐不安。④晏然：形容心情平静，没有顾虑，安闲的样子。

【译文】

王含任庐江郡太守，贪赃枉法。王敦想袒护他哥哥，就故意在大家面前赞扬他哥哥说道："我哥哥在郡内一定政绩很好，庐江知名人士都称颂他。"当时何充在王敦手下任主簿，也在座，表情很严肃地说："我就是庐江人，所听到的和你说的不一样。"王敦一时无言以对。旁人都替何充捏一把汗，何充却表现得非常坦然，神态自若。

【原典】

顾孟著尝以酒劝周伯仁[①]，伯仁不受。顾因移劝柱，而语柱曰："讵可便作栋梁自遇。"周得之欣然，遂为衿契[②]。

【注释】

①顾孟著：顾显，字孟著，晋吴郡吴县（今江苏苏州）人。②衿（jīn）契：意气相投的好朋友。

【译文】

顾显有一次向周𫖮劝酒，周𫖮不肯喝。顾显于是便转向柱子劝酒，并且对柱子说道："难道就可以把自己看成栋梁吗！"周𫖮听到这话很高兴，两人便成了情投意合的好朋友。

【原典】

明帝在西堂[①]，会诸公饮酒，未大醉，帝问："今名臣共集，何如尧、舜时？"周伯仁为仆射[②]，因厉声曰："今虽同人主，复那得等于圣治！"帝大怒，还内，作手诏满一黄纸，遂付廷尉令收，因欲杀之。后数日，诏出周，群臣往省之[③]。周曰："近知当不死，罪不足至此。"

【注释】

①明帝：晋明帝司马绍。②仆射（yè）：官名，尚书仆射，即尚书省主事官员。③省（xǐng）：看望。

【译文】

晋明帝在西堂召集众大臣举行宴会，还没有大醉的时候，明帝问道："今天名臣都聚会在一起，和尧、舜时相比，怎么样？"当时周𫖮任尚书仆射，便声音激昂地回答说："现在圣上和尧、舜虽然同是君主，可又怎么能和那个太平盛世等同起来呢？"明帝大怒，回到内宫，亲自写了满

满一张黄纸的诏令，交给廷尉，命令廷尉逮捕周颉，想就此杀掉他。过了几天，又下诏令释放他。众大臣去探望周颉，周颉说：“当初我就知道不会死，因为罪状还不可能到这个地步。”

【原典】

苏峻既至石头，百僚奔散，唯侍中钟雅独在帝侧[①]。或谓钟曰：“见可而进，知难而退，古之道也。君性亮直，必不容于寇仇，何不用随时之宜，而坐待其弊邪？”钟曰：“国乱不能匡[②]，君危不能济，而各逊遁以求免[③]，吾惧董狐将执简而进矣[④]！”

【注释】

①侍中：侍从皇帝左右的官。帝：晋成帝司马衍。②匡：匡扶，辅佐。③逊遁：退避。④董狐：春秋时晋国的史官，为古代良史的代表。

【译文】

苏峻率叛军到了石头城后，朝廷百官四处逃散，只有侍中钟雅独自留在晋成帝身边。有人对钟雅说：“看到情况允许就前进，知道困难就后退，这是自古就有的常理。而您本性忠诚正直，一定不会被仇敌轻易放过的。为什么不采取权宜之计，却要坐着等死呢？”钟雅说：“国家有战乱而不能拯救，君主有危难而不能相助，却各自逃避以求避免灾祸，我怕董狐就要拿着竹简上朝来啦！”

【原典】

苏子高事平[①]，王、庾诸公欲用孔廷尉为丹阳。乱离之后，百姓彫弊，孔慨然曰：“昔肃祖临崩，诸君亲升御床，并蒙眷识，共奉遗诏。孔坦疏贱，不在顾命之列[②]。既有艰难，则以微臣为先，今犹俎上腐肉[③]，任人脍截耳[④]！”于是拂衣而去，诸公亦止。

【注释】

①苏子高：苏峻。事平：指苏峻之乱平定。②顾命：君主临终时的命令，亦即遗诏。③俎（zǔ）：切肉的砧板。④脍（kuài）截：细细地切割。

【译文】

苏峻的叛乱平定以后，王导、庾亮诸大臣想用廷尉孔坦来治理丹阳郡。经过战乱而颠沛流离之后，百姓生活困苦。孔坦激愤地说："往日先帝临终之时，诸君亲上御床前，一起受到先帝的关怀赏识，共同接受了先帝的遗诏。我才疏位卑，不在接受遗诏之列。你们有了困难以后，就把我推到前面，我现在像是砧板上的臭肉，任人细剁细切罢了！"说完就拂袖而去，大臣们也就不再提起。

【原典】

孔车骑与中丞共行[①]，在御道逢匡术[②]，宾从甚盛，因往与车骑共语。中丞初不视，直云："鹰化为鸠，众鸟犹恶其眼。"术大怒，便欲刃之。车骑下车，抱术曰："族弟发狂，卿为我宥之！"始得全首领。

【注释】

①孔车骑：孔愉，字敬康，晋会稽山阴（今浙江绍兴）人。②御道：皇帝通行的道路。

【译文】

车骑将军孔愉和御史中丞孔群一起外出，在御道遇见匡术，后面跟随的宾客、侍从很多，匡术便前去和孔愉说话。孔群却并不看他，只是说："就算鹰变成了布谷鸟，所有的鸟还是讨厌它的眼睛。"匡术听了大怒，便想杀掉孔群。孔愉赶紧下车，抱住匡术说："我的堂弟现在是发疯了，请你看在我的面子上就饶了他这次吧！"孔群这才得以保住性命。

【原典】

梅颐尝有惠于陶公[①]。后为豫章太守，有事，王丞相遣收之。侃曰："天子富于春秋[②]，万机自诸侯出[③]，王公既得录，陶公何为不可放？"乃遣人于江口夺之。颐见陶公，拜，陶公止之。颐曰："梅仲真膝，明日岂可复屈邪？"

【注释】

①梅颐：字仲真，晋汝南西平（今属河南）人。②富于春秋：指年轻。③万机：万事。

【译文】

梅颐曾经对陶侃有过很大的帮助。后来梅颐任豫章郡太守，犯了罪，丞相王导便派人去逮捕他。陶佩说："现在天子还年轻，政令都由大臣发出，王公既然能逮捕人，我陶公为什么就不能够放人！"于是派人到江口把梅颐给抢了过来。梅颐去见陶侃，下拜，陶侃忙拉住他不让拜。梅颐说："我梅颐的双膝，以后难道还会再向人行跪拜礼吗？"

【原典】

孔君平疾笃[①]，庾司空为会稽[②]，省之，相问讯甚至，为之流涕。庾既下床，孔慨然曰："大丈夫将终，不问安国宁家之术，乃作儿女子相问！"庾闻，回谢之，请其话言。

【注释】

①孔君平：孔坦，字君平。疾笃：病重。②庾司空：庾冰。

【译文】

孔坦病重，司空庾冰当时任会稽郡内史，去探望他，十分恳切地问候他的病情，并为他病重而流泪。庾冰离座告辞后，孔坦感慨地说："大丈夫快死了，却不问安邦定国的办法，竟像小儿女一样来问候我！"庾冰听见了，便返回向他道歉，请他留下教诲。

【原典】

王述转尚书令[①]，事行便拜[②]。文度曰："故应让杜许。"蓝田云："汝谓我堪此不？"文度曰[③]："何为不堪！但克让自是美事，恐不可阙。"蓝田慨然曰："既云堪，何为复让？人言汝胜我，定不如我。"

【注释】

①王述：封蓝田侯，故下文又称蓝田。转：指升官。②事行：事情实现，指诏命下达。拜：接受官职。③文度：王坦之，字文度，王述的儿子。

【译文】

王述升任尚书令时，诏命下达了就去受职。他的儿子王坦之说："本来应该让给杜许。"王述说："你认为我能胜任这个职务吗？"王坦之说："怎么不胜任！不过能谦让一下总是好事，礼节上恐怕不可缺少。"王述感慨地说："既然你说我能够胜任这个职务，那为什么又要我谦让呢？人家说你胜过我，但我看你终究还是不如我啊。"

【原典】

刘简作桓宣武别驾[①]，后为东曹参军，颇以刚直见疏。尝听记[②]，简都无言。宣武问："刘东曹何以不下意[③]？"答曰："会不能用。"宣武亦无怪色。

【注释】

①刘简：字仲约，晋南阳（今河南）人，官至大司马参军。②记：教、命等公文。③下意：指发表意见。

【译文】

刘简在桓温手下任别驾，后来又任东曹参军，因为性格刚强正直，所以桓温就有点疏远他。有一次处理公文，刘简一句话也不说。桓温问他："刘东曹为什么不提出一点儿意见呢？"刘简回答说："一定不会被采纳。"桓温听了，脸上也没有一点责怪他的意思。

【原典】

刘真长、王仲祖共行，日旰未食[①]。有相识小人贻其餐[②]，肴案甚盛[③]，真长辞焉。仲祖曰："聊以充虚，何苦辞？"真长曰："小人都不可与作缘[④]。"

【注释】

①日旰（gàn）：天色晚。②小人：魏晋时士族称奴仆、吏役及各行业普通百姓为"小人"。③肴案：指菜肴。案，端饭菜用的木盘。④作缘：指结交、交往。

【译文】

刘惔、王濛一同出行，到天晚了还没有吃饭。有个认识他们的小人送来饭食给他们吃，饭菜很丰盛，刘惔却推辞不吃。王濛说："暂且用来充饥吧，何苦推辞！"刘惔说："绝不能跟小人打交道。"

【原典】

王修龄尝在东山，甚贫乏①。陶胡奴为乌程令②，送一船米遗之，却不肯取。直答语："王修龄若饥，自当就谢仁祖索食③，不须陶胡奴米。"

【注释】

①王修龄：王胡之。东山：山名，在今浙江上虞，是隐居的地方。②陶胡奴：陶范，小名胡奴，陶侃的儿子。乌程：县名，即今浙江省湖州市南。③谢仁祖：谢尚，字仁祖。王、谢为东晋大族。

【译文】

王胡之曾在东山隐居过一段时间，那时生活很贫困。陶范当时任乌程县令，就运了一船米赠与他。王胡之拒绝了，不肯收下，又回话说："我王胡之如果挨饿，自然会到谢尚那里要吃的，不需要陶范的米。"

【原典】

桓公问桓子野[①]："谢安石料万石必败[②]，何以不谏？"子野答曰："故当出于难犯耳[③]！"桓作色曰："万石挠弱凡才[④]，有何严颜难犯[⑤]？"

【注释】

①桓公：桓温；桓子野：桓伊。②谢安石：谢安；万石：谢万，谢安弟。③犯：抵触，违逆。④挠弱：懦弱。凡才：平庸的人。⑤严颜：威严的面孔。

【译文】

桓温问桓伊："谢安已经估计到谢万一定要失败，你当初为什么不劝他改正错误呢？"桓伊回答说："自然是因为很难触犯呀。"桓温生气地说："谢万是个软弱的庸才，还有什么威严的面孔不敢触犯？"

【原典】

罗君章曾在人家[①]，主人令与坐上客共语。答曰："相识已多，不烦复尔。"

【注释】

①罗君章：罗含，字君章，东晋桂阳枣阳（今属湖南）人。

【译文】

罗含曾经在别人家里作客，主人叫他和在座的客人一起谈谈话，他回答说："大家相识已经很久了，用不着再讲些寒暄、客套之类的话语了。"

【原典】

韩康伯病，拄杖前庭消摇[①]。见诸谢皆富贵[②]，轰隐交路[③]，叹曰："此复何异王莽时！"

【注释】

①消摇：同"逍遥"，漫步散心。②诸谢：指谢安一家。当时前秦苻坚势力强大，到处侵扰，而谢安任尚书仆射、中书令，曾派弟弟谢石、侄儿谢玄率兵征讨，屡建战功，后来兄弟叔侄皆升官、受封。韩伯和谢家不相投，见此不满。③轰隐交路：指车马、仪仗、仆从往来于路。轰隐：群车声。

【译文】

韩康伯生病在家，经常拄着拐杖在前院里漫步游玩。他眼看着谢家诸人都富贵了，进出的车子轰鸣于路，便感慨道：“这与王莽时的情况又有什么两样呢！”

【原典】

王文度为桓公长史时[①]，桓为儿求王女，王许咨蓝田[②]。既还，蓝田爱念文度，虽长大犹抱著膝上。文度因言桓求己女婚。蓝田大怒，排文度下膝曰：“恶见文度已复痴，畏桓温面？兵[③]，那可嫁女与之！”文度还报云：“下官家中先得婚处。”桓公曰：“吾知矣，此尊府君不肯耳[④]。”后桓女遂嫁文度儿。

【注释】

①王文度（330—375）：即王坦之。②蓝田：王述，王坦之之父，封蓝田侯。③兵：指桓温。④尊府君：指令尊，府君在此是尊称。桓温虽名位很高，但不是士族名门，所以王述不肯把孙女嫁给他家，而寒族之女却可嫁到名门，所以桓女可嫁文度的儿子。

【译文】

王坦之在桓温手下任长史时，桓温为儿子求娶王坦之的女儿，王坦之答应回去和父亲蓝田侯王述商量。回家后，王述因为怜爱王坦之，虽然长大了，也还是抱在膝上。王坦之便趁机说到桓温求娶自己女儿的事。王述非常生气，把文度从膝上推下去，说道：“我不喜欢看见王坦之又犯傻了，是害怕桓温那副面孔吗？一个当兵的，怎么可以嫁女儿给他家！”王坦之就回复桓温说：“下官家里已经给女儿找了婆家。”桓温说：“我知道了，这是令尊大人不答应呢。”后来桓温的女儿便嫁给王坦之的儿子。

【原典】

太极殿始成[①]，王子敬时为谢公长史，谢送版[②]，使王题之。王有不平色，语信云：“可掷著门外。”谢后见王曰：“题之上殿何若？昔魏朝韦诞诸人[③]，亦自为也。”王曰：“魏阼所以不长[④]。”谢以为名言。

【注释】

①太极殿：晋孝武帝修筑的新宫室，名叫太极殿。②版：指做匾额用的木板。③“昔魏朝”句：据传魏明帝筑陵云殿，误先钉匾，忘了题字，于是高高吊起一张凳子，让侍中韦诞坐在上面悬空题匾，题完后，须发全白了。韦诞回家告诫子弟，不要再学这种书法。韦诞，字仲将，擅长楷书，魏朝宫观题字，多是他的手笔。④阼（zuò）：指国运。这里王子敬认为不能这样对待大臣，所以这样说。

【译文】

太极殿刚建成，王献之当时任丞相谢安的长史，谢安派人将作匾额用的木板送去，叫王献之题匾。王献之露出十分不满的神色，告诉来人说：“把它扔在门外吧。”谢安后来看见王献之，就说：“这是给正殿题匾，怎么样？从前魏朝韦诞等人也是写过的呀。”王献之说：“这就是魏朝国运不能长久的原因。”谢安认为这是名言。

雅量第六

【原典】

豫章太守顾邵[①]，是雍之子[②]。邵在郡卒，雍盛集僚属，自围棋。外启信至，而无儿书，虽神气不变，而心了其故。以爪掐掌，血流沾褥。宾客既散，方叹曰："已无延陵之高[③]，岂可有丧明之责[④]？"于是豁情散哀[⑤]，颜色自若。

【注释】

①顾邵：字孝则，三国吴国吴郡吴县（今江苏苏州）人。②雍：顾雍（168—243），字元叹，曾得到蔡邕的赞赏。③延陵之高：指季札行事高尚旷达。④丧明之责：指子夏受到死了儿子而哭瞎眼睛的指责。⑤豁：消散，消除。

【译文】

豫章太守顾邵是顾雍的儿子。顾邵死于郡守的任上，当时顾雍正大聚下属饮酒作乐，自己在下围棋。外面禀报说豫章有送信人到达，却没有他儿子的书信。顾雍虽然表面上看似神态不变，可是心里已经明白其中的缘由了。他悲痛得用指甲紧掐手掌，血流出来沾湿了座褥。等到宾客都散去后，他才叹息说："我已经不可能有延陵季札那样的高尚旷达了，难道可以再受子夏失明那样的责备吗？"于是顾雍就尽量放开胸怀，排解心中的哀痛之情，保持神色自若。

【原典】

嵇中散临刑东市[①]，神气不变。索琴弹之，奏《广陵散》[②]。曲终曰："袁孝尼尝请学此散[③]，吾靳固不与[④]，《广陵散》于今绝矣！"太学生三千人上书，请以为师，不许。文王亦寻悔焉。

【注释】

①嵇中散：嵇康。②《广陵散》：琴曲名，又称《广陵止息》，嵇康以善弹此曲著称。③袁孝尼：袁准。④靳（jìn）固：吝惜固执。

【译文】

中散大夫嵇康在东市被处决时，神态不变。他只是要来琴，弹了一曲《广陵散》。弹完后说："袁准曾向我请求学这支曲子，我当时坚决不答应，没有传授给他，《广陵散》从今以后要失传了！"当时，三千名太学生曾上书朝廷，请求拜嵇康为师，朝廷不准许。嵇康被杀后，文王司马昭随即也后悔了。

【原典】

夏侯太初尝倚柱作书[①]。时大雨，霹雳破所倚柱，衣服焦然[②]，神色无变，书亦如故。宾客左右，皆跌荡不得住。

【注释】

①夏侯太初：夏侯玄，字太初。②焦然：烧焦的样子。

【译文】

夏侯玄有一次靠着柱子写字，当时下着大雨，雷电击坏了他靠着的柱子，衣服都被烧焦了，但他依然神色不变，照样写字。而身边的宾客和随从却都跌跌撞撞，站立不稳。

【原典】

王戎七岁，尝与诸小儿游。看道边李树多子折枝[①]。诸儿竞走取之，唯戎不动。人问之，答曰："树在道边而多子，此必苦李。"取之，信然[②]。

【注释】

①折枝：使树枝弯曲。②信然：确实这样。

【译文】

王戎七岁的时候，有一次和一些小孩子出去游玩。看见路边的李树挂了很多李子，都压弯了树枝。孩子们争先恐后跑过去摘李子，只有王戎站着不动。别人问他原因，他回答说："树长在路边还有这么多李子，这一

定是苦的李子。”将摘下的李子拿来一尝，果然是苦的。

【原典】

魏明帝于宣武场上断虎爪牙[①]，纵百姓观之。王戎七岁，亦往看。虎承间攀栏而吼，其声震地，观者无不辟易颠仆。戎湛然不动[②]，了无恐色。

【注释】

①魏明帝：曹睿。宣武场：操练场，在洛阳宣武观北面。②湛然：安适的样子。

【译文】

魏明帝在宣武场上将老虎的爪牙包裹起来，任凭老百姓前来观看。王戎当时只有七岁，也前去观看。老虎乘机攀住栅栏大吼起来，吼声震天动地，围观的人全都吓得退避不迭，跌倒在地。王戎却平平静静，一动不动，一点也不感到害怕。

【原典】

王戎为侍中[①]，南郡太守刘肇遗筒中笺布五端[②]，戎虽不受，厚报其书[③]。

【注释】

①侍中：官名，地位重要，魏晋时相当于宰相。②南郡：治所在今湖北江陵。端：古代布帛长度名，二丈为一端，相当于一匹。③报：答谢。

【译文】

王戎任侍中的时候，南郡太守刘肇曾送给他五匹细布，王戎虽然没有收下这份礼物，但事后还是深情地给刘肇写了一封回信。

【原典】

裴叔则被收[①]，神气无变，举止自若。求纸笔作书。书成，救者多，乃得免。后位仪同三司[②]。

【注释】

①裴叔则：裴楷，字叔则，曾任屯骑校尉、太子少师。公元 290 年晋武

帝死，晋惠帝立，太傅杨骏辅政，第二年皇后贾氏杀杨骏，裴楷和杨骏是儿女亲家，也被逮捕。②仪同三司：指给予三公的待遇，后成为正式官名。

【译文】

裴楷被逮捕时，神态不变，举动如常，表现得非常沉着冷静。他要来纸笔写信给亲朋故旧，信发出后，前来营救他的人很多，这才得以免罪。后来他的官位做到仪同三司。

【原典】

裴遐在周馥所[①]，馥设主人[②]。遐与人围棋，馥司马行酒[③]。遐正戏，不时为饮。司马恚[④]，因曳遐坠地。遐还坐，举止如常，颜色不变，复戏如故。王夷甫问遐："当时何得颜色不异？"答曰："直是闇当故耳。"

【注释】

①周馥：字祖宣，晋汝南（今河南正阳东北）人。②设主人：准备酒肴当东道主。③行酒：依次斟酒。④恚（huì）：恨、怒。

【译文】

裴遐在周馥家，周馥以主人身份宴请大家。裴遐和人下围棋，周馥的司马依次给客人斟酒。裴遐正忙着跟人下棋，没有及时喝酒，这位司马很生气，就把裴遐拽倒在地上。裴遐爬起来回到座位上，举动如常，脸色不变，照样下棋。后来王衍问他："你当时怎么能做到面不改色呢？"他回答说："只不过是自己愚昧无知才能做到这样罢了。"

【原典】

刘庆孙在太傅府[①]，于时人士，多为所构[②]。唯庾子嵩纵心事外[③]，无迹可间。后以其性俭家富，说太傅令换千万，冀其有吝，于此可乘。太傅于众坐中问庾，庾时颓然已醉，帻坠几上[④]，以头就穿取，徐答云："下官家故可有两娑千万[⑤]，随公所取。"于是乃服。后有人向庾道此，庾曰："可谓以小人之虑，度君子之心。"

【注释】

①刘庆孙：刘舆，字庆孙，晋中山魏昌（今河北无极）人。②构：挑

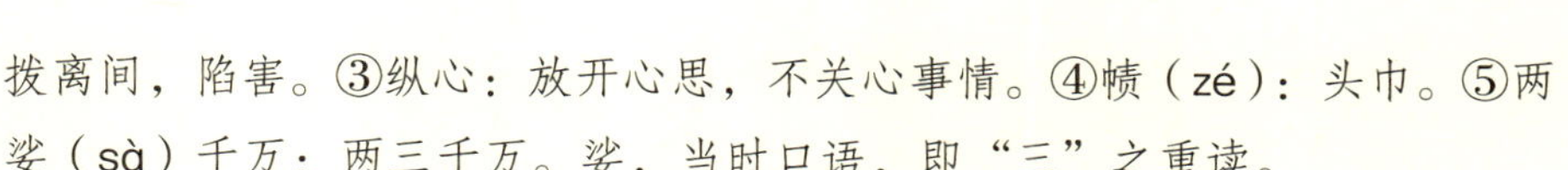

拨离间，陷害。③纵心：放开心思，不关心事情。④帻（zé）：头巾。⑤两娑（sà）千万：两三千万。娑，当时口语，即“三”之重读。

【译文】

刘舆在太傅府任职，在这期间，当时有不少人被他设计构陷，只有庾敳不把心思放在世事上，使他没有空子可钻。后来就抓住庾敳生性俭朴而家里很富有这点，怂恿太傅向庾敳借钱千万，希望他表现得吝啬不肯借，然后在这里找到可乘之机。于是太傅就在大庭广众之下问庾敳借钱，这时庾敳已经喝得醉醺醺的了，头巾颓落在小桌上，他把头伸进头巾里戴上，慢吞吞地回答说：“下官家里原来大约有两三千万，随您取多少。”刘舆这才佩服了。后来有人向庾敳谈起这件事，庾敳说：“这就叫作是以小人之心，度君子之腹。”

【原典】

王夷甫与裴景声志好不同[①]。景声恶欲取之，卒不能回。乃故诣王，肆言极骂，要王答己，欲以分谤。王不为动色，徐曰：“白眼儿遂作。”

【注释】

①裴景声：裴邈，字景声，历太傅从事中郎、左司马，监东海王军事。

【译文】

王衍和裴邈两人志趣、爱好不同，裴邈讨厌王衍想任用自己，可是始终没法改变王衍的主意。于是就故意到王衍那里，肆意攻击，痛骂一番，迫使王衍回骂自己，想用这种办法迫使王衍和自己来共同分担别人的指责。王衍却始终不动声色，反而很从容地说：“白眼儿终于发作了。”

【原典】

王夷甫长裴成公四岁，不与相知。时共集一处，皆当时名士，谓王曰：“裴令令望何足计[①]！”王便卿裴[②]。裴曰：“自可全君雅志。”

【注释】

①裴令：指裴楷，任中书令，很有名望。令望：美好的声望。②卿

裴：称裴为卿，这是把裴楷看成小辈的、不讲礼法的称呼。

【译文】

王衍比裴頠大四岁，两人不相交好。有一次，两人聚会在一起，在座的都是当时的名士，有人对王衍说："裴楷的名望哪里值得考虑！"王衍便称呼裴頠为卿，裴頠说："我自然可以成全您的高雅情趣。"

【原典】

有往来者云：庾公有东下意[①]。或谓王公[②]："可潜稍严[③]，以备不虞。"王公曰："我与元规虽俱王臣，本怀布衣之好。若其欲来，吾角巾径还乌衣[④]，何所稍严！"

【注释】

①庾公：庾亮，字元规。②王公：王导。③潜：暗中，秘密地。④角巾：有棱角的头巾，是隐士所常戴的，这里指退隐。乌衣：建康城内的乌衣巷，东晋时王导、谢安这些贵族都住在这里，这句话指弃官家居。

【译文】

有往来京都的人说：庾亮有东下京都的意图。有人对王导说："应当暗中略作戒备，以防备意外事件。"王导说："我和庾亮虽然都是国家大臣，但是原本就怀有布衣之交的情谊。如果他想来朝廷，我就直接回家当老百姓隐居去，略作戒备做什么！"

【原典】

王丞相主簿欲检校帐下[①]。公语主簿："欲与主簿周旋，无为知人几案间事[②]。"

【注释】

①检校：检查核对。帐下：幕府中，这里指幕僚。②几案间事：指案牍，即官府公文案卷之事。

【译文】

丞相王导的主簿想去查核丞相府僚属的情况，王导对他说："我想和主簿交流，不需要去了解人家文牍案卷上的事。"

【原典】

祖士少好财[①]，阮遥集好屐[②]，并恒自经营[③]，同是一累[④]，而未判其得失。人有诣祖，见料视财物。客至，屏当未尽[⑤]，余两小簏著背后[⑥]，倾身障之，意未能平[⑦]。或有诣阮，见自吹火蜡屐[⑧]，因叹曰："未知一生当著几量屐？"神色闲畅。于是胜负始分。

【注释】

①祖士少：祖约（？—330），字士少，范阳道县（今河北涞水）人。②屐：木板鞋，鞋底下多有二齿。③经营：料理、制作。④累：连累，牵累。⑤屏当：同"摒当"，料理，收拾。⑥簏（lù）：竹箱子。⑦意未能平：心神还不能平静，指有点慌张。⑧蜡屐：用蜡涂在屐上，使它滑润。

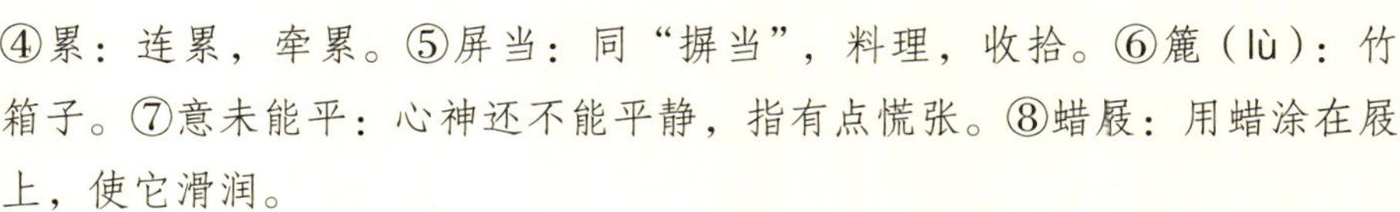

【译文】

祖约这个人很喜欢钱财，阮孚这个人则很喜欢木屐，两人经常都是亲自料理。两种嗜好同是一种毛病，可是还不能就此判定两人的高下。有人到祖约家里，看见他正在收拾、查点财物；客人到了，还没有收拾完，剩下两小箱，他就干脆放在背后，并侧着身挡着，还有点心神不定的样子。又有人到阮孚家里，看见他正亲自点火给木屐打蜡，还因此叹息道："不知我这一辈子还能穿几双木屐！"说时神态安详自在。这时候两人的高下才见分晓。

【原典】

许侍中、顾司空俱作丞相从事[①]，尔时已被遇，游宴集聚，略无不同。尝夜至丞相许戏，二人欢极，丞相便命使入己帐眠。顾至晓回转，不得快孰[②]。许上床便咍台大鼾[③]。丞相顾诸客曰："此中亦难得眠处。"

【注释】

①从事：官名，是三公和州郡长官的属官。②孰：通"熟"。③咍（hāi）台：打呼噜的声音。

【译文】

侍中许璪和司空顾和都在丞相王导手下担任从事，当时的两人都已经受到王导的赏识和重用，因此凡是游乐、宴饮、聚会等活动，两人一般都会参加，没有丝毫不同。有一次两人晚上到王导家玩，玩得开心极了，王导便叫他们到自己的床上睡。顾和辗转反侧一夜直到天亮都不能顺利地入睡，而许璪则是一上床就鼾声如雷。王导回头对客人们说道："这里也不是一个好的睡觉的地方。"

【原典】

褚公于章安令迁太尉记室参军[①]，名字已显而位微，人未多识。公东出，乘估客船，送故吏数人投钱唐亭住[②]。尔时吴兴沈充为县令，当送客过浙江，客出，亭吏驱公移牛屋下[③]。潮水至，沈令起彷徨，问："牛屋下是何物？"吏云："昨有一伧父来寄亭中[④]，有尊贵客，权移之。"令有酒色，因遥问："伧父欲食饼不？姓何等？可共语。"褚因举手答曰："河南褚季野。"远近久承公名，令于是大遽[⑤]，不敢移公，便于牛屋下修刺诣公[⑥]。更宰杀为馔具于公前[⑦]，鞭挞亭吏，欲以谢惭。公与之酌宴，言色无异，状如不觉。令送公至界。

【注释】

①褚公：褚裒（póu），字季野，河南阳翟人，在苏峻叛乱时，车骑将军郗鉴（后进位太尉）调他为参军。记室参军：官名，掌管文书。②送故：长官离任或殁于任所，属吏赠钱远送或护送灵柩回故乡，这叫送故，是当时风

气。钱唐亭：钱唐县的驿亭，驿亭是供旅客留宿的公家客店。③牛屋：牛棚子，晋人多以牛驾车，所以客店也有牛棚子。④伧父（cāng fǔ）：骂人的话，意为粗鄙的人。⑤遽（jù）：惶恐。⑥修刺：备办名片。⑦馔（zhuàn）具：酒食。

【译文】

褚裒从章安县令升任太尉郗鉴的记室参军，当时名气已经很大，可是因为官位低，当时很多人都还不认识他。诸裒坐着商船往东去，和几位送旧官的属吏到钱唐亭投宿。这时，吴兴人沈充任钱唐县令，刚好也要送客过浙江，客人到来，亭吏就将褚裒给赶了出来，并把他移到牛屋里去住。夜晚江水涨潮，沈充起来在亭外徘徊，问牛屋里是什么人，亭吏说："昨天有个北方佬来亭中寄宿，因为有尊贵客人，所以我就把他挪到牛屋里住去了。"沈充这时已有几分醉意，便远远地问道："北方佬想吃饼吗？你姓什么？可以出来交流交流。"褚裒便拱手回答道："河南褚季野。"远近的人早已久仰褚裒的大名，沈充于是非常慌张。但又不敢惊动他，便在牛屋里呈上名片拜谒他，并且另外宰杀牲畜，整治酒食。还当着褚裒的面鞭责亭吏，想用这些做法来道歉和表达愧意。褚裒和县令沈充对饮，言谈、脸色没有一点儿的异样表现，好像对这一切都没在意似的。后来县令把他一直送到县界。

【原典】

郗太傅在京口[①]，遣门生与王丞相书，求女婿。丞相语郗信："君往东厢，任意选之。"门生归，白郗曰："王家诸郎，亦皆可嘉．闻来觅婿，咸自矜持[②]。唯有一郎，在床上坦腹卧[③]，如不闻。"郗公云："正此好！"访之，乃是逸少[④]，因嫁女与焉。

【注释】

①郗（xī）太傅：郗鉴，曾兼徐州刺史，镇守京口。②矜持：拘谨。③坦腹：敞开上衣，露出腹部，后称人女婿为东床或令坦。④逸少：王羲之，字逸少，是王导的侄儿。

【译文】

太傅郗鉴在京口的时候，派门生送信给丞相王导，想在他家挑个女婿。王导告诉郗鉴的信使说："您到东厢房去，随意挑选吧。"门生回去禀告郗鉴说："王家的那些公子还都值得夸奖，听说来挑女婿，都拘谨起来，只有一位公子在东边床上袒胸露腹地躺着，好像没有听见一样。"郗鉴说："恰恰是这一位好！"再去打听，原来是王羲之，便把女儿嫁给了他。

【原典】

过江初，拜官[①]，舆饰供馔[②]。羊曼拜丹阳尹，客来蚤者，并得佳设[③]。日晏渐罄，不复及精，随客早晚，不问贵贱。羊固拜临海，竟日皆美供[④]。虽晚至，亦获盛馔。时论以固之丰华，不如曼之真率。

【注释】

①拜官：授任官职。②舆饰：都整治。舆，都，皆。供馔：酒宴。③佳设：盛宴，美味佳肴。④美供：精美的酒宴。

【译文】

晋室南渡的初期，新官接受任命时，都要备办酒宴招待前来祝贺的人。羊曼出任丹阳尹时，客人来得早的，就能吃到丰盛的酒食。若来晚了，备办的东西逐渐吃完了，就不能再吃上精美的酒食了，只是随客人来得早晚而不同，不管其官位的高低。羊固出任临海太守时，从早到晚都有精美的酒宴供应。虽然有些人到得很晚，但也能吃上丰盛的酒食。当时的舆论都普遍认为羊固的酒宴虽然丰盛、精美，可是比不上羊曼的本性真诚直率。

【原典】

周仲智饮酒醉，瞋目还面谓伯仁曰："君才不如弟，而横得重名[①]！"须臾，举蜡烛火掷伯仁。伯仁笑曰："阿奴火攻，固出下策耳！"

【注释】

①横：意外，无缘无故。

【译文】

周嵩喝酒喝醉了，瞪着眼扭着头对他哥哥周𫖮说："您才能比不上我，却意外地获得大名声！"接着，举起点着的蜡烛扔到周𫖮身上，周𫖮笑着说："阿奴用火攻，原来是用的下策啊！"

【原典】

庾小征西尝出未还[1]。妇母阮是刘万安妻，与女上安陵城楼上[2]。俄顷翼归，策良马[3]，盛舆卫[4]。阮语女："闻庾郎能骑，我何由得见？"妇告翼，翼便为于道开卤簿盘马[5]，始两转，坠马堕地，意色自若。

【注释】

①庾小征西：庾翼，是庾亮的弟弟。庾亮曾任征西将军，他死后，庾翼也升任征西将军，所以这里称小征西，以别于庾亮。②安陵：地名，这可能是庾翼屯驻之地。③策：用鞭子赶。④舆卫：随队坐的车子和卫士。⑤卤薄：仪仗队。

【译文】

征西将军庾翼有一次外出还没有回来。他的岳母阮氏是刘绥的妻子，和女儿一起登上安陵城楼观望。一会儿，庾翼回来了，骑着高头大马，还带领着浩大的车马卫队。阮氏对女儿说："我听说庾郎很擅长骑马，怎么能够让我见识一下呢？"庾翼妻子于是告诉庾翼，庾翼就为岳母阮氏在道上摆开仪仗，骑着马绕圈子，不料刚转了两圈，就从马上摔下来了，可是他神态自如，满不在乎。

【原典】

宣武与简文、太宰共载，密令人在舆前后鸣鼓大叫。卤簿中惊扰，太宰惶怖求下舆。顾看简文，穆然清恬[1]。宣武语人曰："朝廷间故复有此贤。"

【注释】

①穆然：镇静的样子。清恬（tián）：心神平和安适。

【译文】

桓温和司马昱、司马晞共坐一辆车出行，桓温暗中安排人在车前车后敲起鼓来，并大喊大叫。仪仗队伍受到了惊吓很混乱，司马晞神色惊惶恐惧，要求下车。而桓温回看司马昱，他却是镇定自若，满不在乎。后来桓温告诉别人说："朝廷原来还有这样贤能的人才。"

【原典】

王劭、王荟共诣宣武，正值收庾希家。荟不自安，逡巡欲去[①]；劭坚坐不动，待收信还，得不定乃出[②]。论者以劭为优。

【注释】

①逡（qūn）巡：有顾虑而徘徊不敢前进。②得不定：指得知逮捕庾希之事尚未确定。

【译文】

王劭、王荟一起去拜访桓温，恰巧碰上桓温派人去逮捕庾希一家。王荟心里感到很不安，徘徊犹豫，想要离开；而王劭却是稳稳当当地坐着不动，直等到派去逮捕的官吏回来，知道事情的结果后才退出。当时议论这件事的人都认为王劭比王荟强。

【原典】

谢太傅盘桓东山时[①]，与孙兴公诸人泛海戏[②]。风起浪涌，孙、王诸人色并遽，便唱使还。太傅神情方王，吟啸不言。舟人以公貌闲意说，犹去不止。既风转急，浪猛，诸人皆喧动不坐。公徐云："如此，将无归？"众人即承响而回[③]。于是审其量，足以镇安朝野。

【注释】

①谢太傅：谢安。谢安在出任官职前，曾在会稽郡的东山隐居，时常和孙兴公、王羲之、支道林等畅游山水。盘桓：徘徊，逗留。②泛海：坐船出海。③承响：应声。响，声音。

【译文】

太傅谢安在东山隐居期间，经常和孙绰等人坐船到海上游玩。有一次

起了风，浪涛汹涌，孙绰、王羲之等人都大惊失色，便提议掉转船头赶快回去。而谢安这时却精神振奋，兴致正高，吟诗长啸，不予回答。船夫因为谢安神态安闲，心情舒畅，便仍然摇船向前。一会儿，风势更急，浪更猛了，大家都叫嚷骚动起来，坐不住了。谢安才慢条斯理地说："这样看来，恐怕是该回去了吧？"大家立即响应，就回去了。从这件事上人们明白了谢安的气度，认为他完全能够镇抚朝廷内外，安定国家。

【原典】

谢太傅与王文度共诣郗超，日旰未得前[1]，王便欲去。谢曰："不能为性命忍俄顷？"

【注释】

①日旰（gàn）：天色晚。

【译文】

太傅谢安和王坦之一起去拜访郗超，一直等到天色很晚了还没有被接见。王坦之便想走，谢安说："你就不能为了自己的身家性命再忍耐一会儿吗？"

【原典】

支道林还东[1]，时贤并送于征虏亭[2]。蔡子叔前至，坐近林公。谢万石后来，坐小远。蔡暂起，谢移就其处。蔡还，见谢在焉，因合褥举谢掷地[3]，自复坐。谢冠帻倾脱[4]，乃徐起振衣就席，神意甚平，不觉瞋沮[5]。坐定，谓蔡曰："卿奇人，殆坏我面。"蔡答曰："我本不为卿面作计。"其后，二人俱不介意。

【注释】

①支道林：支遁。②征虏亭，亭名，太安中征虏将军谢安所立，以后此亭逐渐成为送客之处。③褥：坐垫。④冠帻（zé）：头巾。⑤瞋沮（jǔ）：生气、颓丧。

【译文】

支道林要回到东边去，当时有很多名士一起到征虏亭给他饯行。蔡系先到，就坐到支道林身旁；谢万后到，坐得就稍为远点。蔡系走开了一会儿，谢万就移坐到他的座位上。蔡系回来后，看见谢万坐在自己的位置上，就连坐垫一块儿抬起将他扔到地上，自己再坐回原处。谢万头巾都跌掉了，但他还是慢慢爬起来，拍干净身上的衣服，回到自己座位上去，神色很平静，看不出他有生气或颓丧的样子。谢万坐好了，对蔡系说："你真是个怪人，差一点儿就碰破了我的脸。"蔡系回答说："我本来就没有替你的脸打算。"后来两个人对此事却一点都不介意。

【原典】

戴公从东出[①]，谢太傅往看之。谢本轻戴，见但与论琴书。戴既无吝色[②]，而谈琴书愈妙。谢悠然知其量[③]。

【注释】

①戴公：戴逵（约326—396），字安道，谯郡铚县（今安徽宿州西南）人，居会稽郡剡县，不肯出仕，有清高之名，擅长棋琴书画。②吝色：受辱的表情，不乐意的神色。③悠然：闲适的样子。量：气度。

【译文】

戴逵从东边会稽到京都来，太傅谢安去看望他。谢安本来就很轻视他，见了面只是和他谈论琴法、书法。戴逵不但没有不乐意的表情，而且谈起琴法、书法来更加高妙。谢安这才深深地感受到了戴逵那种闲适自得的气度。

【原典】

谢公与人围棋[①]，俄而谢玄淮上信至[②]。看书竟，默然无言，徐向局。客问淮上利害[③]？答曰："小儿辈大破贼[④]。"意色举止[⑤]，不异于常。

【注释】

①谢公：谢安（320—385），字安石，东晋名士，陈郡阳夏（今河南太康）人，世称谢太傅、谢公。②谢玄（343—388），字幼度，谢安的侄子，东晋时期军事家。淮上：淮河上，这里指淝水战场上。③客人，这里指与谢公一同下围棋的人。④小儿辈：谢安被任命为征讨大都督，他派

遣弟谢石、侄谢玄、子谢琰率军北上拒敌，诸谢多为其子侄。⑤神色：神情，脸色。

【译文】

谢安和人下围棋，不一会儿谢玄从淮河战场上派出的信使到了，谢安看完来信后，默不作声，又慢慢地下起棋来。客人问他战场上的胜败情况如何，谢安回答说："孩子们大破贼兵。"说话时的神态举动和平时没有两样。

【原典】

苻坚游魂近境[①]，谢太傅谓子敬曰[②]："可将当轴[③]，了其此处。"

【注释】

①游魂：这里指苻坚不断地骚扰。②谢太傅：谢安。子敬：王献之。③当轴：官居要职者。

【译文】

苻坚像游魂般逼近边境，太傅谢安对王献之说："可以抓住我为执政大臣的机会，把苻坚就地消灭。"

【原典】

王东亭为桓宣武主簿，既承藉[①]，有美誉，公甚欲其人地为一府之望[②]。初，见谢失仪[③]，而神色自若。坐上宾客即相贬笑。公曰："不然，观其情貌，必自不凡。吾当试之。"后因月朝阁下伏，公于内走马直出突之，左右皆宕仆[④]，而王不动。名价于是大重[⑤]，咸云"是公辅器也[⑥]"。

【注释】

①承藉：指继承、凭借祖先的福荫。②人地：人品和门第。③仪：礼节。④宕仆：摇摆跌倒。宕，同"荡"。⑤名价：名声。⑥公辅：指相当于三公、辅弼大臣一类人才，后也指可以做宰相的人才。

【译文】

东亭侯王珣担任桓温的主簿，他凭借祖上的名望，已经拥有很好的名声，桓温对他的才学与门第非常敬重，他也成为整个大司马府上众望所归的人物。当初，他进见桓温及答谢时，有失礼之处，但他神色坦然自如。在座的宾客都开始贬低并且嘲笑他。桓温说："不是这样的，看他的神情态度，想必不是寻常之人。有机会我要试试他。"后来趁着初一下属进见拜伏在官署阁下之时，桓温就从官署内骑着马直冲出来。左右其他人都惊慌失措跌倒在地，而王珣则在原来的地方一动也不动。于是他的名声得到极大提高，大家都说："他是辅弼大臣的人才呀。"

【原典】

太元末，长星见[①]，孝武心甚恶之。夜，华林园中饮酒，举杯属星云[②]："长星！劝尔一杯酒。自古何时有万岁天子？"

【注释】

①长星：指彗星。②属（zhǔ）：劝。

【译文】

太元末年，彗星出现，晋孝武帝心里非常厌恶它。入夜，他在华林园里饮酒，举杯向彗星劝酒说："彗星，劝你更进一杯酒。从古到今，什么时候有过万年的天子？"

【原典】

羊绥第二子孚，少有俊才，与谢益寿相好[①]，尝蚤往谢许，未食。俄而王齐、王睹来。既先不相识，王向席有不说色[②]，欲使羊去。羊了不眄[③]，唯脚委几上，咏瞩自若[④]。谢与王叙寒温数语毕，还与羊谈赏，王方悟其奇，乃合共语。须臾食下，二王都不得餐，唯属羊不暇。羊不大应对之，而盛进食，食毕便退。遂苦相留，羊义不住，直云："向者不得从命，中国尚虚[⑤]。"二王是孝伯两弟。

【注释】

①谢益寿：谢混之小字。②向席：走到座位上，入座。说：同"悦"。③了不眄（miǎn）：完全不看。④咏瞩：吟咏、顾盼。自若：神情闲适。⑤中国：指腹中。

【译文】

羊绥的次子羊孚，年轻时就才智出众，和谢混很要好。有一次，他一大早就到谢家去，还没有吃早饭。不一会儿王熙、王爽也来了，他们原先并不认识羊孚，所以落了座以后，脸色就有点不高兴，想让羊孚离开。羊孚根本就没将他们看在眼里，只是把脚搭在小桌子上，神情自在地专注于吟咏诗句上。谢混和二王寒暄了几句后，回过头来与羊孚谈论玩赏，二王这才感觉到羊孚不是一般人，这才和他一起说话。一会儿摆上饭菜，二王一点也顾不上吃，只是不停地劝羊孚吃喝。羊孚也不大搭理他们，只是大口大口地吃饭，吃完饭便告辞。二王苦苦挽留，羊孚按道理不再留下，只是说："刚才我不能顺从你们的心意马上离开，是因为肚子还是空空的。"二王是王恭的两个弟弟。

识鉴第七

【原典】

曹公少时见乔玄[①]，玄谓曰："天下方乱，群雄虎争，拨而理之，非君乎？然君实乱世之英雄，治世之奸贼[②]。恨吾老矣，不见君富贵，当以子孙相累。"

【注释】

①曹公：曹操。乔玄：字公祖，东汉梁国睢阳（今河南商丘）人。②治世：太平盛世。奸贼：狡诈凶残的人。

【译文】

曹操年轻时去见乔玄，乔玄对他说："天下动荡不安，各路豪杰如虎相争，能整顿治理天下的，不正是您吗？但是您实在是乱世中的英雄，治世中的奸贼。遗憾的是我老了，看不到您富贵发达了，我只有把子孙拜托给您照顾了。"

【原典】

曹公问裴潜曰[①]："卿昔与刘备共在荆州[②]，卿以备才如何？"潜曰："使居中国[③]，能乱人，不能为治。若乘边守险[④]，足为一方之主。"

【注释】

①曹公：曹操。裴潜：字文行，三国魏河东郡闻喜（今属山西闻喜）人，曾避乱荆州，投奔刘表，刘备也曾依附刘表，曹操指的就是这件事。②刘备（161—223）：字玄德，涿郡涿县（今河北涿州）人。③中国：指中原地区。④乘边：即指防守边境。

【译文】

曹操问裴潜道："你过去和刘备一起在荆州的时候，你认为刘备的才

干怎么样？”裴潜说：“如果让他入主中原地区，会扰乱百姓，局部不能得到治理；如果让他保卫边境，防守险要地区，那么他就完全能够成为一个地区的霸主。”

【原典】

何晏、邓飏、夏侯玄并求傅嘏交，而嘏终不许。诸人乃因荀粲说合之，谓嘏曰：“夏侯太初一时之杰士，虚心于子，而卿意怀不可交，合则好成，不合则致隙①。二贤若穆，则国之休②，此蔺相如所以下廉颇也。”傅曰：“夏侯太初，志大心劳，能合虚誉③，诚所谓利口覆国之人④。何晏、邓飏有为而躁，博而寡要，外好利而内无关籥⑤，贵同恶异，多言而妒前。多言多衅，妒前无亲。以吾观之，此三贤者，皆败德之人耳！远之犹恐罹祸，况可亲之邪？”后皆如其言。

【注释】

①致隙：产生裂痕。②休：美善、福禄。③虚誉：虚名，虚荣。④利口覆国：用能言善辩来倾覆国家。《论语·阳货》说：“恶利口之覆邦家者。”利口，言辞锋利。⑤关籥（yuè）：门闩，这里指检点、约束。

【译文】

何晏、邓飏、夏侯玄都非常希望能和傅嘏结交，可傅嘏始终都没答应。于是这几个人便托荀粲去说合。荀粲对傅嘏说：“夏侯玄是一代俊杰，对您倾慕已久，一心想和您认识，而您心里却认为不行。如果能交好，双方就等于有了情谊，就更容易办成大事；如果不行，彼此间就会产生裂痕。两位贤人如果能和睦相处，就是国家之福。这就是蔺相如对廉颇退让的原因。”傅嘏说：“夏侯玄的志向很大，用尽心思去达到目的，并很会迎合虚名的需要，确实是所说的耍嘴皮子亡国的人。何晏和邓飏，有作为却很急躁，知识广博却不得要领，对外爱好钱财，对自己却不加检点和约束，看重和自己意见相同的人，讨厌与自己意见不同的人，好发表意见，却忌妒超过自己的人。发表的意见越多，事端也就越多；忌妒别人超过自己，这样的人必定会无人亲近。在我看来，这三位贤人，都不过是败坏道德的人罢了！离他们远远的还怕遭祸，更何况是去与他们亲近呢！”后来他们三人的结局都与傅嘏说的一样。

【原典】

晋武帝讲武于宣武场[①]，帝欲偃武修文[②]，亲自临幸[③]，悉召群臣。山公谓不宜尔[④]，因与诸尚书言孙、吴用兵本意。遂究论，举坐无不咨嗟。皆曰："山少傅乃天下名言。"后诸王骄汰[⑤]，轻遘祸难[⑥]，于是寇盗处处蚁合，郡国多以无备，不能制服，遂渐炽盛，皆如公言。时人以谓山涛不学孙、吴，而暗与之理会。王夷甫亦叹云："公暗与道合。"

【注释】

①讲武：讲授并练习武艺。②偃（yǎn）武修文：停止武备，提倡教化。③临幸：到场，皇帝到某处叫"幸"。④山公：即山涛，曾任尚书、太子少傅。⑤骄汰：放纵、奢侈。⑥轻遘（gòu）祸难：指八王之乱。西晋初大封宗室，诸王拥兵自重，晋武帝死后，诸王互相攻杀，内讧达十六年，史称八王之乱。

【译文】

晋武帝命令军队在宣武场讲论武事。他想停息武备，振兴文教，所以就亲自到场，并把群臣都召集来了。山涛认为不应该这样做，就和诸位尚书谈论孙武、吴起用兵的本意，于是详尽地探讨下去，满座的人听了没有不赞赏的。大家都说："山涛所说的才是天下名言。"后来分封到各地的诸侯王过于放纵、奢侈，结果很容易地就酿成了灾难，于是兵匪到处像蚂蚁一样聚合起来，各地郡县和封国因为大都没有防备而不能制服他们，叛乱势力于是逐渐强大起来。一切都像山涛所说的那样。当时人们都认为山涛虽然不学孙、吴兵法，可其见解却与孙、吴兵法相吻合。王衍也感叹道："山公所说的和道理暗合。"

【原典】

石勒不知书[①]，使人读汉书。闻郦食其劝立六国后[②]，刻印将授之，大惊曰："此法当失，云何得遂有天下？"至留侯谏[③]，乃曰："赖有此耳！"

【注释】

①石勒（274—333）：字世龙，上党武乡（今山西）人。②郦食其（lì yì jī）：是汉高祖刘邦的谋士。③留侯：张良（？—前189），字子房，相传为城父（今属河南）人。

【译文】

石勒不识字，叫别人读《汉书》给他听。他听到郦食其劝刘邦把六国的后代立为王侯，刘邦马上刻印，将要授予爵位，就大惊道："这种做法会失去天下，怎能最终得到天下呢！"当听到留侯张良劝阻刘邦时，便说："幸亏有这个人呀！"

【原典】

卫玠年五岁，神衿可爱[①]。祖太保曰[②]："此儿有异，顾吾老，不见其大耳！"

【注释】

①神衿（jīn）：胸襟。②祖太保：指卫玠的祖父卫瓘，晋武帝时官至太保。

【译文】

卫玠五岁时，神态、胸怀都很可爱。他的祖父卫瓘说："这孩子与众不同，只是我老了，看不到他将来的成就了！"

【原典】

张季鹰辟齐王东曹掾[①]，在洛见秋风起，因思吴中菰菜羹、鲈鱼脍，曰："人生贵得适意尔，何能羁宦数千里以要名爵[②]！"遂命驾便归。俄而齐王败，时人皆谓为见机[③]。

【注释】

①张季鹰：张翰，字季鹰，西晋吴郡（今江苏苏州）人。东曹：官名，主管二千石长史的调动等事。②羁宦：在外地做官。③见机：洞察事情的苗头。

【译文】

张翰被任命为齐王司马冏的东曹属官，在洛阳，他看见秋风起了，便想吃老家吴中的菰菜羹和鲈鱼脍，说道："人生可贵的是自己可以随心所欲罢了，怎么能远离家乡到几千里外的地方来做官，而仅仅为了追求名声和爵位呢！"于是坐上车就南归了。不久齐王兵败被杀，当时的人们都认为他有先见之明。

【原典】

王平子素不知眉子[①]，曰："志大其量，终当死坞壁间。"

【注释】

①王平子：王澄，字平子，曾任荆州刺史。不知：不相知，没有情谊。

【译文】

王平子向来对王玄没有什么好感，说："王玄志向大过他的气量，终究会被困死在小城堡里。"

【原典】

王大将军始下[①]，杨朗苦谏不从[②]，遂为王致力，乘"中鸣云露车"迳前曰[③]："听下官鼓音，一进而捷。"王先把其手曰："事克，当相用为荆州。"既而忘之，以为南郡。王败后，明帝收朗，欲杀之。帝寻崩，得免。后兼三公[④]，署数十人为官属[⑤]。此诸人当时并无名，后皆被知遇，于时称其知人。

【注释】

①王大将军：王敦。②杨朗：字世彦，东晋弘农（今属陕西）人。③中鸣云露车：一种车子，或说即云车，亦名楼车，车上有望楼以窥敌进退。中鸣，指云车中设置鼓锣，指挥军队进退。④三公：指三公尚书。⑤署：任命。官属：官府属官。

【译文】

大将军王敦起初打算起兵进军京都的时候，杨朗极力苦劝他，可他就是不听从。杨朗实在是没办法不得已只好为王敦效力。在军队进攻的时候，

杨朗乘着中鸣云露车一直勇往直前，说："听我的鼓音，奋勇向前，一战便能大获全胜。"王敦事先曾握住杨朗的手向他承诺说："如果战事胜利了，就让你来掌管荆州。"过后他就忘了这话，把杨朗派到南郡做太守去了。王敦失败后，晋明帝下令逮捕了杨朗，想杀掉他；不久明帝死了，杨朗才得到赦免。后来兼任三公尚书，安排了几十人做属官。这些人在当时都没有什么名气，后来又都受到他的赏识和重用，当时的人们都称赞他能识别人才。

【原典】

周伯仁母冬至举酒赐三子曰①："吾本谓度江托足无所②。尔家有相③，尔等并罗列吾前，复何忧？"周嵩起，长跪而泣曰④："不如阿母言。伯仁为人志大而才短，名重而识暗，好乘人之弊，此非自全之道。嵩性狼抗，亦不容于世。唯阿奴碌碌，当在阿母目下耳！"

【注释】

①周伯仁：周𫖮（yǐ）（269—322），字伯仁，汝南安成（今河南省汝南县）人，两晋时期名士。冬至：节气名，古人重视冬至节，这一天要祭祖、家宴、庆贺往来，像过年一样。②度：通"渡"。③有相：有吉相，有福相。④长跪：古人坐时臀部放在脚后跟上，跪时伸直腰，挺直上身跪着，叫长跪，表示尊敬。

【译文】

周𫖮的母亲在冬至那天的家宴上赐酒给三个儿子，对他们说："我本以为渡江后会没有地方立足安身，幸亏我们家有吉相，你们几个都在我眼前，我还有什么忧虑呢！"这时周嵩离座，恭敬地跪在母亲面前，流着泪说："事情并不像母亲所说的那样。周𫖮的为人虽然志向很大但是才能不足，虽然名气很大但是见识肤浅，又喜欢利用别人的软肋来达到自己的目的，这其实并不是保全自己的好办法。而我本性乖戾，也不会受到世人的宽容。只有小弟弟平平常常，将会守护在母亲眼前罢了。"

【原典】

武昌孟嘉作庾太尉州从事①，已知名。褚太傅有知人鉴，罢豫章还，过武昌，问庾曰："闻孟从事佳，今在此不？"庾云："卿自求之。"褚眄睐良久[2]，指嘉曰："此君小异，得无是乎？"庾大笑曰："然！"于时既叹褚之默识[3]，又欣嘉之见赏。

【注释】

①武昌：郡名，治所在今湖北鄂城。②眄睐（miǎn lài）：观察，打量。③默识：在不言中识别人物。

【译文】

武昌郡人孟嘉在担任太尉庾亮手下的州从事时，已经很有名气了。太傅褚裒有鉴别人的观察力，他从豫章太守任上免官回家时，路过武昌，去拜访庾亮，问庾亮："听说孟从事很有才学，现在在这里吗？"庾亮说："在座，你试着自己找找看。"褚裒观察了很久，指着孟嘉说："这位稍有不同，莫非就是这位吗？"庾亮大笑道："对。"当时庾亮既赞赏褚裒这种在不言中识别人物的才能，又高兴孟嘉受到了赏识。

【原典】

桓公将伐蜀[1]，在事诸贤咸以李势在蜀既久[2]，承藉累叶[3]，且形据上流，三峡未易可克。唯刘尹云："伊必能克蜀。观其蒲博[4]，不必得，则不为。"

【注释】

①桓公：桓温。②在事诸贤：指在朝廷上掌权的大官们。③承藉：凭借，依靠。④蒲博：古代的一种博游戏，亦泛指赌博。

【译文】

桓温将带兵攻打蜀地，当时朝廷里的官员们都认为李势在蜀地已经很久，他凭借祖上几代的基业，而且地理形势又居长江上游，三峡地区不能轻易攻克。只有丹阳尹刘惔说："桓温一定能攻克蜀地。从他赌博就可以看出来，没有必胜的把握，他是不会干的。"

【原典】

谢公在东山畜妓[1]，简文曰："安石必出。既与人同乐，亦不得不与人同忧。"

【注释】

①谢公：谢安，字安石。东山：谢安出仕前的隐居地，在今浙江上虞西南。

【译文】

谢安在东山隐居时，家中养了一帮歌伎舞女，简文帝说："谢安一定会出来做官的，他既然能与人一起欢乐，也就不得不与人一起分担忧愁。"

【原典】

郗超与谢玄不善。苻坚将问晋鼎①，既已狼噬梁、岐，又虎视淮阴矣。于时朝议遣玄北讨，人间颇有异同之论。唯超曰："是必济事。吾昔尝与共在桓宣武府，见使才皆尽，虽履屐之间②，亦得其任。以此推之，容必能立勋。"元功既举③，时人咸叹超之先觉④，又重其不以爱憎匿善。

【注释】

①问晋鼎：指篡夺晋室政权。②履屐（jī）：泛指鞋，这里比喻小事。③元功：大功。④先觉：有预见。

【译文】

郗超和谢玄不和。这时，苻坚密谋夺取晋朝政权，已经夺取了梁州、岐山一带，又虎视眈眈地想要占领淮阴地区。当时朝廷打算让谢玄领兵北伐苻坚，人们私下里对此颇有一番不同的看法。只有郗超支持朝廷的决定，他说："这个人一定能成功。我过去曾经和他一起在桓宣武的幕府共事，发现他用人都能让人尽其才，即使是小事，也都能处理得当。从这里推论，想必他能建立功勋。"淝水之战大功告成以后，当时的人都赞叹郗超的先见之明，又敬重他不因为个人的爱憎而埋没别人的长处。

【原典】

韩康伯与谢玄亦无深好。玄北征后，巷议疑其不振[①]。康伯曰："此人好名，必能战。"玄闻之甚忿，常于众中厉色曰[②]："丈夫提千兵，入死地，以事君亲故发[③]，不得复云为名。"

【注释】

①巷议：指路人互相议论所见闻之事。②厉色：神色严厉。③君亲：君和亲，偏指君主。发：出兵。

【译文】

韩伯和谢玄之间没有太深的交情。谢玄北伐苻坚后，当时的街谈巷议都怀疑他会打败仗。韩伯说："这个人很重视自己的名声，一定会奋力作战的。"谢玄听到这话很是生气，经常在大庭广众之下声色俱厉地说："大丈夫率领千军万马进入决死之地，是为了报效君主才出征，不能再说是为了扬名。"

【原典】

褚期生少时，谢公甚知之，恒云："褚期生若不佳者，仆不复相士[①]。"

【注释】

①相士：观察士人的命相以鉴别人才。

【译文】

褚爽年轻时，谢安很是赏识他，经常说："褚爽如果还不优秀，我从此以后就不再鉴别人才了！"

【原典】

郗超与傅瑗周旋[①]，瑗见其二子并总发[②]。超观之良久，谓瑗曰："小者才名皆胜，然保卿家，终当在兄。"即傅亮兄弟也[③]。

【注释】

①傅瑗：字叔玉，东晋北地灵州（今宁夏灵武）人。周旋：应酬，打交道。②总发：即总角，指幼年。③傅亮：晋宋时人，曾任尚书令、左光禄大夫，后因罪被杀。

【译文】

郗超和傅瑗有交往。傅瑗叫他两个儿子出来见郗超，郗超对他们观察了很久，对傅瑗说："小的将来在才学名望上都会超过他哥哥，但是能够保全你们全家的，终究还是哥哥。"这里说的就是傅亮兄弟。

【原典】

王恭随父在会稽，王大自都来拜墓[①]。恭暂往墓下看之，二人素善，遂十余日方还。父问恭："何故多日？"对曰："与阿大语，蝉连不得归[②]。"因语之曰："恐阿大非尔之友。"终乖爱好[③]，果如其言。

【注释】

①王大：王忱。②蝉连：连续不断。③乖：不相合，不和谐。

【译文】

王恭跟随父亲住在会稽郡，王忱从京城来会稽扫墓，王恭不久到墓地去看他，两人一向很投缘要好，于是就索性住了十多天才回家。他父亲问他："为什么去了这么多天？"王恭回答说："我和王忱谈话，谈起来没完，所以就没有回来。"他父亲就告诉他说："恐怕王忱不是你的朋友，你们的爱好和志趣最终是不能和谐的。"后来两人的爱好终于相反，果然和他父亲的话一样。

【原典】

王忱死，西镇未定[①]，朝贵人人有望[②]。时殷仲堪在门下[③]，虽居机要，资名轻小，人情未以方岳相许[④]。晋孝武欲拔亲近腹心，遂以殷为荆州。事定，诏未出。王珣问殷曰[⑤]："陕西何故未有处分[⑥]？"殷曰："已有人。"王历问公卿[⑦]，咸云"非"。王自计才地必应在己，复问："非我邪？"殷曰："亦似非。"其夜诏出用殷。王语所亲曰："岂有黄门郎而受如此任？仲堪此举乃是国之亡徵。"

【注释】

①西镇未定：指荆州刺史之职尚未确定。西镇，荆州为西部重镇，故称。②朝贵：为朝中大臣。③门下：门下省，皇帝的顾问机构。④方岳：四岳，指四方诸侯国，这里指方镇，即镇守一方的长官。⑤王珣：当时任尚书左仆射。⑥陕西：喻指荆州。处分：处理，安排。⑦历：逐个。公卿：三公九卿，大官。

【译文】

王忱死了，西部地区长官的人选还没有确定下来，朝廷显贵人人都对这个官位存有很大兴趣。当时殷仲堪在门下省任职，虽然处在机要部门，但是资历浅，名望小，众人都不认为他能担当起地方长官的重任。晋孝武帝想提拔自己的亲信心腹，就委任殷仲堪为荆州刺史。事情确定后，诏书还没有发出。王珣问殷仲堪："荆州的事为什么还没有妥善处理？"殷说："已经有了合适的人选。"王珣就一个个地举出朝中大臣的名字来问，一个个问遍了，殷仲堪都说不是。王珣估量自己的才能和门第，认为一定是自己了，于是便再问道："莫非是我吗？"殷说："也好像不是。"这天晚上诏书发出去了，任用的是殷仲堪。王珣对亲信说："哪里有黄门侍郎能担负起如此重任的？对仲堪的这种提拔，是国家灭亡的预兆。"

赏誉第八

【原典】

陈仲举尝叹曰："若周子居者[①]，真治国之器。譬诸宝剑，则世之干将[②]。"

【注释】

①周子居：周乘，字子居，东汉人，官至泰山太守。②干将：宝剑名，传说吴王阖闾叫吴人干将铸剑，后来铸成两剑，雄剑叫干将，雌剑叫莫邪。

【译文】

陈蕃曾经赞美道："像周乘这个人，的确是治国的人才。若拿宝剑来比喻的话，他就是当代的干将。"

【原典】

世目李元礼[①]："谡谡如劲松下风[②]。"

【注释】

①目：品评。李元礼：李膺。②谡谡（sù）：疾风声。

【译文】

世人评论李膺说："像挺拔的松树下呼啸而过的疾风。"

【原典】

谢子微见许子将兄弟曰[①]："平舆之渊，有二龙焉。"见许子政弱冠之时，叹曰："若许子政者，有干国之器[②]。正色忠謇[③]，则陈仲举之匹[④]；伐恶退不肖，范孟博之风[⑤]。"

【注释】

①谢子微：谢甄，东汉召陵（今属河南）人。许子将兄弟：许劭及兄

许虔。②干国：治国。③忠謇（jiǎn）：忠诚，正直。④匹：相当。⑤范孟博：范滂，字孟博，东汉末汝南郡细阳县人，有肃清天下之志。

【译文】

谢甄看见许劭兄弟俩，便说："平舆县的深潭里，潜伏着两条龙呢。"他看见许虔年轻时的样子，赞叹说："像许虔这个人，具有国家栋梁之才的才智。态度严正，忠诚正直，这点和陈蕃有点相似；而打击坏人，斥退品行不端的人，这点又有范滂的风度。"

【原典】

公孙度目邴原[①]："所谓云中白鹤，非燕雀之网所能罗也[②]。"

【注释】

①公孙度：字升济，一字叔济，东汉襄平（今辽宁辽阳北）人，官至辽东太守。②罗：张网捕捉。

【译文】

公孙度评论邴原："他就是那世人所说的云中白鹤，不是用捕捉燕雀的小网所能捕到的。"

【原典】

钟士季目王安丰[①]："阿戎了了解人意。"谓："裴公之谈[②]，经日不竭。"吏部郎阙，文帝问其人于钟会。会曰："裴楷清通，王戎简要[③]，皆其选也。"于是用裴。

【注释】

①钟士季：钟会，字士季。王安丰：王戎，字浚冲，伐吴有功，封为安丰侯。②裴公：裴楷，字叔则，曾任中书令，故又称裴令公。③简要：简约扼要。

【译文】

钟会评论安丰侯王戎说："阿戎聪明伶俐，很善于体察别人的心意。"又评论说："裴公善谈，一整天也谈不完。"吏部郎这个职位空出来了，晋文帝司马昭问钟会谁是适当的人选，钟会回答说："裴楷清晰通达，

王戎能掌握要领而处事简约，这两人都是比较合适的人选。”于是委任裴楷。

【原典】

王濬冲、裴叔则二人[1]，总角诣钟士季[2]。须臾去后，客问钟曰：“向二童何如？”钟曰：“裴楷清通，王戎简要。后二十年，此二贤当为吏部尚书，冀尔时天下无滞才[3]。”

【注释】

①王濬冲：王戎。裴叔则：裴楷。②总角：指童年。③滞才：被遗漏的人才。

【译文】

王戎、裴楷两人童年时去拜访钟会，一会儿就走了，走后，有位客人问钟会说：“刚才那两个小孩你感觉怎么样？”钟会说：“裴楷清晰通达，王戎简约扼要。二十年以后，这两位贤才能做吏部尚书的官职，希望那时候天下将没有被遗漏的人才。”

【原典】

谚曰[1]：“后来领袖有裴秀[2]。”

【注释】

①谚：在群众间流传的谚语。②后来：指后辈。裴秀：字季彦，西晋河东闻喜（今属山西）人。

【译文】

谚语说：“后辈中成长起来的领袖有裴秀。”

【原典】

裴令公目夏侯太初：“肃肃如入廊庙中[1]，不修敬而人自敬。”一曰：“如入宗庙，琅琅但见礼乐器[2]。见钟士季，如观武库，但睹矛戟[3]。见傅兰硕，江廧靡所不有。见山巨源，如登山临下，幽然深远[4]。”

【注释】

①肃肃：形容恭敬。②琅琅：形容玉石的光彩。③矛戟（jǐ）：予和戟都是古代兵器。④幽然：形容深远。

【译文】

中书令裴楷评论夏侯玄说："好像进入朝廷一样恭恭敬敬的，人们无心加强敬意，却不自然会肃然起敬。"另一种说法是："好像进入宗庙之中，只看见礼器和乐器琳琅满目，看见钟士季，好像参观武器库，矛戟森森，全是兵器。看见傅嘏，像是一片汪洋，浩浩荡荡，无所不有。看见山涛，好像登上山顶往下看，幽深得很。"

【原典】

羊公还洛[①]，郭奕为野王令[②]。羊至界，遣人要之。郭便自往。既见，叹曰："羊叔子何必减郭太业[③]！"复往羊许，小悉还[④]，又叹曰："羊叔子去人远矣！"羊既去，郭送之弥日，一举数百里，遂以出境免官。复叹曰："羊叔子何必减颜子[⑤]！"

【注释】

①羊公：羊祜。洛：洛阳。②郭奕：字大业，西晋太原阳曲（今山西太原）人。③减：不如，次于。④小悉：少顷，不多久。⑤颜子：颜回，孔子最得意的学生。

【译文】

羊祜回洛阳去，路过野王县，当时郭奕担任野王县令。羊祜到了野王县界后，郭奕派人拦住他，然后自己去拜会他。见面后，郭奕感慨地说："羊叔子未必不如我郭太业呢！"过后再前往羊祜住所，不多久便回去，又感慨道："羊叔子远远超过一般人啊！"羊祜离开时，郭奕送了羊祜一整天，一送就送了几百里地，终于因为超出了野王县境范围而被免官。他仍旧感慨道："羊叔子不一定就比颜回差！"

【原典】

羊长和父繇[①]，与太傅祜同堂相善[②]，仕至车骑掾。蚤卒[③]。长和兄弟

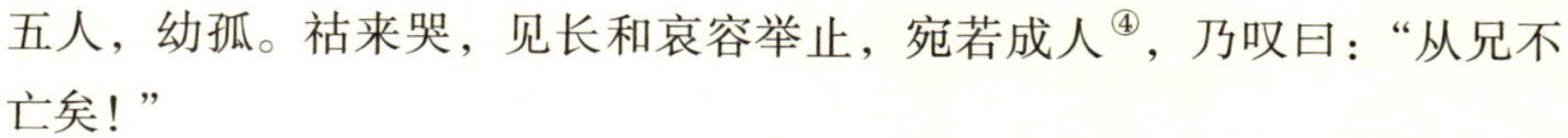

五人，幼孤。祜来哭，见长和哀容举止，宛若成人[④]，乃叹曰："从兄不亡矣！"

【注释】

①羊长和：羊忱。②同堂：堂房的兄弟。③蚤：通"早"。④宛：仿佛。

【译文】

羊忱的父亲羊繇和太傅羊祜是堂兄弟，彼此关系非常和睦，羊繇做官做到车骑将军府的属官，死得早。羊忱兄弟五人，年纪很小就成了孤儿。羊祜来哭丧，看见羊忱那种悲伤的面容和神情举止，仿佛成年人一般，便感叹道："堂兄没有死！"

【原典】

山公举阮咸为吏部郎，目曰："清真寡欲[①]，万物不能移也。"

【注释】

①清真：纯洁真挚。

【译文】

山涛推荐阮咸出任吏部郎，评论阮咸说："他纯洁真挚，能够控制自己的私欲，任何事物都改变不了他的志向。"

【原典】

王戎目阮文业[①]："清伦有鉴识[②]，汉元以来[③]，未有此人。"

【注释】

①阮文业：阮武，字文业，三国魏陈留尉氏（今属河南）人。②清伦：言行高洁，通晓伦理。③汉元：汉初。

【译文】

王戎评论阮武说："品行清高，通伦理，有知人论世之明，从汉代开国以来还没有见过这样的人。"

【原典】

庾子嵩目和峤："森森如千丈松[①]，虽磊砢有节目[②]，施之大厦，有栋梁之用。”

【注释】

①森森：高耸的样子。②磊砢（lěi luǒ）：形容众多。节目：树木枝干交接的地方叫“节”，纹理纠结不顺的地方叫“目”。

【译文】

庾敳评论和峤说：“好像高耸入云的千丈青松，虽然树枝多节，可是用它来盖大厦，还是可以用做栋梁之材。”

【原典】

王戎云：“太尉神姿高彻①，如瑶林琼树②，自然是风尘外物③。”

【注释】

①太尉：指王衍，字夷甫，官至太尉。②瑶林琼树：瑶、琼都是美玉，泛指精美的东西，这里指人品高洁。③风尘：尘世，世俗。

【译文】

王戎说：“太尉的风度仪表高雅清澈，好像晶莹的玉树，自然是尘世之外的人物。”

【原典】

王汝南既除所生服①，遂停墓所。兄子济每来拜墓，略不过叔，叔亦不候。济脱时过，止寒温而已。后聊试问近事，答对甚有音辞，出济意外，济极惋愕。仍与语，转造清微。济先略无子侄之敬，既闻其言，不觉懔然，心形俱肃。遂留共语，弥日累夜。济虽俊爽，自视缺然，乃喟然叹曰②：“家有名士，三十年而不知！”济去，叔送至门。济从骑有一马，绝难乘，少能骑者。济聊问叔：“好骑乘不？”曰：“亦好尔。”济又使骑难乘马，叔姿形既妙，回策如萦③，名骑无以过之。济益叹其难测，非复一事。既还，浑问济：“何以暂行累日？”济曰：“始得一叔。”浑问其故？济具叹述如此。浑曰：“何如我？”济曰：“济以上人。”武帝每见济，辄以湛调之曰：“卿家痴叔死未？”济常无以答。既而得叔，后武帝又问如前，济曰：“臣叔不痴。”称其实美。帝曰：“谁比？”济曰：“山涛以下，魏舒以

上[4]。"于是显名。年二十八，始宦。

【注释】

①王汝南：王湛，字处冲，是司徒王浑的弟弟，出任汝南内史。除所生服：父母死后，守孝期满，脱去孝服。②喟（kuì）然：长叹的样子。③萦：围绕盘旋。④魏舒：字阳元，三国魏任城樊（今山东济宁）人。

【译文】

汝南内史王湛给父母守孝期满，脱下孝服后，便留住在墓地旁。他哥哥王浑的儿子王济每次来墓地祭拜，几乎不怎么来看望叔叔，叔叔也不怎么去问候他。王济有时偶尔去看望一下叔叔，也只是寒暄几句罢了。后来王济就试着和叔叔聊起近来的事，王湛回答的言辞很有意味，出乎王济意料之外，王济非常惊愕；继续和他谈论，越谈倒越进入了精深的境界。王济原先对叔叔几乎没有一点晚辈的敬意，听了叔叔的谈论后，不禁对他肃然起敬，神情举止都变得严肃恭谨起来。便留下来和叔叔一起谈论，一连多日，没日没夜地谈。王济虽然才华出众，性情豪爽，但和叔叔相比他还是觉得自己缺少了点什么，于是叹息道："家中有名士，可是三十年来却一直都不知道！"王济要走了，叔叔送他到门口。王济的随从中有一匹烈马，非常难以驾驭，很少有人能骑它。王济姑且问他叔叔："喜欢骑马吗？"他叔叔说："也喜欢呀。"王济于是便让叔叔去骑那匹难以驾驭的烈马，他叔父不但骑马的姿势美妙，而且甩动起鞭子来就像条带子似的回旋自如，就是著名的骑手也没法超越他。王济更加敬佩叔叔的高深莫测，并且觉得他的长处绝不止这一种。王济回家后，他父亲王浑问他："为什么短时间外出却在外面待了好几天？"王济说："我刚刚找到了一个叔叔。"王浑问是什么意思，王济就一五一十地边赞叹边述说以上情况。王浑问："你觉得他和我相比怎么样？"王济说："是在我以上的人。"以前晋武帝每次见到王济，总是拿王湛来跟他开玩笑，说："你家的傻子叔叔死了没有？"王济常常感到没话可说。后来在了解了叔叔以后，当晋武帝又像以前那样问他时，王济就说："我叔叔不傻。"并且称赞叔叔很优秀。武帝问道："可以和谁相比？"王济说："在山涛之下，魏舒之上。"于是王湛的名声就传扬开来，在二十八岁那年才做官。

【原典】

裴仆射时人谓为言谈之林薮[①]。

【注释】

①裴仆射：指裴頠，曾任左仆射。林薮（sǒu）：指聚集之处。

【译文】

左仆射裴頠，当时的人认为他是言谈聚集的地方。

【原典】

张华见褚陶，语陆平原曰[①]："君兄弟龙跃云津[②]，顾彦先凤鸣朝阳[③]。谓东南之宝已尽[④]，不意复见褚生。"陆曰："公未睹不鸣不跃者耳！"

【注释】

①陆平原：陆机，字士衡，吴郡人，曾任平原内史。②云津：指银河。③顾彦先：顾荣，字彦先，吴人，曾在吴国任黄门侍郎。④东南之宝：指东南的人才，即吴地的人才。

【译文】

张华在见到了褚陶以后，就告诉平原内史陆机说："您兄弟两人就像在天河上腾跃的飞龙，顾荣像迎着朝阳鸣叫的凤凰，我以为东南的人才已经全部都在这里了，想不

到如今又见到了褚生。”陆机回答说：“这是因为您没有见到不鸣不跃的人才的缘故！”

【原典】

有问秀才[①]：“吴旧姓何如？”答曰：“吴府君圣王之老成[②]，明时之俊乂[③]。朱永长理物之至德，清选之高望[④]。严仲弼九皋之鸣鹤[⑤]，空谷之白驹[⑥]。顾彦先八音之琴瑟，五色之龙章[⑦]。张威伯岁寒之茂松，幽夜之逸光。陆士衡、士龙鸿鹄之裴回，悬鼓之待槌。凡此诸君：以洪笔为锄耒，以纸札为良田。以玄默为稼穑，以义理为丰年。以谈论为英华，以忠恕为珍宝。著文章为锦绣，蕴五经为缯帛。坐谦虚为席荐，张义让为帷幕。行仁义为室宇，修道德为广宅。”

【注释】

①秀才：指蔡洪。②吴府君：吴展，字士季，曾在吴国任广州刺史、吴郡太守，所以称府君。③俊乂（yì）：才德出众的人。④清选：清贵之官。⑤皋：沼泽。⑥白驹：白马。⑦五色：青、黄、赤、白、黑五色，这里指五色交错而成的花纹。

【译文】

有人问秀才蔡洪：“吴地的世家大族怎么样？”蔡洪回答说：“吴展是圣明君主的贤臣，是太平盛世里难得的杰出人才。朱诞是执政大臣里面品德最高尚的人，在公开选拔的官员中享有最高的声望。严隐像深泽中引颈长鸣的白鹤，像空旷深邃山谷中的白驹。顾荣像乐器中的琴瑟，花纹中的龙纹。张畅是寒冬时挺拔茁壮的青松，暗夜里四射的光芒。陆机、陆云兄弟像那在高空中盘旋的天鹅，是有待敲击的大鼓。所有这些名士，把笔当农具，把纸张当良田，把清静无为当作劳动，把掌握义理当作丰收；把清谈当成声誉的象征，把忠恕当作为人处世的珍宝；把著述文章当成锦绣，把精通五经当做丝绸；把谦虚当做坐草席，把发扬道义礼让当做张挂帷幕；把推行仁义当做修葺房屋，把加强道德修养当做修身养性的根本。”

【原典】

人问王夷甫："山巨源义理何如？是谁辈[①]？"王曰："此人初不肯以谈自居，然不读老、庄，时闻其咏，往往与其旨合。"

【注释】

①辈：同一类，同一等级。

【译文】

有人问王夷甫说："你觉得山巨源义理谈得怎么样？能和谁相媲美？"王夷甫说："这个人从来不肯以清谈家自居，虽然不读《老子》《庄子》，你却常常能听到他的谈论，处处是和老庄思想相合的。"

【原典】

洛中雅雅有三嘏[①]：刘粹字纯嘏[②]，宏字终嘏[③]，漠字冲嘏[④]，是亲兄弟。王安丰甥，并是王安丰女婿。宏，真长祖也。洛中铮铮冯惠卿，名荪，是播子。荪与邢乔俱司徒李胤外孙，及胤子顺并知名。时称："冯才清，李才明，纯粹邢。"

【注释】

①洛中：洛阳。雅雅：指温文闲雅。②刘粹：字纯嘏（gǔ），西晋沛国相（今属安徽）人。③宏：刘宏，字终嘏，西晋时历任秘书监、光禄大夫。④漠：刘漠，字冲嘏，西晋时官至吏部尚书。

【译文】

洛阳众多风雅人士中有三嘏：刘粹，字纯嘏；刘宏，字终嘏；刘漠，字冲嘏，三人是亲兄弟，是安丰侯王戎的外甥，又都是王戎的女婿。刘宏就是刘惔的祖父。洛阳声名显赫的人士中有冯惠卿，名荪，是冯播的儿子。冯荪和邢乔都是司徒李胤的外孙，两人和李胤的儿子李顺都很有名。当时的人称赞说："冯氏才学清纯，李氏才识明达，纯正完美的是邢氏。"

【原典】

卫伯玉为尚书令，见乐广与中朝名士谈议，奇之曰："自昔诸人没已来[①]，常恐微言将绝。今乃复闻斯言于君矣！"命子弟造之曰："此人，人

之水镜也[2]，见之若披云雾睹青天。”

【注释】

①诸人：指何晏、邓飏等清谈家。②水镜：指镜子，比喻能明察秋毫，这里指对道理能了解得很清楚。

【译文】

卫伯玉任尚书令时，看见乐广和西晋的名士清谈，认为他不寻常，说道：“自从当年那些名士逝世到现在，常常担心清谈的行为快要绝迹了，没想到今天竟然从您这里又能听到这种清谈了！”便叫自己的子弟去拜访乐广，对子侄说：“这个人，是你我和大家的镜子，看到他，就像拨开云雾看见了青天一样。”

【原典】

王太尉曰：“见裴令公精明朗然[1]，笼盖人上，非凡识也。若死而可作，当与之同归。”或云王戎语。

【注释】

①裴令公：裴楷，裴楷任中书令时，王衍还只是黄门郎，所以称裴楷为令公。精明：精细明察。

【译文】

太尉王衍说：“我认为裴令公精明开朗，超越众人之上，那不是一般见识的人呀。如果人死了还能复生，我要跟从他。”有人说这是王戎说的话。

【原典】

王夷甫自叹[1]：“我与乐令谈[2]，未尝不觉我言为烦。”

【注释】

①王夷甫：王衍。②乐令：乐广。

【译文】

王夷甫自己感叹说：“我和乐广清谈时，经常会感到我的话太烦琐。”

【原典】

郭子玄有俊才[①]，能言老、庄。庾敳尝称之，每曰："郭子玄何必减庾子嵩[②]！"

【注释】

①郭子玄：郭象。俊才：卓越的才智。②何必：不必。

【译文】

郭象才智出众，很会谈论老、庄思想，庾敳也曾不止一次地称赞过他，常常说："郭象为什么一定要在我庾敳之下！"

【原典】

王平子目太尉[①]："阿兄形似道[②]，而神锋太俊[③]。"太尉答曰："诚不如卿落落穆穆。"

【注释】

①王平子：王澄，字平子，是太尉王衍的弟弟，善于品评人物。②道：有道者。③神锋：气概。

【译文】

王澄评论太尉王衍说："哥哥的外貌看起来很正直，可是就是锋芒太显露了。"王衍回答说："我看上去确实没你那么豁达大度，仪表温和。"

【原典】

林下诸贤[①]，各有俊才子。籍子浑，器量弘旷[②]。康子绍，清远雅正[③]。涛子简，疏通高素[④]。咸子瞻，虚夷有远志[⑤]。瞻弟孚，爽朗多所遗[⑥]。秀子纯、悌，并令淑有清流[⑦]。戎子万子，有大成之风，苗而不秀。唯伶子无闻。凡此诸子，唯瞻为冠，绍、简亦见重当世。

【注释】

①林下诸贤：指竹林七贤，指魏时的山涛、阮籍、嵇康、向秀、刘伶、阮咸、王戎七人，因为常在竹林下聚会，饮酒抒怀，故世称竹林七贤。②弘旷：宏大宽广。③清远雅正：志向高洁远大，本性正直。④疏通高素：通达高洁。⑤虚夷：谦虚平易。⑥多所遗：指政务多所忽略。⑦令

淑：善良文雅。清流：比喻德行高洁。

【译文】

竹林诸位贤士，各有才能出众的儿子：阮籍的儿子阮浑，气量宽广开朗；嵇康的儿子嵇绍，志向高远，本性正直；山涛的儿子山简，性情通达而且高洁纯真；阮咸的儿子阮瞻，谦虚平易近人，志向远大；阮瞻的弟弟阮孚，性格开朗，不受政务牵累；向秀的儿子向纯、向悌，都很善良文雅，不肯与当时的社会风气同流合污；王戎的儿子王万子，有集大成的风度，可惜英年早逝；只有刘伶的儿子默默无闻。在所有这些人里面，只有阮瞻有资格排在第一位，嵇绍和山简在当时也很受尊重。

【原典】

王夷甫语乐令①："名士无多人，故当容平子知②。"

【注释】

①王夷甫：王衍。②容：等待。

【译文】

王衍告诉乐广说："天下的名士没有多少人，所以应该等着王澄来识别。"

【原典】

王太尉云："郭子玄语议如悬河写水，注而不竭①。"

【注释】

①注：灌入。

【译文】

太尉王衍说："郭象的谈论就像那瀑布倾泻下来一般，滔滔不绝。"

【原典】

司马太傅府多名士，一时俊异①。庾文康云②："见子嵩在其中，常自神王。"

【注释】

①俊异：才智出众，不同凡响。②庾文康：庾亮。

【译文】

司马越的太傅府里有很多名士，都是当时非常优秀的人物。庾亮说："我觉得庾敳在这些人里面，常常表现得精力很旺盛。"

【原典】

太傅东海王镇许昌[①]，以王安期为记室参军[②]，雅相知重。敕世子毗曰[③]："夫学之所益者浅，体之所安者深。闲习礼度，不如式瞻仪形[④]。讽味遗言[⑤]，不如亲承音旨[⑥]。王参军人伦之表，汝其师之！"或曰："王、赵、邓三参军，人伦之表，汝其师之！"谓安期、邓伯道、赵穆也。袁宏作名士传直云王参军。或云赵家先犹有此本。

【注释】

①太傅东海王：司马越。②王安期：王承。③敕：告诫。世子：帝王公卿之子，是地位或爵位的继承人。④式瞻：瞻仰。⑤讽味：背诵和体会。遗言：古圣先贤流传下来的话。⑥音旨：言谈意旨。

【译文】

太傅东海王司马越在镇守许昌的时候，任命王安期做自己的记室参军，并且十分赏识和看重他。东海王告诫世子司马毗说："学习书本的收益浅，体验生活所得到的才感受深。熟习礼制法度，就不如去好好观看现实生活中的礼节仪式；背诵并体味前人的遗训，就不如亲自接受当代贤人的教诲。王参军是人们效法、学习的榜样，你要好好向他学习。"有人以为是这样说的："王、赵、邓三位参军是人们的榜样，你要学习他们。"这里所说的三位参军指的是王承、邓攸、赵穆。袁宏写《名士传》的时候，只说到王参军。有人说赵穆家原先还有这个抄本。

【原典】

庾太尉少为王眉子所知[①]。庾过江，叹王曰："庇其宇下[②]，使人忘寒暑。"

【注释】

①王眉子：王玄，字眉子。②宇下，屋檐下。

【译文】

太尉庾亮年轻的时候很得王玄的赏识。后来当庾亮避难过江后，曾这样赞扬王玄说：“在他的屋檐下得到庇护，能使人忘记了季节的冷暖。”

【原典】

谢幼舆曰[①]：“友人王眉子清通简畅[②]，嵇延祖弘雅劭长[③]，董仲道卓荦有致度[④]。”

【注释】

①谢幼舆：谢鲲。②简畅：简约舒畅。③弘雅：宽宏正直。劭长：指德行美好。④卓荦：卓越，杰出。

【译文】

谢鲲说：“我的朋友王玄性情表现清廉通达，简约舒畅；嵇绍胸怀开阔正直，德行高尚；董养见识卓越，非常有风度。”

【原典】

王公目太尉：“岩岩清峙[①]，壁立千仞[②]。”

【注释】

①岩岩：形容高峻。清峙：清静耸立。②仞（rèn）：七尺或八尺为一仞。

【译文】

王导评论太尉王衍说：“陡峭地肃静地耸立在那里，像千丈石壁一样屹立着。”

【原典】

蔡司徒在洛[①]，见陆机兄弟住参佐廨中[②]，三间瓦屋，士龙住东头，士衡住西头。士龙为人，文弱可爱。士衡长七尺余，声作钟声，言多慷慨。

【注释】

①蔡司徒：蔡漠。②参佐：属官。廨（xiè）：官署。

【译文】

司徒蔡谟在洛阳的时候，看见陆机、陆云兄弟住在僚属办公处里，有三间瓦屋，陆云住在东头，陆机住在西头。陆云为人，文雅纤弱可爱；陆机则身高七尺多，声音像钟声般洪亮，说话时大多慷慨激昂。

【原典】

王长史是庾子躬外孙，丞相目子躬云："入理泓然[①]，我已上人。"

【注释】

①入理：指深入玄理之中。泓（hóng）然：形容水深清澈的样子。

【译文】

王濛是庾琮的外孙，丞相王导评论庾琮说："深刻地领会了玄理，是在我之上的人。"

【原典】

时人欲题目高坐而未能[①]。桓廷尉以问周侯[②]，周侯曰："可谓卓朗。"桓公曰[③]："精神渊著。"

【注释】

①高坐：和尚名。②桓廷尉：桓彝，字茂伦，死后追赠廷尉。③桓公：桓温，桓彝之子。

【译文】

当时人士想给高坐和尚下个恰当的评语，还没有想出比较合适的词语，廷尉桓彝拿这事问武城侯周顗请教，周顗说："可以说是卓越开朗。"桓温说："也可以说成是精神深沉而明澈吧。"

【原典】

王敦为大将军，镇豫章。卫玠避乱，从洛投敦，相见欣然，谈话弥日。于时谢鲲为长史，敦谓鲲曰："不意永嘉之中[①]，复闻正始之音[②]。阿

平若在[3]，当复绝倒。”

【注释】

①永嘉：西晋怀帝的年号，当时战乱不断。②正始之音：指清谈玄学。③阿平：王澄。

【译文】

王敦在担任大将军职务时，镇守豫章。卫玠为了躲避时局战乱，从洛阳来到豫章投奔王敦，两人一见面都感到非常高兴，成天在一起清谈玄学。当时谢鲲在王敦手下担任长史这个官职，王敦对谢鲲说：“真是没有想到我在永嘉年间，居然又听到了正始年间的那种清谈。如果王澄也在座的话，一定会佩服得五体投地的。”

【原典】

王平子与人书，称其儿：“风气日上[1]，足散人怀。”

【注释】

①风气：风采气量。

【译文】

王澄给友人写信，在信中这样称赞自己的儿子：“他的风采和气质是一天比一天长进，能够让人感到胸怀舒畅。”

【原典】

大将军语右军[1]：“汝是我佳子弟，当不减阮主簿[2]。”

【注释】

①右军：王羲之，字逸少，曾任右军将军，大将军王敦的堂侄。②阮主簿：阮裕，有德行，王敦闻其名，召为主簿。

【译文】

大将军王敦对右军将军王羲之说：“你是我们家族中的优秀子弟，想必你是不会比阮裕差的。”

【原典】

王丞相招祖约夜语[①]，至晓不眠。明旦有客，公头鬓未理，亦小倦。客曰："公昨如是，似失眠。"公曰："昨与士少语，遂使人忘疲。"

【注释】

①王丞相：王导。

【译文】

丞相王导邀祖约晚上来清谈，谈到天亮也没有睡觉。第二天一早有客人来，王导出来见客时，还没有梳头，身体也有点疲惫和困倦，于是客人问道："您昨天夜里好像没怎么休息好吧。"王导说："昨晚和祖约清谈，就使我忘记疲劳了。"

【原典】

王大将军与丞相书，称杨朗曰："世彦识器理致[①]，才隐明断，既为国器[②]，且是杨侯淮之子[③]。位望殊为陵迟[④]，卿亦足与之处。"

【注释】

①识器：识见和气量。理致：义理和情趣。②国器：足以主持国政的人才。③杨侯淮：杨淮，西晋元康末年任冀州刺史，是当时名士。④陵迟：衰微。

【译文】

大将军王敦给丞相王导写信，在信里他称赞杨朗说："杨朗很有见识和气量，言谈深得事物之义理而有情趣，才学广博，论断高明，既是可以治国的人才，又是杨准的儿子，虽然地位和名望有些卑微，但你也可以和他相处一下。"

【原典】

王蓝田为人晚成[①]，时人乃谓之痴。王丞相以其东海子[②]，辟为掾。常集聚，王公每发言，众人竞赞之。述于末坐曰："主非尧、舜，何得事事皆是？"丞相甚相叹赏。

【注释】

①王蓝田：王述，字怀祖，年轻时继承了他父亲的封爵为蓝田县侯。②东海：王述的父亲王承曾任东海郡太守，所以称为东海。

【译文】

蓝田侯王述为人处世，成就比较晚，当时人们还以为他是痴呆。丞相王导因为他是东海太守王承的儿子，就想召他做属官。有一次在聚会上，王导每次讲话，大家都争着赞美。只有坐在末座上的王述说："主公不是尧、舜，怎么可能事事都对呢？"王导非常赞赏他。

【原典】

世目杨朗："沉审经断[①]。"蔡司徒云："若使中朝不乱，杨氏作公方未已[②]。"谢公云："朗是大才。"

【注释】

①沉审：深沉慎重。经断：顺理决断。②杨氏：指杨朗六兄弟。

【译文】

世人评论杨朗："深沉慎重，顺理而决断。"司徒蔡谟说："如果西晋不乱，杨氏一门担任三公的将会连续不断。"谢安说："杨朗是个才能很大的人啊。"

【原典】

杜弘治墓崩[①]，哀容不称[②]。庾公顾谓诸客曰："弘治至羸[③]，不可以致哀[④]。"又曰："弘治哭不可哀。"

【注释】

①杜弘治：杜乂，字弘治，年轻时就很有名声，官至丹阳丞。②不称（chèn）：不相称，这句话指他表情不够悲伤。③羸（léi）：瘦弱。④致哀：极其哀痛。

【译文】

杜乂家祖坟塌了，他的悲伤表情和这件事很不相称。庾亮环顾众宾客，对他们说："杜乂身体极弱，不可以太伤心。"又说："杜乂不能哭得太伤心。"

【原典】

世目"杜弘治标鲜[①]，季野穆少[②]。"

【注释】

①标鲜：标致鲜明。②穆少：温和。

【译文】

世人评论"杜弘治风采俊秀照人，褚裒则生性温和淡泊。"

【原典】

有人目杜弘治："标鲜清令[①]，盛德之风[②]，可乐咏也[③]。"

【注释】

①清令：清高纯美。②盛德：高尚的道德。③乐咏：用音乐、诗歌来赞颂。

【译文】

有人评论杜乂："风采俊秀照人，本性清高纯美，表现出大德的风范，是值得歌颂的。"

【原典】

庾公云："逸少国举。"故庾倪为碑文云："拔萃国举[①]。"

【注释】

①拔萃国举：即出类拔萃的人，全国推崇的人。

【译文】

庾亮说："王羲之是全国的子民所推崇的人。"所以庾倪给他写

碑文时就写上："出类拔萃，为国人所推举。"

【原典】

庾稚恭与桓温书，称："刘道生日夕在事，大小殊快。义怀通乐[①]，既佳，且足作友，正实良器。推此与君，同济艰不者也[②]。"

【注释】

①义怀：仁义心怀。通乐：豁达和乐。②艰不（pǐ）：艰难困苦。

【译文】

庾翼写信给桓温，称赞说："刘恢白天晚上都在处理政事，大小事情都处理得非常完美。这个人胸怀宽厚仁义，豁达和乐，不但这些方面做得不错，而且很值得结为良友，确实是位很难得的优秀人才。现在把他推荐给您，可和您一起度过艰难困苦的时日。"

【原典】

谢太傅未冠[①]，始出西[②]，诣王长史，清言良久。去后，苟子问曰[③]："向客何如尊[④]？"长史曰："向客亹亹[⑤]，为来逼人。"

【注释】

①谢太傅：谢安。未冠（guàn）：还没有成年，古时男子二十岁行冠礼，表示到了成年。②出西：指到首都建康。③苟子：王修，字敬仁，小名苟子，王濛之子。④尊：称呼父亲。⑤亹亹（wěi）：同"娓娓"，勤勉不倦的样子，这里指谈论不倦。

【译文】

太傅谢安还没有成年时，初到京城，到长史王濛家去拜访，清谈了很久。走了以后，王修问他父亲："刚才那位客人和父亲相比怎么样？"王濛说："刚才那位客人勤勉不倦，谈起来咄咄逼人。"

【原典】

王右军语刘尹[①]："故当共推安石。"刘尹曰："若安石东山志立[②]，当与天下共推之。"

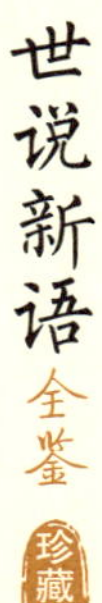

【注释】

①王右军：王羲之。②东山志：指隐居的心愿。

【译文】

右军将军王羲之对丹阳尹刘惔说："我们应该一起推荐谢安。"刘惔说："如果谢安下定决心要隐居，那么我们就和天下人一起推荐他。"

【原典】

谢公称蓝田："掇皮皆真[①]。"

【注释】

①掇（duō）：揭去。真：指真率，这句指里外皆真，不做作。

【译文】

谢安称赞蓝田侯王述说："摘去外表后都是真率的。"

【原典】

殷中军道王右军云："逸少清贵人[①]。吾于之甚至[②]，一时无所后[③]。"

【注释】

①清贵：清高尊贵。②甚至：指到了顶点。③所后：即后来人，指没有人能比得上他。

【译文】

中军将军殷浩称赞右军将军王羲之说："逸少是个清高尊贵的人，我对他喜欢到极点，一时没有人能比得上他。"

【原典】

王司州与殷中军语，叹云："己之府奥[①]，蚤已倾写而见[②]，殷陈势浩汗[③]，众源未可得测。"

【注释】

①府奥：肺腑，比喻内心的话。②倾写：等于"倾泻"。③浩汗：浩瀚，广大。

【译文】

司州刺史王胡之和中军将军殷浩清谈，王胡之后来赞叹说：“我自己的见解，早就倾吐净尽；殷浩摆开清谈的阵势浩浩荡荡，各个源头还没法估量。”

【原典】

王长史谓林公：“真长可谓金玉满堂[1]。”林公曰：“金玉满堂，复何为简选[2]？”王曰：“非为简选，直致言处自寡耳[3]。”

【注释】

①金玉满堂：原是以宝物满屋来比喻极为富有，这里用来描写清谈，说刘真长的辞藻和玄理丰富多彩。②简选：选择。③直：但，只。

【译文】

长史王濛对支遁说：“刘惔的言谈可以说是金玉满堂。”支遁说：“既然是金玉满堂，为什么又要挑选言辞？”王濛说：“不是选择，只是发出言辞时自然精练而已。”

【原典】

王仲祖、刘真长造殷中军谈，谈竟，俱载去。刘谓王曰：“渊源真可[1]。”王曰：“卿故堕其云雾中[2]。”

【注释】

①可：这里指才学可取，优良。②云雾：比喻蒙蔽人的东西，迷离恍惚的谈论。

【译文】

王濛和刘惔到中军将军殷浩家清谈，谈完了，就一起坐车走。刘惔对王濛说：“殷浩的言论真是令人赞许。”王濛说：“你肯定是掉进了他设下的迷雾中了。”

【原典】

刘尹每称王长史云：“性至通[1]，而自然有节[2]。”

【注释】

①通：通达。②节：节制。

【译文】

丹阳尹刘惔常常称赞长史王濛说："本性最为通达，而且自然有节制。"

【原典】

殷中军道韩太常曰[①]："康伯少自标置[②]，居然是出群器[③]。及其发言遣辞，往往有情致。"

【注释】

①韩太常：韩伯，字康伯，是殷中军（殷浩）的外甥，曾任吏部尚书，后升任太常，尚未到任就病死了。②标置：自视甚高。③居然：显然。

【译文】

中军将军殷浩称赞太常韩伯说："韩伯年轻时就自视甚高，显然是超群出众的人才。当他发表言论时，他的言谈辞藻处处都有情趣。"

【原典】

林公谓王右军云："长史作数百语[①]，无非德音，如恨不苦[②]。"王曰："长史自不欲苦物。"

【注释】

①长史：指王濛，曾任司徒左长史，擅长清谈。②如：而，却。苦：指使别人无话可说，陷入困境。

【译文】

支道林和尚对右军将军王羲之说："王濛讲了几百句话，没有一句不是合乎仁德的话，遗憾的是不能使对方词穷。"王羲之说："王濛本来就不想困住人家。"

【原典】

殷中军与人书，道谢万"文理转遒[①]，成殊不易"。

【注释】

①文理：文辞义理。

【译文】

中军将军殷浩给友人写信，称赞谢万："文辞和义理变得刚劲有力了，取得这样的成就真是也非常不容易。"

【原典】

谢公道豫章[①]："若遇七贤，必自把臂入林[②]。"

【注释】

①豫章：谢鲲，字幼舆，曾任豫章太守。②把臂：拉着手，表示亲密之意。

【译文】

谢安称道豫章太守谢鲲说："他如果能够遇到竹林七贤，一定会手拉手跟他们进入竹林的。"

【原典】

殷渊源在墓所几十年[①]。于时朝野以拟管、葛，起不起[②]，以卜江左兴亡。

【注释】

①殷渊源：殷浩，字渊源，年轻时有美名，善谈玄理。②起：指出来做官。

【译文】

殷渊源在祖坟的陵园中住了将近十年。在这期间，朝廷内外的人士都把他比做管仲和诸葛亮，认为他的出仕还是退隐，将关系到东晋政权的兴衰存亡。

【原典】

殷中军道右军："清鉴贵要[①]。"

【注释】

①清鉴贵要：清鉴，指清高、有鉴识；贵要，指尊贵显要。

【译文】

中军将军殷浩称赞右军将军王羲之："清高，有精辟的见解，而且尊贵显要。"

【原典】

谢公作宣武司马，属门生数十人于田曹中郎赵悦子[①]。悦子以告宣武，宣武云："且为用半。"赵俄而悉用之，曰："昔安石在东山，缙绅敦逼[②]，恐不豫人事[③]；况今自乡选，反违之邪？"

【注释】

①田曹中郎：掌管农事的官。②缙（jìn）绅：指官员。③豫：参加。

【译文】

谢安出任桓温的司马时，把几十个门生拜托给田曹中郎赵悦。赵悦把这事告诉桓温，桓温说："暂时就用他一半人。"赵悦不久就把这些人全部录用了，他说："过去谢安在东山隐居时，郡县的官员敦促、逼迫他出仕，就怕他不肯参预人事。况且现在是他自己从家乡选来的人，怎么可以不照他的意思去办呢？"

品藻第九

【原典】

汝南陈仲举，颍川李元礼二人，共论其功德，不能定先后。蔡伯喈评之曰："陈仲举强于犯上[①]，李元礼严于摄下。犯上难，摄下易[②]。"仲举遂在"三君"之下[③]，元礼居"八俊"之上[④]。

【注释】

①强：指有勇气，敢。②摄：管辖。③君：对才德出众者之尊称。④俊：才智杰出之士。

【译文】

汝南郡陈蕃、颍川郡李膺两人，人们一起谈论他们的成就和美德，决定不了谁先谁后。蔡伯喈评论他们说："陈仲举敢于冒犯上司，李元礼严于整饬下属。冒犯上司难，整饬下属容易。"于是陈仲举的名次就排在三君之下，李元礼排在八俊之前。

【原典】

庞士元至吴[①]，吴人并友之。见陆绩、顾劭、全琮，而为之目曰："陆子所谓驽马有逸足之用[②]，顾子所谓驽牛可以负重致远。"或问："如所目，陆为胜邪？"曰："驽马虽精速，能致一人耳。驽牛一日行百里，所致岂一人哉？"吴人无以难。"全子好声名，似汝南樊子昭[③]。"

【注释】

①庞士元：庞统，字士元，辅佐蜀汉刘备。②驽马：劣马，跑不快的马。逸足：疾足，指跑得快。③樊子昭：东汉末汝南人，出身贫贱，为许劭所赏识。

【译文】

庞统到了吴地，吴人都和他交朋友。他见到陆绩、顾劭、全琮三人，就对他们三人加以评论说："陆君可以说是能够用来代步的劣马，可以疾行快跑，顾君可以说是能够驾车载重物走远路的驽牛。"有人问道："真如你说的那样，是陆君胜过顾君吗？"庞士元说："劣马就算跑得很快，也只能载一个人罢了；驽牛一天走一百里，但其所承载的难道只是一个人吗？"吴人没话反驳他。庞统接着又说："全琮有很好的名声，很像汝南的樊子昭。"

【原典】

顾劭尝与庞士元宿语，问曰："闻子名知人，吾与足下孰愈？"曰："陶冶世俗①，与时浮沉②，吾不如子；论王霸之余策③，览倚仗之要害，吾似有一日之长。"劭亦安其言。

【注释】

①陶冶：熏陶，给予良好的影响。②浮沉：指追随世俗，随波逐流。③王霸：王道和霸道，指用仁义治天下和用武力治天下的策略。余策：遗策，前代留下的策略。

【译文】

顾劭曾和庞统一同住宿谈论，他问庞统说："听说您以善于鉴识人才而闻名，我和您两人谁更强些？"庞统说："移风易俗，顺应社会潮流发展趋势，这点我比不上您；至于谈论历代帝王统治的策略，掌握事物因果变化的要害，这方面我可能要比你稍强一些。"顾劭也认为他的话妥当。

【原典】

诸葛瑾、弟亮及从弟诞，并有盛名，各在一国。于时以为"蜀得其龙，吴得其虎，魏得其狗"。诞在魏，与夏侯玄齐名；瑾在吴，吴朝服其弘量①。

【注释】

①弘量：宏大的器量。

【译文】

诸葛谨和弟弟诸葛亮以及堂弟诸葛诞，在当时的社会都享有很高声望，他们各在一个国家担任要职。当时，人们认为蜀国得到了其中的龙，吴国得到了其中的虎，魏国得到了其中的狗。诸葛诞在魏国，和夏侯玄齐名；诸葛谨在吴国，吴国朝廷官员佩服他的宽宏大量。

【原典】

司马文王问武陔[①]：“陈玄伯何如其父司空[②]？”陔曰：“通雅博畅[③]，能以天下声教为己任者，不如也；明练简至，立功立事，过之。”

【注释】

①司马文王：司马昭。②陈玄伯：陈泰，字玄伯。③通雅博畅：通达正直，渊博流畅。

【译文】

晋文王司马昭问武陔：“陈泰和他父亲相比，该怎样评价？”武陔说：“说到通雅博畅，能负责在全国树立君主的声威和推行教化这方面，比不上他父亲；而在明练简至，建功立业这方面，就超过他父亲。”

【原典】

正始中[①]，人士比论[②]，以五荀方五陈[③]：荀淑方陈寔，荀靖方陈谌，荀爽方陈纪，荀彧方陈群，荀顗方陈泰。又以八裴方八王：裴徽方王祥，裴楷方王夷甫，裴康方王绥，裴绰方王澄，裴瓒方王敦，裴遐方王导，裴頠方王戎，裴邈方王玄。

【注释】

①正始：魏齐王曹芳的年号（240—249）。②人士：有名望的人。比论：比较和评论。③方：相比，并列。

【译文】

正始年间，名士们品评人物，拿荀氏家族中的五位和陈氏家族中的五位对比：荀淑比陈寔，荀靖比陈谌，荀爽比陈纪，荀彧比陈群，荀顗比陈泰。又拿裴氏家族中的八位和王氏家族中的八位对比：裴徽比王祥，裴楷比王衍，裴康比王绥，裴绰比王澄，裴瓒比王敦，裴遐比王导，裴頠方王戎，裴邈比王玄。

【原典】

冀州刺史杨淮二子乔与髦，俱总角为成器[①]。淮与裴頠、乐广友善，遣见之。頠性弘方[②]，爱乔之有高韵[③]，谓淮曰：“乔当及卿，髦小减也。”广性清淳[④]，爱髦之有神检[⑤]，谓淮曰：“乔自及卿，然髦尤精出。”淮笑曰：“我二儿之优劣，乃裴、乐之优劣。”论者评之：以为乔虽高韵，而检不匝；乐言为得。然并为后出之俊。

【注释】

①成器：有成就的人才。②弘方：宽宏正直。③高韵：高雅的风度。④清淳：清廉淳厚。⑤神检：高贵的品德修养。

【译文】

冀州刺史杨淮的两个儿子杨乔和杨髦，都是在童年时就成名了。杨淮和裴頠、乐广两人很友好，就打发两个儿子去见他们。裴頠禀性宽宏正直，所以喜欢杨乔那种高雅的风度，他对杨淮说：“杨乔将会赶上你，杨髦稍差一点。”乐广禀性清廉淳厚，所以喜欢杨髦那种高贵的品德修养，他对杨淮说：“杨乔自然能赶上你，可是杨髦更会高出一头。”杨淮笑道：“我两个儿子的长处和短处，就是裴頠、乐广的长处和短处。”评论家评论这两人的看法，认为杨乔虽然风度高雅，可是品德修养还不够完善，还是乐广的话说对了。不过两个孩子都是后起之秀。

【原典】

刘令言始入洛[①]，见诸名士而叹曰：“王夷甫太解明[②]，乐彦辅我所敬，张茂先我所不解，周弘武巧于用短，杜方叔拙于用长。”

【注释】

①刘令言：刘讷，字令言，晋彭城（今江苏徐州）人。②解明：聪颖精明。

【译文】

刘讷刚到洛阳时，见到众多名士，就感慨道：“王衍为人处世方式太

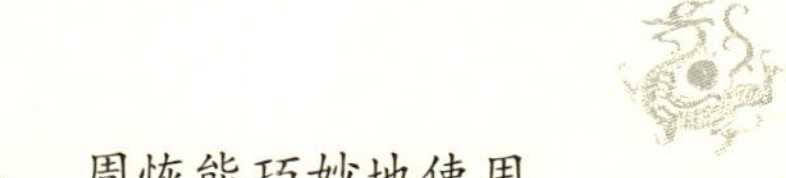

精明，乐广是我所崇敬的人，张华是我所不理解的人，周恢能巧妙地使用自己的短处，杜育则不善于发挥他自己的长处。”

【原典】

明帝问周伯仁①：“卿自谓何如郗鉴？”周曰：“鉴方臣，如有功夫②。”复问郗。郗曰：“周𫖮比臣，有国士门风③。”

【注释】

①明帝：晋明帝司马绍。周伯仁：周𫖮。②功夫：功力，素养。③国士：一国的杰出人物。门风：家风。

【译文】

晋明帝问周𫖮：“你自己认为你和郗鉴相比，谁更强些？”周𫖮说：“郗鉴和臣相比，他好像更有素养。”明帝又问郗鉴，郗鉴说：“周𫖮和臣相比，他有国士家风。”

【原典】

人问殷渊源：“当世王公以卿比裴叔道①，云何？”殷曰：“故当以识通暗处。”

【注释】

①王公：指王侯公卿，即显贵。

【译文】

有人问殷浩：“当代的显贵

常把你和裴遐并列，你觉得怎么样？”殷浩说：“这自然是因为我们的见识有暗含之处。”

【原典】

抚军问殷浩[1]：“卿定何如裴逸民？”良久答曰：“故当胜耳。”

【注释】

①抚军：简文帝司马昱，他未登位时任抚军大将军。

【译文】

司马昱问殷浩：“你和裴颜相比，到底谁更强些？”过了很久，殷浩才回答说：“自然超过他呀。”

【原典】

抚军问孙兴公：“刘真长何如？”曰：“清蔚简令。”“王仲祖何如？”曰：“温润恬和[1]。”“桓温何如？”曰：“高爽迈出。”“谢仁祖何如？”曰：“清易令达[2]。”“阮思旷何如？”曰：“弘润通长[3]。”“袁羊何如？”曰：“洮洮清便[4]。”“殷洪远何如？”曰：“远有致思[5]。”“卿自谓何如？”曰：“下官才能所经，悉不如诸贤；至于斟酌时宜，笼罩当世，亦多所不及。然以不才，时复托怀玄胜[6]，远咏《老》《庄》，萧条高寄[7]，不与时务经怀，自谓此心无所与让也。”

【注释】

①温润恬和：温和柔顺、恬静平和。②清易令达：清廉平易、善良通达。③弘润通长：弘润指心地宽大。④洮洮清便（pián）：指人品高洁，善于辞令。⑤致思：同思致，新颖的思想和情趣。⑥玄胜：指玄妙的，超越世俗的境界，即玄理或老庄之道。⑦高寄：寄情高远，实指隐居。

【译文】

抚军司马昱问孙绰：“刘惔这人怎样？”孙绰回答说：“他的清谈清新华美，禀性简约美好。”又问：“王濛怎么样？”孙绰回答：“温和柔润，恬静平和。”“桓温怎么样？”孙绰说：“高尚爽朗，神态潇洒飘逸。”“谢尚怎

么样？”孙绰说：“清廉平易，美好通达。”“阮裕怎么样？”孙绰说：“宽大柔和，精深广阔。”“袁乔怎么样？”答：“谈吐清雅，滔滔不绝。”“殷融怎么样？”答：“有许多新颖的思想情趣。”“你认为你自己怎么样？”孙绰说：“下官的才能和所擅长的事，全部比不上诸位贤达；至于考虑时势的需要，全面把握时局，我也大多赶不上他们。但是对我这个没有才能的人来说，时常寄怀于超脱的境界，赞美古代的《老子》《庄子》，逍遥自在，不让世事打扰自己的心志，我自认为这种胸怀是没有什么可谦让的。”

【原典】

桓大司马下都，问真长曰：“闻会稽王语奇进[①]，尔邪？”刘曰：“极进，然故是第二流中人耳！”桓曰：“第一流复是谁？”刘曰：“正是我辈耳！”

【注释】

①会稽王：指简文帝司马昱，登位前封为会稽王，喜欢清谈。

【译文】

大司马桓温到京都后，问刘惔道：“听说会稽王的清谈有了突飞猛进的长进，真是这样吗？”刘惔说：“是有很大的进步，不过仍旧属于第二流中的人罢了！”桓温说：“第一流的人又是谁呢？”刘惔说：“正是我们这些人呀！”

【原典】

人问抚军：“殷浩谈竟何如？”答曰：“不能胜人，差可献酬群心[①]。”

【注释】

①差：勉强地，大体上。献酬：这里指应酬。

【译文】

有人问抚军司马昱：“殷浩的清谈究竟水平怎么样？”司马昱回答说：“不能超过别人，大体上能满足大家的期望吧。”

【原典】

简文云："谢安南清令不如其弟①，学义不及孔岩，居然自胜②。"

【注释】

①谢安南：谢奉。其弟：指谢聘，字弘远。②自胜：指不受礼俗影响。

【译文】

简文帝说："谢奉在清雅善美上不如他的弟弟，学识上不如孔岩，但是很明显他也有自己的优越之处。"

【原典】

刘丹阳、王长史在瓦官寺集，桓护军亦在坐，共商略西朝及江左人物。或问："杜弘治何如卫虎？"桓答曰："弘治肤清①，卫虎奕奕神令②。"王、刘善其言。

【注释】

①肤清：指外表清丽。②奕奕：指精神焕发。神令：形容精神美好。

【译文】

丹阳尹刘惔和司徒左长史王濛在瓦官寺聚会，护军将军桓伊也在座，他们一起评价西晋和江南有声望的人士。有人问："杜乂和卫玠相比，哪个强些？"桓伊回答说："杜乂外表清丽好看，卫玠神采奕奕。"王濛和刘惔一致认为他的评论很好。

【原典】

刘尹抚王长史背曰："阿奴比丞相①，但有都长②。"

【注释】

①阿奴：对王濛的爱称。②都长（zhǎng）：指容貌漂亮、本性淳厚。

【译文】

丹阳尹刘惔拍着长史王濛的背说："你和丞相王导相比，只不过比他漂亮、淳厚。"

【原典】

桓公问孔西阳[1]："安石何如仲文[2]？"孔思未对，反问公曰："何如？"答曰："安石居然不可陵践，其处[3]故乃胜也。"

【注释】

①孔西阳：孔岩，字彭祖，历任丹阳尹。②仲文：指桓温之婿殷仲文。③陵践：欺压。处：决断，处理。

【译文】

桓温问西阳侯孔严："谢安和殷仲文相比，谁强？"孔严考虑着没有回答，反问桓温："您认为怎么样？"桓温回答说："谢安显然使人不能左右他的决断，自然是略胜一筹了。"

【原典】

谢公与时贤共赏说，遏、胡儿并在坐[1]。公问李弘度曰："卿家平阳，何如乐令[2]？"于是李潸然流涕曰[3]："赵王篡逆，乐令亲授玺绶[4]。亡伯雅正，耻处乱朝，遂至仰药[5]。恐难以相比！此自显于事实，非私亲之言。"谢公语胡儿曰："有识者果不异人意。"

【注释】

①遏、胡儿：谢玄，小名遏；谢朗，小名胡儿，是谢安的侄儿。②平阳：李重，字茂曾，任平阳太守，后来赵王司马伦任相国，调他做相国左司马，他知司马伦有篡位意图，忧愤成病而死。③潸（shān）然：流泪的样子。④玺（xǐ）绶，皇帝的印和拴印的带子。⑤仰药：服毒。

【译文】

谢安和当时贤人一起赞赏、评论人物，谢玄和谢朗都在座。谢安问李充："你家李重和乐广相比，怎么样？"这时李弘度泪流不止地说："赵王叛逆篡位时，乐广亲自奉献玺绶；先伯父为人正直，不屑于在叛逆的朝廷中做官，最终服毒身死。这两人恐怕很难拿来比较！这自有事实来证明，并不是偏袒亲人的话。"谢安于是对谢朗说："有识之士果然和我的心思相同。"

【原典】

刘尹至王长史许清言，时苟子年十三[①]，倚床边听。既去，问父曰："刘尹语何如尊[②]？"长史曰："韶音令辞[③]，不如我；往辄破的[④]，胜我。"

【注释】

①苟子：王修的小名，王濛之子。②尊：对父亲的称呼。③韶音令辞：美音美辞。④破的：射中箭靶，这里指谈论中理，能说明要旨。

【译文】

丹阳尹刘惔到长史王濛那里清谈，当时王修十三岁，靠在床边听。刘惔走后，王修问父亲："刘尹的谈论和父亲相比怎么样？"王濛说："要论音调的抑扬顿挫，言辞的优美，他不如我，辩论起来一谈就能切中玄理，这点却比我强。"

【原典】

谢万寿春败后[①]，简文问郗超："万自可败，那得乃尔失士卒情？"超曰："伊以率任之性，欲区别智勇。"

【注释】

①谢万：谢安弟。寿春：今安徽寿县。

【译文】

谢万在寿春县失败后，简文帝问郗超："谢万自然可能在战场上被打败，可是他怎么竟会如此失掉士兵们的爱戴之情？"郗超说："他总是任性放纵自己的性格，想把智谋和勇敢区分开来。"

【原典】

刘尹谓谢仁祖曰[①]："自吾有四友，门人加亲。"谓许玄度曰[②]："自吾有由[③]，恶言不及于耳。"二人皆受而不恨。

【注释】

①刘尹：刘惔。谢仁祖：谢尚。②许玄度：许询。③由：仲由，字子路，孔子弟子，为人刚直，信守诺言。

【译文】

丹阳尹刘惔对谢尚说："自从我有了颜回，学生就更加亲密。"又对许询说："自从我有了仲由，不满的话就再也听不到了。"两个人都容忍了他的说法而没有怨言。

【原典】

王中郎尝问刘长沙，曰："我何如苟子①？"刘答曰："卿才乃当不胜苟子，然会名处多②。"王笑曰："痴！"

【注释】

①苟子：王修的小名。②会名：融会贯通名理。

【译文】

北中郎将王坦之曾经问长沙相刘奭："我和王修相比，怎么样？"刘奭回答说："你的才学本来是不会超过王修，可是领会名理的地方却比他强。"王修笑说："傻话！"

【原典】

支道林问孙兴公①："君何如许掾②？"孙曰："高情远致③，弟子蚤已服膺④；一吟一咏，许将北面。"

【注释】

①孙兴公：孙绰，字兴公，博学、有才华，擅长写文章，曾作《遂初赋》《天台山赋》等。②许掾（yuàn）：许询，字玄度，曾被召为司徒掾。③高情远致：高远的情趣。④弟子：因为支道林是和尚，所以孙兴公谦称弟子。服膺（yīng）：铭记在心，衷心信服。

【译文】

支道林问孙绰："您和许掾比起来，怎么样？"孙绰说："要论情趣高远，弟子对他早已心悦诚服；说到吟诗铭志，许掾却应该拜我为师。"

【原典】

刘尹云："人言江虨田舍①，江乃自田宅屯。"

【注释】

①江虨（bīn）：字思玄，历任吏部尚书、尚书左仆射。

【译文】

丹阳尹刘惔说："人们都说江虨像土气的农家子弟，江虨其实是在村庄里自营田地。"

【原典】

或问林公："司州何如二谢[①]？"林公曰："故当攀安提万[②]。"

【注释】

①司州：王胡之，字脩龄，曾召为司州刺史。②攀安提万：仰攀谢安，提携谢万，指介于两者之间，不及谢安，超过谢万。

【译文】

有人问支道林："王胡之和谢家两兄弟相比，你觉得怎么样？"支道林说："当然是不及谢安，超过谢万了。"

【原典】

郗嘉宾道谢公："造膝虽不深彻[①]，而缠绵纶至。"又曰："右军诣嘉宾。"嘉宾闻之云："不得称诣，政得谓之朋耳[②]！"谢公以嘉宾言为得。

【注释】

①造膝：指促膝交谈。②政：同"正"。

【译文】

郗超评论谢安说："议论虽然不很深透，可是情意特别深厚。"又有人说："王羲之比郗超的造诣更深。"嘉宾听到后说："不能说造诣很深，只能说两人不相上下罢了。"谢安认为郗超的话说对了。

【原典】

庾道季云[①]："思理伦和[②]，吾愧康伯；志力强正，吾愧文度。自此以还，吾皆百之。"

【注释】

①庾道季：庾龢，字道季。②伦和：有条理。

【译文】

庾龢说："要论思路条理清楚，我自愧不如韩伯；要论志气坚强不屈，我自愧不如王坦之。除此以外的人，我都超过他们一百倍。"

【原典】

郗嘉宾问谢太傅曰："林公谈何如嵇公[①]？"谢云："嵇公勤著脚，裁可得去耳[②]。"又问："殷何如支？"谢曰："正尔有超拔[③]，支乃过殷。然亹亹论辩，恐殷欲制支。"

【注释】

①林公：支道林。②裁：通"才"。③超拔：超尘拔俗。

【译文】

郗超问太傅谢安："支道林的清谈比嵇康怎么样？"谢安说："嵇康要马不停蹄地走，才能赶得上呀。"郗超又问："殷浩比支道林怎么样？"谢安说："若论超脱尘俗，支道林当然是超过殷浩，可是在娓娓不倦的辩论方面，恐怕殷浩的口才会强于支道林的。"

【原典】

庾道季云："廉颇、蔺相如虽千载上死人，懔懔恒如有生气[①]。曹蜍[②]、李志虽见在[③]，厌厌如九泉下人。人皆如此，便可结绳而治[④]，但恐狐狸貒狢啖尽。"

【注释】

①懔懔（lǐn）：同"凛凛"，可敬畏的样子。②曹蜍（chú）：曹茂之，字永世，小字曹蜍，东晋彭城（今江苏徐州）人。③李志：字温祖，东晋江夏钟武（今河南信阳东南）人。④结绳而治：远古时代没有文字，用结绳记事的方法来处理政事。

【译文】

庾龢说："廉颇和蔺相如虽然是千年以上的古人，但是提起他们依然会感到使人觉得正气凛然、虎虎有生气。曹蜍、李志虽然现在还活着，却精神委靡，像坟墓里的死人一样。如果人人都像曹、李那样，那么不妨回到结绳而治的原始时代去，只是恐怕野兽会把人都吃光。”

【原典】

王子敬问谢公：“林公何如庾公①？”谢殊不受，答曰：“先辈初无论，庾公自足没林公②。”

【注释】

①林公：指支道林和尚。庾公：指庾亮。②没：超过。

【译文】

王献之问谢安：“支道林比庾亮，怎么样？”谢安很不同意这样相比，回答说：“前辈从来没有谈论过，庾亮自然能够超过支道林。”

【原典】

王黄门兄弟三人俱诣谢公①，子猷、子重多说俗事②，子敬寒温而已③。既出，坐客问谢公：“向三贤孰愈？”谢公曰：“小者最胜。”客曰：“何以知之？”谢公曰：“吉人之辞寡，躁人之辞多，推此知之。”

【注释】

①王黄门：王徽之，官至黄门侍郎，故称。兄弟三人：指王徽之、王操之、王献之。②子猷：王徽之，王羲之第五子。子重：王操之，王羲之第六子。③子敬：王献之，王羲之第七子。

【译文】

黄门侍郎王徽之兄弟三人一同去拜访谢安，王徽之和王操之大多说些家常琐碎的事情，而王献之不过是寒暄几句就罢了。三人走了以后，在座的客人问谢安：“刚才那三位公子，谁最好？”谢安说：“年纪最小的最好。”客人问道：“您是怎么判断的？”谢安说：“善良的人话少，急躁的人话多，我是从这两句话里推断出来的。”

规箴第十

【原典】

汉武帝乳母尝于外犯事[①]，帝欲申宪[②]，乳母求救东方朔[③]。朔曰："此非唇舌所争，尔必望济者，将去时，但当屡顾帝，慎勿言！此或可万一冀耳。"乳母既至，朔亦侍侧，因谓曰："汝痴耳！帝岂复忆汝乳哺时恩邪？"帝虽才雄心忍[④]，亦深有情恋，乃凄然愍之[⑤]，即敕免罪。

【注释】

①汉武帝：刘彻（前156—前87），西汉第五代皇帝，在位五十四年。②申宪：申明法令，指执行法令。③东方朔：汉武帝时任侍中。④心忍：心狠。⑤愍（mǐn）：同"悯"，怜悯。

【译文】

汉武帝的乳母曾经在外面犯了法，武帝想按律论罪以明法纪，乳母向东方朔求救。东方朔说："这件事不是用言辞就可以打动皇上的，你如果真的想免罪，只有在你向皇上辞别时，频频回头看皇上，但记住千万不要开口求皇上，或许还能有机会使皇上回心转意。"乳母在向武帝辞别时，东方朔也在一旁，就对乳母说："你真傻，不要痴心妄想了！现在皇上已经长大了，你还以为皇上仍靠你的奶水养活吗？"武帝听了，不由想起乳母的哺育之恩，感到很悲伤，立即下命赦免乳母的罪。

【原典】

京房与汉元帝共论[①]，因问帝："幽、厉之君何以亡[②]？所任何人？"答曰："其任人不忠。"房曰："知不忠而任之，何邪？"曰："亡国之君，各贤其臣，岂知不忠而任之？"房稽首曰[③]："将恐今之视古，亦犹后之视今也。"

【注释】

①京房（前 77—前 37）：本姓李，字君明，东郡顿丘（今河南清丰西南）人，汉元帝时以孝廉为郎。②幽、厉之君：厉指周厉王，是西周时代的君主，在位时暴虐无道，滥施杀伐；幽指周幽王，在位时宠幸妃子褒姒，沉迷酒色，两人都是暴虐之君。③稽（qǐ）首：古代最恭敬的一种礼节，跪下，拱手至地，头也至地。

【译文】

京房和汉元帝在一起议论，趁机问元帝："周幽王和周厉王为什么会亡国？他们所任用的是些什么人？"元帝回答说："他们任用的人都不是忠臣。"京房又问；"明知他不忠，还要任用，这是什么原因呢？"元帝说："亡国的君主，都会认为他的臣子是贤能的，哪里有明知不忠还要任用对方的道理呢！"京房于是拜伏在地，说道："恐怕我们今天看古人，也像后代的人看我们今天一样啊。"

【原典】

孙休好射雉[①]，至其时，则晨去夕反。群臣莫不止谏[②]：“此为小物，何足甚耽？”休曰：“虽为小物，耿介过人[③]，朕所以好之。”

【注释】

①孙休：吴国君主孙权的儿子。②止谏：一作“上谏”。③耿介：有节操，正直。

【译文】

孙休很喜欢射野鸡，到了射猎野鸡的季节，他就每天早出晚归地沉湎其中。大臣们都劝止他说：“这是小东西，哪里值得过分迷恋！”孙休说：“虽然是小东西，可是比人还有节操，我因此才会喜欢它。”

【原典】

孙皓问丞相陆凯曰[①]：“卿一宗在朝有几人？”陆曰：“二相、五侯、将军十余人。”皓曰：“盛哉！”陆曰：“君贤臣忠，国之盛也；父慈子孝，家之盛也；今政荒民弊，覆亡是惧[②]，臣何敢言盛！”

【注释】

①孙皓：吴国亡国之君，在位荒淫骄横，后晋兵攻下建康，孙皓投降，吴国亡。陆凯：字敬风，吴人。②覆亡是惧：惧覆亡。

【译文】

孙皓问丞相陆凯说：“你们家族在朝中做官的有多少人？”陆凯说：“两个丞相，五个侯爵，十几个将军。”孙皓说：“真是兴旺昌盛啊！”陆凯说：“君主贤明，臣下忠于职守，这是国家兴旺的象征；父母慈爱，儿女孝顺，这是家庭兴旺的象征。现在政务荒废，百姓疾苦，我整天都在担心国家是否会灭亡，还敢说什么兴旺啊！”

【原典】

王夷甫妇[①]，郭泰宁女[②]，才拙而性刚，聚敛无厌，干豫人事。夷甫患之而不能禁。时其乡人幽州刺史李阳，京都大侠，犹汉之楼护，郭氏惮之。夷甫骤谏之，乃曰："非但我言卿不可，李阳亦谓卿不可[3]。"郭氏小为之损。

【注释】

①王夷甫：王衍。②郭泰宁：郭豫，字太宁，西晋太原（今属山西）人，官至相国参军。③李阳：字景祖，西晋高平（今属山东）人，喜欢打抱不平，时人多惧怕他，官至幽州刺史。

【译文】

王衍的妻子是郭豫的女儿，生性笨拙，脾气倔强，贪得无厌，好干涉别人的事。王衍对她很伤脑筋却又感到无可奈何。当时他的同乡、幽州刺史李阳，是京都的一个大侠客，如同汉代的楼护，王衍妻子郭氏有点惧怕他。王衍常常劝诫他妻子，就跟她说："不只我说你不能这样做，李阳也认为你不能这样做。"郭氏因此才稍为收敛了一点。

【原典】

王平子年十四五[1]，见王夷甫妻郭氏贪欲，令婢路上儋粪[2]。平子谏之，并言不可。郭大怒，谓平子曰："昔夫人临终[3]，以小郎嘱新妇[4]，不以新妇嘱小郎！"急捉衣裾[5]，将与杖。平子饶力[6]，争得脱，逾窗而走。

【注释】

①王平子：王澄，字平子，王衍弟。②儋：同"担"，肩挑。③夫人：指婆婆。④小郎：称丈夫的弟弟为小郎，即小叔子。新妇：已婚妇女的自称。⑤裾（jū）：衣服的大襟，也指衣服的前后部分。⑥饶力：多力。

【译文】

王澄十四五岁时，看见王衍的妻子郭氏很贪心，竟叫婢女到路上担粪。王澄劝阻她，并且说明这样做不行。郭氏大怒，对王澄说："过去婆婆临终的时候，把你托付给我，并没有把我托付给你。"说完就一把抓住王澄的衣服，要拿棍子打他。王澄力气大，使劲挣扎开，才得以脱身，跳窗而逃了。

【原典】

元帝过江犹好酒[1]，王茂弘与帝有旧[2]，常流涕谏。帝许之，命酌酒一酣，从是遂断。

【注释】

①元帝：司马睿。②王茂弘：王导，字茂弘。

【译文】

晋元帝到了江南后还是喜欢喝酒，王导和元帝向来交情不错，就常常流泪规劝他，元帝终于答应了，就叫人倒酒来再痛快地喝一次，从此以后就戒了酒。

【原典】

谢鲲为豫章太守，从大将军下至石头[1]。敦谓鲲曰："余不得复为盛德之事矣[2]。"鲲曰："何为其然？但使自今已后，日亡日去耳！"敦又称疾不朝，鲲谕敦曰："近者，明公之举，虽欲大存社稷，然四海之内，实怀未达。若能朝天子，使群臣释然，万物之心，于是乃服。仗民望以从众怀，尽冲退以奉主上[3]，如斯，则勋侔一匡，名垂千载。"时人以为名言。

【注释】

①大将军：王敦。②盛德之事：品德高尚之事，这里指辅佐君主之事。③冲退：谦虚退让。

【译文】

谢鲲任豫章太守的时候，随大将军王敦东下，到了石头城。王敦对谢鲲说："我不想再做那种品德高尚的事情了！"谢鲲说："为什么您要说这样的话呢？只要从今以后，让以前那些不愉快的事情一天天忘掉就是了。"王敦又托病不去朝见天子，谢鲲劝告他说："近来您的举动虽然是想极力地保存国家，可是全国的人还不了解您的真实意图。如果能去朝见天子，使群臣放下心来，众人的心才会由衷地敬佩您。掌握人民的愿望来顺从众人的心意，坚持用谦让之心来侍奉君主，这样做，功勋就可以等同一匡天下的管仲，也能够名垂千古。"当时的人认为这是名言。

【原典】

王丞相为扬州[①]，遣八部从事之职[②]。顾和时为下传还，同时俱见。诸从事各奏二千石官长得失[③]，至和独无言。王问顾曰："卿何所闻？"答曰："明公作辅，宁使网漏吞舟，何缘采听风闻，以为察察之政？"丞相咨嗟称佳，诸从事自视缺然也。

【注释】

①王丞相：王导。为扬州：指兼任扬州刺史。②八部从事：州刺史属官。扬州刺史统领丹阳、会稽、吴、吴兴、宣城、东阳、临海、新安八部，故分别派遣部从事八人。之职：到职。③二千石：对郡守的通称。郡守俸禄为二千石，故称。

【译文】

丞相王导在担任扬州刺史时，派遣八个部从事到各郡任职。顾和当时也被派到郡里去任职，回来以后，大家一起拜见王导。诸位从事们分别启奏郡守的优劣，轮到顾和，唯独他没有发言。王导问顾和："你听到什么了？"顾和回答说："您任大臣，宁可让吞舟之鱼漏网，怎么能寻访传闻，凭这些来实施清明的政治呢！"王导赞叹着连声说好，众从事也自感不如。

【原典】

罗君章为桓宣武从事[①]，谢镇西作江夏[②]，往检校之。罗既至，初不问郡事；径就谢数日[③]，饮酒而还。桓公问："有何事？"君章云："不审公谓谢尚何似人？"桓公曰："仁祖是胜我许人。"君章云："岂有胜公人而行非者？故一无所问。"桓公奇其意而不责也。

【注释】

①罗君章：罗含。桓宣武：桓温。②谢镇西：谢尚。③径：指直接行事。

【译文】

罗含任桓温手下的从事，当时镇西将军谢尚担任江夏相，桓温派罗含到江夏去检查谢尚的工作。罗含到了江夏以后，从不问郡里的政事，只是直接到谢尚那里喝了几天酒就回去了。桓温问："江夏有什么事？"罗含

道："不知道您认为谢尚是一个怎样的人？"桓温说："谢尚是超过我一些的人。"罗含便说："哪里有胜过您的人而会去做不合理的事呢？所以关于政事我是一点都没问。"桓温认为他的想法很奇特，也就没有责怪他。

【原典】

殷觊病困①，看人政见半面②。殷荆州兴晋阳之甲③，往与觊别，涕零，属以消息所患。觊答曰："我病自当差④，正忧汝患耳！"

【注释】

①病困：病重。②政：通"正"，只。③殷荆州：殷仲堪。④差：指病愈。

【译文】

殷觊病重，看人时只能看见半边脸。荆州刺史殷仲堪当时正准备起兵内伐，去和殷觊告别，看见他病成那样后哭了，嘱咐他要好好养病。殷觊回答说："我的病自会好的，我现在只担心你的病呀！"

【原典】

远公在庐山中，虽老，讲论不辍。弟子中或有堕者①，远公曰："桑榆之光②，理无远照；但愿朝阳之晖③，与时并明耳。"执经登坐，讽诵朗畅，词色甚苦。高足之徒④，皆肃然增敬。

【注释】

①堕：通"惰"，懒惰，懈怠。②桑榆之光：日落时照在桑榆树上的阳光，比喻人的晚年。③晖：阳光。④高足之徒：指学业优秀的学生。

【译文】

慧远和尚住在庐山里，虽然年龄已经很大了，还坚持不断地宣讲佛经。弟子中有人不愿意好好学，惠远就说："我像那傍晚的落日余晖，按理说不会照得久远了，但愿你们像早晨的阳光，越来越亮呀！"于是拿着佛经，登上讲坛，诵经的声音响亮而流畅，言辞神态非常恳切。高足弟子，都更加敬重和钦佩他了。

【原典】

桓南郡好猎[①]，每田狩[②]，车骑甚盛。五六十里中，旌旗蔽隰[③]。骋良马，驰击若飞，双甄所指[④]，不避陵壑。或行陈不整[⑤]，麏兔腾逸，参佐无不被系束。桓道恭，玄之族也，时为贼曹参军[⑥]，颇敢直言。常自带绛绵绳箸腰中，玄问"此何为？"答曰："公猎，好缚人士，会当被缚，手不能堪芒也。"玄自此小差。

【注释】

①桓南郡：桓玄，袭爵南郡公，故称。②田狩：打猎。③隰（xí）：低而湿的地方，泛指原野。④双甄（zhēn）：左翼右翼，合称双甄，打猎犹如作战，故称。⑤行陈（háng zhèn）：军队的行列队形。⑥贼曹参军：军府中掌管盗贼事务的属官。

【译文】

南郡公桓玄喜欢狩猎。每次出去打猎，随从的车马非常多，能够绵延五六十里范围，旗帜铺天盖地，良马驰骋，像飞一样地追击着野物；左右两翼队伍所向之处，不管山陵沟壑，概不回避。有时队列不整齐，或者让獐兔等野物逃脱了，下属官吏没有不被捆起来的。桓道恭是桓玄的族人，当时任贼曹参军，颇敢直言进谏。打猎时常常腰里带着一条深红色的绵绳，桓玄问他："这是干什么用的？"道恭回答说："您打猎的时候，喜欢绑人，我总会被绑的，怕两只手受不了那粗绳上的芒刺啊。"从那以后，桓玄绑人的事就稍为少些了。

【原典】

桓玄欲以谢太傅宅为营[①]，谢混曰[②]："召伯之仁[③]，犹惠及甘棠[④]；文靖之德[⑤]，更不保五亩之宅[⑥]？"玄惭而止。

【注释】

①谢太傅：谢安。②谢混：谢安的孙子。③召（shào）伯：周代燕国始祖，姓姬，名奭（shì），被封于召（今陕西岐山西南）。④甘棠：典出《诗经·召南·甘棠》，言召伯巡行南国，以布文王之政，歇息于甘棠树下，后人思其德，故爱其树而不忍伤害。后称颂地方官吏之有惠政于民的人。

⑤文靖：谢安死后谥文靖，故称。⑥五亩之宅：泛指一户之家的住所。

【译文】

桓玄想把太傅谢安的老宅要来作军营，谢混对他说："召伯的仁爱，尚且能给甘棠树带来好处；以谢安的德行操守，难道还不能保住他小小的五亩住宅吗？"桓玄听了感到很惭愧，就不再提这事了。

捷悟第十一

【原典】

杨德祖为魏武主簿[①]，时作相国门[②]，始构榱桷[③]，魏武自出看，使人题门作“活”字，便去。杨见，即令坏之。既竟，曰：“‘门’中‘活’，‘阔’字。王正嫌门大也[④]。”

【注释】

①杨德祖：杨修（175—219），字德祖，弘农华阴（今陕西华阴东）人，曹操任丞相时，辟为主簿，有才学，聪明过人，为曹操所忌，被杀。②相国门：指相国府的门。③榱桷（cuī jué）：椽子，屋椽。④王：指魏王曹操。

【译文】

杨修担任曹操的主簿，当时正建造相国府的大门，刚刚搭建屋椽，曹操亲自过来察看，并且叫人在门上写个“活”字，就走了。杨修看见了，立刻叫人把门拆了。拆完后，他说：“‘门’里加个‘活’字，是‘阔’字。魏王正是嫌门太大了啊。”

【原典】

人饷魏武一杯酪[①]，魏武啖少许，盖头上题“合”字以示众[②]。众莫能解。次至杨修，修便啖，曰：“公教人啖一口也[③]，复何疑？”

【注释】

①饷：送。②盖头：覆盖用的丝麻织品。③啖一口：曹操题“合”字，拆开“合”字，即为“人一口”。

【译文】

有人送给魏武帝曹操一杯乳酪，曹操吃了一点，就在盖头上写了一个

“合”字给大家看，没有谁能看明白这其中是什么意思。轮到杨修去看，他便吃了一口，说：“曹公让每人吃一口呀，大家还犹豫什么？”

【原典】

魏武征袁本初[①]，治装[②]，余有数十斛竹片[③]，咸长数寸，众云并不堪用，正令烧除。太祖思所以用之，谓可为竹椑楯[④]，而未显其言。驰使问主簿杨德祖。应声答之，与帝心同。众伏其辩悟。

【注释】

①魏武：曹操。袁本初：袁绍（？—202），汝南汝阳（今河南商水西北）人，字本初，出身于四世三公的世家大族。②治装：整治、备办军队的装备。③斛（hú）：古代量器，十斗为一斛。④竹椑楯（pí dùn）：椭圆形的竹盾牌。

【译文】

魏武帝曹操将要讨伐袁绍，修造军事装备，剩下几十斛竹片，都是几寸长的。大家说这全部用不上，正要叫人烧掉。曹操在想怎样好好利用这些竹片，认为可以用它们来做竹盾牌，只是还没有把这话说出来。他派人速去问主簿杨修，杨修随即就回答了来人，结果和曹操想的一样。大家都十分佩服杨修的聪明和悟性。

【原典】

王敦引军，垂至大桁[①]，明帝自出中堂[②]。温峤为丹阳尹，帝令断大桁，故未断，帝大怒，瞋目，左右莫不悚惧。召诸公来。峤至不谢，但求酒炙。王导须臾至，徒跣下地[③]，谢曰：“天威在颜[④]，遂使温峤不容得谢。”峤于是下谢，帝乃释然[⑤]。诸公共叹王机悟名言。

【注释】

①垂：将近。大桁（háng）：大桥，这里指朱雀桥，位于建康城南，朱雀门外，跨秦淮河。②中堂：都城屯军之处，在建康宣阳门的外面。③徒跣（xiǎn）：赤足步行，以示谢罪。④天威：天子的威严，指皇帝发怒。⑤释然：指怒气消除。

【译文】

王敦率领军队，将要抵达朱雀桥，晋明帝亲自到了中堂驻军之地。温峤当时担任丹阳尹，明帝命令他前去毁掉朱雀桥，结果仍旧没有毁掉，明帝怒目圆睁，非常生气，随从的人都很恐慌。明帝立刻召集大臣们来，温峤到后没有谢罪，只是求赐酒肉。王导接着来到，他光着脚过来伏在地上，谢罪说："天子的威严就在眼前，于是就使得温峤没有机会谢罪了。"温峤这才退下谢罪，明帝也就心平气和了。大臣们都很称赞王导的机敏和悟性，认为他说的话是名言。

【原典】

郗司空在北府①，桓宣武恶其居兵权。郗于事机素暗②，遣笺诣桓③："方欲共奖王室④，修复园陵。"世子嘉宾出行，于道上闻信至，急取笺，视竟，寸寸毁裂，便回。还更作笺，自陈老病，不堪人间⑤，欲乞闲地自养。宣武得笺大喜，即诏转公督五郡，会稽太守。

【注释】

①郗司空：郗愔。北府：东晋时京口的别称。②事机：指事势机巧。③笺：书信。④奖：辅助。⑤人间：指世事，担任官职。

【译文】

司空郗愔镇守京口的时候，桓温憎恶他掌握兵权。郗愔对时局的把握一向迟钝不够敏锐，还寄信给桓温说："正想和您一起辅佐王室，修复被敌人毁坏的先帝陵寝。"当时他的嫡长子郗超正到外地去，在半路上听说送信的人到了，于是急忙拿过他父亲的信来看，看完后，把信撕得粉碎，就返回去，又代他父亲重新写了一封信，诉说自己年老体弱多病，经不住世事扰烦，只想找个清闲一点的官位来自我调养。桓温收到信非常高兴，立刻下令把郗愔调为担任都督五郡军事及会稽太守的职务。

夙惠第十二

【原典】

宾客诣陈太丘宿①，太丘使元方、季方炊。客与太丘论议，二人进火，俱委而窃听。炊忘著箄②，饭落釜中。太丘问："炊何不馏③？"元方、季方长跪曰："大人与客语，乃俱窃听，炊忘箸箄，饭今成糜。"太丘曰："尔颇有所识不？"对曰："仿佛志之。"二子俱说，更相易夺，言无遗失。太丘曰："如此，但糜自可，何必饭也！"

【注释】

①陈太丘：陈寔，字仲弓，东汉时期官员、名士。②著箄（bǐ）：放置蒸饭用的竹制盛器。③馏（liù）：蒸饭。

【译文】

有位客人到太丘长陈寔家过夜，陈寔就叫自己的两个儿子元方和季方做饭待客，客人和陈寔在一起交谈，元方兄弟两人在烧火，结果一同放下手里的事，都去偷听。做饭时忘了放上竹箄，要蒸的饭都落到了锅里。陈寔问他们："饭为什么不蒸呢？"元方和季方直挺挺地跪着说："父亲大人和客人清谈，我们两人就跑去偷听，蒸饭时忘了放上竹箄，于是就将饭煮成了粥。"陈寔问："那你们可否记住我们谈话的内容？"兄弟两人回答说："似乎还能记住那些话。"于是兄弟俩就一起说，互相穿插补正，一句话也没有漏掉。陈寔说："既然这样，吃粥也行，何必一定要吃饭呢！"

【原典】

何晏七岁，明惠若神，魏武奇爱之。因晏在宫内①，欲以为子。晏乃画地令方，自处其中。人问其故？答曰："何氏之庐也。"魏武知之，即遣还。

【注释】

①晏在宫内：何晏父亲死后，曹操娶其母尹氏为夫人，并收养何晏。

【译文】

何晏七岁的时候，表现得聪明过人，深得魏武帝曹操的喜爱。因为何晏是在曹操府第里长大，曹操就想认他做儿子。一天何晏在地上画个方框，自己站在里面。别人问他是什么意思，他回答说："这是老何家的房子。"曹操听说了这件事，就把他送回了何家。

【原典】

司空顾和与时贤共清言，张玄之、顾敷是中外孙，年并七岁，在床边戏。于时闻语，神情如不相属。瞑于灯下，二儿共叙客主之言，都无遗失。顾公越席而提其耳曰："不意衰宗复生此宝[①]。"

【注释】

①衰宗：谦称自己家族为衰落之家族。

【译文】

司空顾和同当代贤达在一起倾谈。张玄之和顾敷是他的外孙和孙子，两人都是七岁，在床边玩耍。这时听他们谈论，神情好像一点都不关心的样子。后来两个小孩在灯下闭着眼睛，一起复述主客双方的话，一句也没有漏掉。顾和听见了，离开座位，拉着他们的耳朵说："真是没有想到啊，像我们这样的衰落之家，还能生下这样的宝贝！"

【原典】

晋孝武年十二[①]，时冬天，昼日不著复衣，但著单练衫五六重，夜则累茵褥。谢公谏曰："圣体宜令有常。陛下昼过冷，夜过热，恐非摄养之术。"帝曰："昼动夜静。"谢公出叹曰："上理不减先帝。"

【注释】

①晋孝武：司马曜，东晋第九位皇帝。

【译文】

晋孝武帝十二岁那年，当时正是冬天，他白天不穿夹衣，只穿五六件

白绢上衣，夜里却铺着几层垫褥。谢安劝诫他说：“圣上的贵体应该生活得有规律。陛下白天太冷，夜里太热，这恐怕不是养生的好办法。”孝武帝说：“白天活动人就不会觉得冷，夜里不动弹身体就不会觉得热。”谢安退出来，赞叹说：“皇上说理丝毫不比先帝差。”

【原典】

桓宣武薨[①]，桓南郡年五岁[②]，服始除，桓车骑与送故文武别[③]，因指与南郡：“此皆汝家故吏佐。”玄应声恸哭，酸感傍人。车骑每自目己坐曰：“灵宝成人，当以此坐还之。”鞠爱过于所生。

【注释】

①桓宣武：桓温。②桓南郡：桓玄，桓温子，袭封南郡公。③桓车骑：桓冲（328—384），字幼子，桓温弟，东晋时官至车骑将军。

【译文】

桓温去世时，南郡公桓玄只有五岁，守孝期满，刚脱下丧服，车骑将军桓冲和前来送故的文武官员道别，便指着他们告诉桓玄说：“这些人都是你父亲的老下属。”桓玄随着他的话恸哭起来，神情非常悲伤感人。桓冲每每看着自己的座位说：“等桓玄长大成人，我就要把这个座位交还给他。”桓冲抚养、疼爱桓玄超过了自己的儿女。

豪爽第十三

【原典】

王大将军年少时[①]，旧有田舍名[②]，语音亦楚。武帝唤时贤共言伎艺事[③]。人皆多有所知，唯王都无所关，意色殊恶，自言知打鼓吹[④]。帝令取鼓与之，于坐振袖而起，扬槌奋击，音节谐捷，神气豪上，傍若无人。举坐叹其雄爽。

【注释】

①王大将军：王敦。②田舍：指乡巴佬，庄稼汉，有轻视意。③伎艺：技能，才艺。④鼓吹：指鼓，击鼓。

【译文】

大将军王敦年轻时，一向有乡巴佬这个称号，说的话也带有楚音。晋武帝召集当时的名流一起谈论技艺的事，别人大多数都能知道一些，只有王敦一点也不关注这些事，神态、脸色都很不好，自称只懂得打鼓。武帝叫人拿鼓给他，他马上从座位上振臂站起，扬起鼓槌，精神振奋地击起鼓来，鼓声急促和谐，气概豪迈，一副旁若无人的阵势。满座的人都惊叹他的威武豪爽。

【原典】

晋明帝欲起池台[①]，元帝不许[②]。帝时为太子，好养武士。一夕中作池，比晓便成[③]。今太子西池是也。

【注释】

①晋明帝：司马绍。②元帝：司马睿，明帝之父。③比晓：等到天亮。

【译文】

晋明帝想建池沼、修亭台，他父亲元帝不答应。当时明帝还是太子，

喜欢供养一些武士。有一天晚上，他半夜叫这些人建池沼，于是到天亮就挖成了。这就是现在的太子西池。

【原典】

王大将军始欲下都处分树置①，先遣参军告朝廷②，讽旨时贤③。祖车骑尚未镇寿春④，瞋目厉声语使人曰："卿语阿黑⑤：何敢不逊！催摄面去，须臾不尔，我将三千兵，槊脚令上！"王闻之而止。

【注释】

①王大将军：王敦。②参军：王敦军府之属官。③讽旨：以委婉的语言暗示意图。④祖车骑：祖逖，字士稚，死后赠车骑将军。⑤阿黑：王敦之小字。

【译文】

大将军王敦原要沿江东下到京都处置朝廷政事，实现谋权的野心，他先派参军去报告朝廷，并向当时的名流之士暗示自己的意图。那时车骑将军祖逖还没有移到寿春镇守，他瞪起眼睛声色俱厉地告诉王敦的使者说："你去告诉阿黑：他怎么敢如此胆大妄为！叫他赶紧收起老脸躲开，如果不马上走，我就要率领三千兵马，用长矛戳他的脚赶他回去。”王敦听说后，就打消了念头。

【原典】

桓宣武平蜀[1]，集参僚置酒于李势殿[2]，巴、蜀缙绅，莫不来萃。桓既素有雄情爽气，加尔日音调英发，叙古今成败由人，存亡系才。其状磊落，一坐叹赏。既散，诸人追味余言。于时寻阳周馥曰[3]：“恨卿辈不见王大将军。”

【注释】

①平蜀：指桓温平定成汉事。②李势：成汉第二代国主，降晋，封归义侯。③周馥：字湛隐，曾为王敦的属官，东晋寻阳（今江西九江）人。

【译文】

桓温平定蜀地后，在李势原先的宫殿里设下酒宴和下属聚会，巴、蜀一带的大官全都邀请来聚会。桓温一向有豪放的性情和直爽的气概，所以这一天的谈话语调越发英气勃勃，畅谈古今成败在人，存亡关键在于人才，加上他仪态英俊威武，满座的人都很赞赏。散会以后，大家都还在回忆和把玩他话里的意思，这时寻阳人周馥说：“可惜的是你们没有见过王敦大将军！”

【原典】

桓公读《高士传》[1]，至於陵仲子[2]，便掷去曰：“谁能作此溪刻自处[3]！”

【注释】

①桓公：桓温。②於（wū）陵仲子：陈仲子，字子终，战国时齐国高士。住在於陵，夫妻俩靠编草鞋、织布过活。他哥哥任齐国丞相，仲子认为哥哥的俸禄是不义之财，分文不取。一次有人送他哥哥一只鹅，他母亲杀给他吃，当他知道是别人送他哥哥的，就立刻吐了出来。楚王想请他出任丞相，他便和妻子逃到别处去给人做工，自食其力。③溪刻：指行事苛刻不近情理。

【译文】

桓温读《高士传》时，读到於陵仲子的传记，便把书抛开，说："谁能用这种苛刻的、不近情理的做法来对待自己呢！"

【原典】

桓石虔[①]，司空豁之长庶也[②]。小字镇恶。年十七八未被举[③]，而童隶已呼为镇恶郎。尝住宣武斋头。从征枋头，车骑冲没陈[④]，左右莫能先救。宣武谓曰："汝叔落贼，汝知不？"石虔闻之，气甚奋。命朱辟为副，策马于数万众中，莫有抗者，径致冲还，三军叹服。河朔后以其名断疟。

【注释】

①桓石虔：小字镇恶，桓温之侄。②司空豁：桓豁，字朗子，桓温之弟。长（zhǎng）庶：指妾所生子中的长子。③举：指正式承认身份地位。④车骑冲：桓冲，他曾任车骑将军。

【译文】

桓石虔是司空桓豁的庶出长子，小名叫镇恶。十七八岁了，身份地位还没有得到承认，而奴仆们已经称呼他为镇恶郎了。他曾住在桓温书斋里。后来跟随桓温出征到枋头，在一次战斗中，车骑将军桓冲陷入敌阵，他手下的人没有谁能冲过去救他。桓温告诉石虔说："你叔父落入敌军阵营中了，你知道吗？"石虔听了，顿时感到勇气倍增，就命令朱辟做自己的副手，跃马扬鞭冲入几万敌军重重包围重阵，没有谁能抵挡得了他，他径直把桓冲救了回来，全军上下所有人都很称赞佩服他。后来黄河以北的居民就拿他的名字来驱赶疟鬼。

【原典】

王司州在谢公坐[①]，咏"入不言兮出不辞，乘回风兮载云旗"。语人云："当尔时，觉一坐无人。"

【注释】

①王司州：王胡之，字修龄，官至司州刺史。

【译文】

司州刺史王胡之有一次在谢安家作客，朗诵起“入不言兮出不辞，乘回风兮载云旗”的诗句。他告诉别人说：“每当我读到这里的时候，就感觉四周像没有一个人似的。”

容止第十四

【原典】

魏武将见匈奴使[①]，自以形陋，不足雄远国，使崔季珪代[②]，帝自捉刀立床头。既毕，令间谍问曰："魏王何如？"匈奴使答曰："魏王雅望非常，然床头捉刀人，此乃英雄也。"魏武闻之，追杀此使。

【注释】

①魏武：曹操。②崔季珪：崔琰，字季珪，三国魏东武城（今属山东）人。

【译文】

曹操将要接见远方的匈奴使者，自感觉相貌丑陋，不足以在匈奴使者面前称雄，于是就让崔琰来代替自己，自己就握刀站在床头。接见完毕，派间谍问道："魏王何如？"匈奴使答曰："魏王的仪容风采非同一般人，但是床头的握刀之人，这才是真英雄啊。"曹操听了这话，派人追杀这位使者。

【原典】

何平叔美姿仪[①]，面至白；魏明帝疑其傅粉[②]。正夏月，与热汤饼。既啖，大汗出，以朱衣自拭，色转皎然。

【注释】

①何平叔：何晏。②魏明帝：曹睿字元仲，三国魏第二代君主，文帝曹丕之子。

【译文】

何晏姿态仪容非常俊美，脸上的皮肤很白，魏明帝怀疑他的脸擦了粉。正值夏天，就拿热汤面给他吃。何晏吃完，出了大汗，便用官服揩拭，脸色更加洁白了。

【原典】

魏明帝使后弟毛曾与夏侯玄共坐[①]，时人谓“蒹葭倚玉树”。

【注释】

①魏明帝：曹睿。

【译文】

魏明帝让皇后的弟弟毛曾与夏侯玄坐在一起，当时的人都说：“芦苇倚靠着玉树”。

【原典】

时人目“夏侯太初朗朗如日月之入怀[①]，李安国颓唐如玉山之将崩[②]”。

【注释】

①夏侯太初：夏侯玄。②李安国：李丰，字安国，三国魏时仕至中书令。

【译文】

当时的人评论“夏侯玄好像怀里揣着日月一样光彩照人，李丰精神不振，像玉山将要崩塌一样”。

【原典】

嵇康身长七尺八寸，风姿特秀。见者叹曰：“萧萧肃肃[①]，爽朗清举。”或云：“肃肃如松下风，高而徐引[②]。”山公曰：“嵇叔夜之为人也，岩岩若孤松之独立[③]；其醉也，傀俄若玉山之将崩[④]。”

【注释】

①萧萧肃肃：形容举止风度潇洒脱俗严整的样子。②高而徐引：高远而绵长。③岩岩：高大威武的样子。④傀俄：通“巍峨”，山高峻的样子。

【译文】

嵇康身高七尺八寸，风度姿态秀美出众。见到他的人都赞美说：“他举止潇洒安详，气质豪爽清逸。”有人说：“他像松树间沙沙作响的风声，高远而舒缓悠长。”山涛评论他说：“嵇康的为人，像挺拔的孤松傲然独立；他的醉态，像高大的玉山快要倾倒。”

【原典】

裴令公目王安丰：“眼烂烂如岩下电[①]。”

【注释】

①眼烂烂：指目光闪闪。烂烂，明亮的样子。岩下：山岩之下，是眉棱下的比喻。

【译文】

中书令裴楷评论安丰侯王戎说：“他的目光灼灼射人，像岩下闪电。”

【原典】

潘岳妙有姿容，好神情[①]。少时挟弹出洛阳道，妇人遇者，莫不连手共萦之[②]。左太冲绝丑[③]，亦复效岳游遨，于是群妪齐共乱唾之，委顿而返[④]。

【注释】

①神情：神态风度。②萦：围绕。③左太冲：左思，字太冲，貌丑口讷而善著文。④委顿：疲乏困顿。

【译文】

潘岳拥有美好的容貌和优雅的神态风度。年轻时夹着弹弓走在洛阳大街上，遇到他的妇人，无不手拉手地一同围住他。左思长得非常难看，他也来学潘岳到处游逛，这时妇女们就都向他乱吐唾沫，他只好垂头丧气地回来。

【原典】

王夷甫容貌整丽[①]，妙于谈玄，恒捉白玉柄麈尾，与手都无分别。

【注释】

①王夷甫：王衍。整丽：端正美好。

【译文】

王衍容貌端庄、漂亮，貌美，很善于谈玄，平时总拿着白玉柄的拂尘，白玉的颜色和他的手几乎一点都没有区别。

【原典】

潘安仁[1]、夏侯湛并有美容，喜同行，时人谓之“连璧[2]”。

【注释】

①潘安仁：潘岳。②连璧：双璧，两块玉璧并列。璧，扁圆形中心有孔的玉饰，也泛指玉。

【译文】

潘岳和夏侯湛两人长得都很漂亮，而且喜欢一同出行，当时的人们评论他们是“连璧”。

【原典】

裴令公有俊容仪，脱冠冕[1]，粗服乱头皆好。时人以为“玉人[2]”。见者曰：“见裴叔则，如玉山上行，光映照人。”

【注释】

①冠冕：帝王、大夫所戴的礼帽。②玉人：比喻容貌美丽的人。

【译文】

中书令裴楷仪表出众，即使脱下礼帽，穿着粗陋的衣服，头发蓬松，那个样子看上去也很美，当时的人们都赞美他是“玉人”。而见到他的人则说：“看见裴叔则，就像在玉山上行走，感到光彩照人。”

【原典】

骠骑王武子是卫玠之舅[1]，俊爽有风姿，见玠，辄叹曰：“珠玉在侧，觉我形秽！”

【注释】

①骠骑：将军名号。王武子：王济，字武子，死后追赠骠骑将军。

【译文】

骠骑将军王济是卫玠的舅舅，生得容貌俊秀，精神清爽，非常有风度和仪表，他每次见到卫玠，总忍不住赞叹说："珠玉就在身边，我觉得我自己的形象变丑了！"

【原典】

有人诣王太尉[1]，遇安丰[2]、大将军、丞相在坐；往别屋，见季胤[3]、平子。还，语人曰："今日之行，触目见琳琅珠玉。"

【注释】

①王太尉：王衍。②安丰：王戎。③季胤：王诩，字季胤，王衍之弟，官至修武令。

【译文】

有人去拜访太尉王衍，遇到安丰侯王戎、大将军王敦、丞相王导在座；到另一个房间去，又见到王诩、王澄。回家后，告诉别人说："今天走这一趟，满眼看到的都是珠宝美玉。"

【原典】

周伯仁道桓茂伦[1]："嵚崎历落可笑人[2]。"或云谢幼舆言[3]。

【注释】

①周伯仁：周颛。桓茂伦：桓彝，字茂伦，善于鉴别人才，享有盛名。②嵚崎（qīn qí）：山高峻，比喻人高大英俊。③谢幼舆：谢鲲，字幼舆，善清言，有识度，与桓彝友善。

【译文】

周颛称赞桓彝："高大英俊，举止潇洒，是个招人喜爱的人。"有人说这是谢鲲说的话。

【原典】

祖士少见卫君长云："此人有旄仗下形[1]。"

【注释】

①旄（máo）仗：旗帜和仪卫。

【译文】

祖约见到卫永，赞美道："这个人有将帅的风度。"

【原典】

庾太尉在武昌[①]，秋夜气佳景清，使吏殷浩、王胡之之徒登南楼理咏。音调始遒，闻函道中有屐声甚厉，定是庾公。俄而率左右十许人步来，诸贤欲起避之。公徐云："诸君少住，老子于此处兴复不浅！"因便据胡床[②]，与诸人咏谑，竟坐甚得任乐。后王逸少下[③]，与丞相言及此事。丞相曰："元规尔时风范，不得不小颓。"右军答曰："唯丘壑独存[④]。"

【注释】

①庾太尉：庾亮。②据：靠。胡床：古代由胡地传入的折叠椅。③王逸少：王羲之，字逸少。④丘壑：是隐士所居之地，比喻深远的意境。

【译文】

太尉庾亮在武昌的时候，一天秋夜，天气美好，景色清朗，他的下属殷浩、王胡之等一班人登上南楼吟诗咏唱。就在众人吟兴高昂之时，楼梯上突然传来很重的木板鞋的声音，料定是庾亮来了。接着庾亮带着十来个随从走过来，众人就想起身回避。庾亮慢条斯理地说道："诸君暂且留步，我对这方面也很感兴趣。"于是靠在折叠椅上，和大家一起吟咏、谈笑，满座的人都能尽情欢乐。后来王羲之东下建康，和丞相王导说起这件事。王导说："庾亮那时候的气派也不得不收敛一点。"王羲之回答说："唯独高雅的情趣还保留着。"

【原典】

刘尹道桓公[①]："鬓如反猬皮，眉如紫石棱，自是孙仲谋[②]、司马宣王一流人。"

【注释】

①刘尹：刘惔。②孙仲谋：孙权。司马宣王：司马懿。

【译文】

丹阳尹刘惔评论桓温说："双鬓像刺猬毛竖起，眉毛像紫石棱一样有棱有角，确实是孙权、司马懿一类的人。"

【原典】

王敬伦风姿似父[①]，作侍中，加授桓公[②]公服，从大门入。桓公望之，曰："大奴固自有凤毛[③]。"

【注释】

①王敬伦：王劭，字敬伦，小字大奴，王导第五子，官至尚书仆射。②桓公：桓温。③凤毛：凤凰的羽毛，形容有父辈的仪容风采。

【译文】

王劭的风度姿态有他父亲的风范，他在担任侍中时，加授给桓温官服，从大门进入，桓温远远望见他说："大奴身上确实有他父亲的风采。"

【原典】

林公道王长史[①]："敛衿作一来[②]，何其轩轩韶举[③]！"

【注释】

①林公：支遁，字道林，东晋名僧。王长史：王濛。②敛衿（jīn）：收拢衣襟以表恭敬。③轩轩：形容仪态轩昂。韶举：优美的举止。

【译文】

支道林评论长史王濛说："他收拢衣襟站起来时，仪态是多么轩昂挺拔啊！"

【原典】

王长史为中书郎，往敬和许[①]。尔时积雪，长史从门外下车，步入尚书[②]，著公服。敬和遥望，叹曰："此不复似世中人！"

【注释】

①敬和：王洽，字敬和，丞相王导之子。②尚书：指尚书省衙门。

【译文】

长史王濛任中书郎的时候，一次往王洽那里去。那时连日下雪，王濛在门外下车，走入尚书省府衙，他穿着官服。王洽远远望见雪景衬着王濛，赞叹说："这哪里像世间中人！"

【原典】

简文作相王时，与谢公共诣桓宣武。王珣先在内[①]，桓语王："卿尝欲见相王，可住帐里。"二客既去，桓谓王曰："定何如？"王曰："相王作辅[②]，自然湛若神君[③]，公亦万夫之望。不然，仆射何得自没[④]？"

【注释】

①王珣：丞相王导之孙。②辅：辅相，丞相。③湛：深沉。神君：神灵、神仙。④仆射（yè）：这里指尚书省，谢安。

【译文】

简文帝任丞相时，曾和谢安一起去看望桓温。王珣先已在桓温的帷帐内，桓温对王珣说："你曾经很想见相王，现在就待在帷帐里吧。"两位客人走了以后，桓温问王珣说："相王究竟怎么样？"王珣说："相王任丞相，自然像神灵一样清澈，您也是万民的希望，不然，谢公又怎么会委屈自己来拜访您呢？"

自新第十五

【原典】

周处年少时[1]，凶强侠气，为乡里所患。又义兴水中有蛟[2]，山中有邅迹虎，并皆暴犯百姓，义兴人谓为“三横”，而处尤剧。或说处杀虎斩蛟，实冀“三横”唯余其一。处即刺杀虎，又入水击蛟，蛟或浮或没，行数十里，处与之俱。经三日三夜，乡里皆谓已死，更相庆，竟杀蛟而出。闻里人相庆，始知为人情所患，有自改意。乃入吴寻二陆[3]，平原不在[4]，正见清河，具以情告，并云：“欲自修改，而年已蹉跎，终无所成。”清河曰：“古人贵朝闻夕死[5]，况君前途尚可。且人患志之不立，亦何忧令名不彰邪？”处遂改励，终为忠臣孝子。

【注释】

①周处：字子隐，西晋义兴（今江苏宜兴）人，官至御史中丞。②义兴：郡名，西晋时治所在阳羡县（今江苏宜兴）。③二陆：陆机、陆云。④平原：陆机曾任平原内史，故称。⑤朝闻夕死：典出《论语·里仁》：“朝闻道，夕死可矣。”意思是说，人贵在得道，如果早晨听到圣贤之道，那么即使晚上死了也算不虚度一生了。

【译文】

周处年轻时，性格凶狠倔强，行事爱好武斗，是乡里的祸害。加上义兴郡河里有蛟龙，山上有跛足的老虎，危害百姓，义兴人就把他们叫作三害，而周处的危害最为严重。有人劝周处去杀虎斩蛟，其实是希望三害可以只剩一害。周处立刻上山刺杀了老虎，又下河去斩蛟龙。蛟龙时而浮出水面，时而潜入水底，游了几十里，周处始终和蛟龙在一起搏斗。经过三天三夜，乡亲们都认为他已经死了，互相庆贺，没想到周处竟然杀死蛟龙，从水里出来了。他听说了乡亲们互相庆贺的真实情况之后，才知道自己是被人们所痛恨的人，就打算改过自新。于是周处去吴郡寻找陆机、陆云两兄弟，平原内史陆机不在家，只见到清河内史陆云，他把自己的情况一五一十地告诉了陆云，并且说："我很想加强修养，改正错误，可是以前虚度了不少光阴，担心我以后也很难有什么成就。"陆云说："古人尚且重视朝闻夕死，何况您的将来还长远着。再说，人最怕的事情是不能立志，所以你又何必担心美名不能显扬呢？"周处从此后便改正错误，振作起来，终于成了忠臣孝子。

【原典】

戴渊少时[①]，游侠不治行检[②]，尝在江淮间攻掠商旅。陆机赴假还洛，辎重甚盛。渊使少年掠劫，渊在岸上，据胡床，指麾左右，皆得其宜。渊既神姿峰颖，虽处鄙事，神气犹异。机于船屋上遥谓之曰："卿才如此，亦复作劫邪？"渊便泣涕，投剑归机，辞厉非常。机弥重之，定交，作笔荐焉。过江，仕至征西将军。

【注释】

①戴渊：即戴俨，字若思，晋广陵（今江苏淮阴西南）人，官至征西将军。②游侠：指好交游，乐于助人，重义轻生，或勇于不轨行为者。行检：品行操守。

【译文】

戴渊年轻时，爱行侠仗义，不太注意个人品行的修炼，曾在长江、淮河一带袭击、抢劫商人和旅客。陆机休假后回洛阳，随身带的行李较多，戴渊就指使一班年轻人去抢劫，他在岸上，坐在马扎儿上指挥手下的人，安排得头头是道。戴渊原本风度仪态挺拔不凡，虽然是处理抢劫这类事情，神情与气度仍然是显得与众不同。陆机在船舱里远远地对他说："你有这样的才能，还要做强盗吗？"戴渊感悟流泪，便扔掉手中的剑投靠了陆机，加上他的谈吐非同一般，陆机更加看重他，和他结为朋友，并写信推荐他。过江以后，戴渊做官做到了征西将军。

企羡第十六

【原典】

王丞相拜司空[①]，桓廷尉作两髻[②]、葛群、策杖，路边窥之，叹曰："人言阿龙超[③]，阿龙故自超。"不觉至台门。

【注释】

①王丞相：王导。司空：官名，三公之一。②桓廷尉：桓彝，以善于识鉴品评人物著称。③阿龙：王导小字。超：超脱。

【译文】

丞相王导受任为司空，就任的时候，廷尉桓彝梳起两个发髻，穿着葛布下裳，拄着拐杖，在路边观看他，赞叹道："人们都说阿龙出众，看过之后才知道阿龙确实出众！"不自觉地跟随对方到了官府大门门口。

【原典】

王丞相过江[①]，自说昔在洛水边，数与裴成公、阮千里诸贤共谈道[②]。羊曼曰："人久以此许卿，何须复尔？"王曰："亦不言我须此，但欲尔时不可得耳！"

【注释】

①王丞相：王导。②裴成公：裴頠，又封钜鹿公，西晋名士。阮千里：阮瞻，字千里，阮咸之子，善谈名理。

【译文】

丞相王导到了江南以后，自己说起以前在洛水岸边，经常和裴頠、阮瞻等诸贤达一起谈论名理的事。羊曼说："人们早就因为这件事而称赞你了，哪里还需要再说呢？"王导感慨道："也不是说我需要这些称赞，只是怀念不会再有那样的时光了啊！"

【原典】

王右军得人以《兰亭集序》方《金谷诗序》[①]，又以己敌石崇，甚有欣色。

【注释】

①王右军：王羲之。

【译文】

右军将军王羲之得知人们把他写的《兰亭集序》和《金谷诗序》相提并论，又把自己和石崇相当，脸上便流露出喜悦的神色。

伤逝第十七

【原典】

王仲宣好驴鸣[1]。既葬，文帝临其丧[2]，顾语同游曰："王好驴鸣，可各作一声以送之。"赴客皆一作驴鸣。

【注释】

①王仲宣：王粲，字仲宣，魏国人，建安七子之一。②文帝：魏文帝曹丕。

【译文】

王粲生前喜欢听驴叫。到安葬时，魏文帝曹丕去参加他的葬礼，回头对往日同游的人说："王粲在世的时候喜欢听驴叫，因此我们每个人应该学一声驴叫来送他。"于是去吊丧的客人都学了一声驴叫。

【原典】

王濬冲为尚书令[1]，著公服，乘轺车[2]，经黄公酒垆下过[3]，顾谓后车客："吾昔与嵇叔夜、阮嗣宗共酣饮于此垆[4]，竹林之游，亦预其末。自嵇生夭、阮公亡以来，便为时所羁绁。今日视此虽近，邈若山河。"

【注释】

①王濬冲：王戎，字濬冲。②轺（yáo）车：用一匹马拉的轻便马车。③酒垆：酒店里放酒瓮的土台子，这里借指酒店。④嵇叔夜：嵇康；阮嗣宗：阮籍。

【译文】

王戎任尚书令时，穿着官服，坐着轻车，从黄公酒垆旁边经过，他回头对坐在车后的客人说："我以前和嵇康、阮籍一起在这家酒店畅饮过，竹林中的游玩，我也参加过。自从嵇康早逝、阮籍亡故以来，我就被时势给缠住了。今天看着这间酒店虽然很近，但是追怀起往事，它却又像隔着山河一样遥远。”

【原典】

卫洗马以永嘉六年丧[①]，谢鲲哭之，感动路人。咸和中[②]，丞相王公教曰[③]：“卫洗马当改葬。此君风流名士，海内所瞻，可修薄祭[④]，以敦旧好[⑤]。”

【注释】

①卫洗（xiǎn）马：卫玠，官任太子洗马，故称。②咸和：东晋成帝年号。③教：诸侯王公的文告。④薄祭：菲薄的祭品，这里是对死者的谦词。⑤敦：增强，增加。

【译文】

太子洗马卫玠在永嘉六年去世，谢鲲前去吊丧，哭声感动了路人。咸和年间，丞相王导发表文告说：“卫洗马今当改葬。这位君子是风雅名流，受到天下人的仰慕，大家应该准备些简单的祭祀物品，来增加我们与昔日好朋友之间的情谊。”

【原典】

顾彦先平生好琴[①]，及丧，家人常以琴置灵床上。张季鹰往哭之[②]，不胜其恸，遂径上床[③]，鼓琴，作数曲竟，抚琴曰：“顾彦先颇复赏此不？”因又大恸，遂不执孝子手而出。

【注释】

①顾彦先：顾荣，字彦先，东吴丞相顾雍之孙，吴降晋后，任尚书郎等。②张季鹰：张翰，字季鹰，与顾荣同乡，相友善。③径：直接。

【译文】

顾荣在世的时候喜欢弹琴，当他死后，家人总是把琴放在灵座上。张翰去吊丧，非常悲痛，便径直坐在灵座上弹琴，弹完了几曲，抚摩着琴说：“顾荣还能再欣赏这个曲子吗？”于是又哭得非常伤心，竟没有握孝子的手就出去了。

【原典】

庾亮儿遭苏峻难遇害。诸葛道明女为庾儿妇[①]，既寡，将改适，与亮书及之。亮答曰："贤女尚少，故其宜也。感念亡儿，若在初没。"

【注释】

①诸葛道明：诸葛恢。

【译文】

庾亮的儿子庾会在苏峻的叛乱中被杀。诸葛恢的女儿是庾会的妻子，守寡后，将要改嫁，诸葛恢写信给庾亮谈到这件事。庾亮回信说："令爱还很年轻，这样做自然合适。只是感念我那死去的孩儿，就像他刚刚去世时那样。"

【原典】

郗嘉宾丧[①]，左右白郗公"郎丧"，既闻，不悲，因语左右："殡时可道。"公往临殡，一恸几绝。

【注释】

①郗嘉宾：郗超，字嘉宾。

【译文】

郗超死了，手下的人禀告郗愔："大郎死了"，郗愔听了，并不悲伤，只是告诉手下的人说："入殓时可以告诉我。"临到入殓，郗愔去参加大殓礼，一下子哀痛得几乎气绝。

【原典】

戴公见林法师墓[①]，曰："德音未远[②]，而拱木已积。冀神理绵绵，不与气运俱尽耳！"

【注释】

①戴公：戴逵。林法师：支道林。②德音：对他人言辞的敬称。

【译文】

戴逵看见支道林法师的坟墓，说："您那高明的言谈如今仍飘荡在耳边，可是您墓上的树木现在都已经连成一片了。但愿您那精湛的玄理能够绵延不断地流传下去，不会和人的寿命一起消逝啊！”

【原典】

王子猷、子敬俱病笃[①]，而子敬先亡。子猷问左右：“何以都不闻消息？此已丧矣！”语时了不悲[②]。便索舆来奔丧，都不哭。子敬素好琴，便径入坐灵床上，取子敬琴弹，弦既不调[③]，掷地云：“子敬！子敬！人琴俱亡。”因恸绝良久，月余亦卒。

【注释】

①王子猷：王徽之，字子猷，王羲之第五子。②了：完全。③调：协调，和谐。

【译文】

王徽之和王献之都病得很重，王献之先去世。一天王徽之问伺候他的人说：“为什么一点也没有听到王献之的消息？他是不是去世了！”说话时一点也不悲伤。于是就要备车去奔丧，一点也没有哭。王献之平时喜欢弹琴，王徽之一进去便坐在灵座上，拿过王献之的琴来弹，琴弦怎么也调不好，他就把琴扔到地上说：“子敬，子敬，你现在人和琴都不在了！”说完就悲伤过度晕了过去，很久才醒过来，过了一个多月他也去世了。

【原典】

羊孚年三十一卒，桓玄与羊欣书曰[①]：“贤从情所信寄[②]，暴疾而殒，祝予之叹[③]，如何可言！”

【注释】

①羊欣：字敬元，是羊孚同曾祖的堂弟，善隶书。②贤：令堂兄。信寄：信赖寄托。③祝予：断绝我。

【译文】

羊孚三十一岁时死了，桓玄给羊欣的信上说：“贤堂兄是我在友情上所信赖、寄托的人，突然暴病而死，这是天将亡我之兆啊，内心的悲伤怎么能用言语来表达清楚呢！”

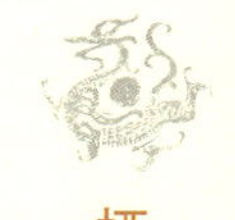

栖逸第十八

【原典】

阮步兵啸①，闻数百步。苏门山中②，忽有真人，樵伐者咸共传说。阮籍往观，见其人拥膝岩侧。籍登岭就之，箕踞相对③。籍商略终古，上陈黄、农玄寂之道，下考三代盛德之美，以问之，仡然不应。复叙有为之教④，栖神导气之术以观之，彼犹如前，凝瞩不转。籍因对之长啸。良久，乃笑曰："可更作。"籍复啸。意尽，退，还半岭许，闻上嗜然有声，如数部鼓吹，林谷传响。顾看，乃向人啸也。

【注释】

①阮步兵：阮籍，曾任步兵校尉，故称。②苏门山：山名，又名苏岭、北门山，在今河南辉县。③箕踞（jī jù）：一种傲慢放达的坐姿，两足伸开，状如簸箕。④有为之教：有作为的学说，指儒家学说。

【译文】

步兵校尉阮籍的口哨声能传至几百步之外。在苏门山中，忽然之间出现了一位得道的真人，砍柴人全都这样传说。阮籍去察看，看见那个人抱膝坐在山岩旁。阮籍登山去见他，两个人伸开腿对坐着。阮籍评论古代历史事件，往上述说黄帝、神农时代玄妙虚无的主张，往下考究夏、商、周三代深厚的美德，拿这些来问他，那人昂着头，没有回答。阮籍又另外说到儒家的德教主张，道家凝神导气的方法，拿这些来考察他，他还是像原先那样，目不转睛地凝视着。阮籍便对着他长长地吹了一个口哨。过了好一会儿，他才笑着说："你可以再吹一次。"阮籍又吹了一次。待到意兴已尽之后，便退了下来，约摸回到半山腰处，听到山顶上口哨声悠然长远，好像几支乐队在演奏吹曲一样，乐声在树林山谷间传播回荡。阮籍回头一看，原来是刚才那个人在吹口哨。

【原典】

嵇康游于汲郡山中[①]，遇道士孙登，遂与之游。康临去，登曰："君才则高矣，保身之道不足。"

【注释】

①汲郡：郡名，治所在今河南汲县西南。

【译文】

嵇康到汲郡的山里游玩，遇见道士孙登，便与他一起游玩和学习。嵇康临走时，孙登说："您的才学尽管已经很高了，但是你保养身体的方法还欠缺些。"

【原典】

山公将去选曹[①]，欲举嵇康；康与书告绝。

【注释】

①山公：山涛。选曹：主管选拔官吏的官署。

【译文】

山涛将不再担任选曹这个官职，就想推荐嵇康来接替，但嵇康却写信宣告与他绝交。

【原典】

李廞是茂曾第五子[①]，清贞有远操[②]，而少羸病，不肯婚宦。居在临海，住兄侍中墓下。既有高名，王丞相欲招礼之，故辟为府掾[③]。廞得笺命[④]，笑曰："茂弘乃复以一爵假人[⑤]！"

【注释】

①李廞（xīn）：字宗子，江夏钟武（今河南信阳东南）人。②清贞：指心性清雅贞洁。远操：远大的志向。③府掾（yuàn）：丞相府的属官。④笺命：授官文书。⑤假人：借给人，这里指给予人。

【译文】

李廞是李茂曾的第五个儿子，为人清正，有高尚的品德，只是从小就体弱多病，所以不肯结婚、做官。他家在临海郡时，就暂住在他哥哥李式的陵园里。他有了很大名声以后，丞相王导想聘请并礼待他，所以就想将他调来做相府的属官。李廞得到了王导的任命信，笑着说："王导竟然送一个官爵给我。"

【原典】

阮光禄在东山[①]，萧然无事，常内足于怀。有人以问王右军，右军曰："此君近不惊宠辱，虽古之沉冥[②]，何以过此？"

【注释】

①阮光禄：阮裕，曾任金紫光禄大夫，故称。东山：在今浙江上虞西南。②沉冥：深藏不露之人，指隐士。

【译文】

光禄大夫阮裕隐居在东山，日子虽然过得清静无事，但是内心一直都很自足。有人因此问右军将军王羲之，王羲之说："这位先生近来宠辱不惊，就是古时候深藏不露的隐士，怎能超过这种境界？"

【原典】

南阳刘驎之[①]，高率，善史传[②]，隐于阳岐。于时苻坚临江，荆州刺史桓冲将尽订谟之益[③]，征为长史，遣人船往迎，赠贶甚厚。驎之闻命，便升舟，悉不受所饷，缘道以乞穷乏，比至上明亦尽。一见冲，因陈无用，翛然而退。居阳岐积年，衣食有无常，与村人共。值己匮乏，村人亦如之。甚厚，为乡闾所安。

【注释】

①南阳：郡名，治所在今河南南阳。刘驎之：字子骥，好游山水，清心寡欲，有避世隐居之志。②高率：高尚真率。③讦谟（xū mó）：宏图大计，此处指桓冲准备举兵抵御苻坚。

【译文】

南阳人刘驎之，为人高尚直率，通晓古今史实，在阳岐村隐居。当时，苻坚率部南侵已经逼近长江，荆州刺史桓冲想尽力实现有利于国家的宏图大计，就聘刘驎之任长史，派人和船前去迎接他，赠送的礼物也很丰富。刘驎之只好从命，就上船出发，但桓冲所送的礼物他却一点儿也没有收，而是沿途拿来送给贫困的人，等走到上明城，礼物也都送完了。他一见到桓冲，就陈述自己是无能之辈，然后就辞去职务很潇洒地告退出来。他在阳岐村住了多年，衣食向来和村里人互通有无。碰到自己短缺了，村里人也同样帮助他。他为人朴实厚道，村里的人很喜欢和他相处。

【原典】

南阳翟道渊与汝南周子南少相友[①]，共隐于寻阳[②]。庾太尉说周以当世之务，周遂仕，翟秉志弥固[③]。其后周诣翟，翟不与语。

【注释】

①翟道渊：翟汤，字道渊，南阳（今属河南）人。周子南：周邵，字子南，汝南人。②寻阳：郡名，治所在今江西九江西。③秉志：坚守自己的隐居不仕的志趣。

【译文】

南阳人翟汤和汝南人周邵两个人从小就关系很友好，他们曾一道在寻阳县隐居。太尉庾亮曾劝说周邵要懂得关心当代国家大事，于是周邵便出来做官了，而翟汤却更加坚定了自己隐居的志向。后来周邵去看望翟汤，翟汤便不和他说话。

【原典】

孟万年及弟少孤[1]，居武昌阳新县。万年游宦[2]，有盛名当世。少孤未尝出，京邑人士思欲见之，乃遣信报少孤，云“兄病笃”。狼狈至都。时贤见之者，莫不嗟重，因相谓曰：“少孤如此，万年可死。”

【注释】

①孟万年：孟嘉，字万年。少孤：孟陋，字少孤，孟嘉之弟，博学多通，曾注《论语》行于世。②游宦：外出做官。

【译文】

孟嘉和他弟弟孟陋，住在武昌郡阳新县。孟嘉外出做官，在当时很有名望。孟陋没有离开家到外面做过官，当时京城里的名流想见他，就派人送信给孟陋，说“你哥哥病重。”孟陋就急急忙忙地赶到京城。见到他的当代贤达，没有谁不赞叹、敬重他，于是他们评论说：“孟陋的才学品行如此，孟嘉可以死而无憾了。”

【原典】

戴安道既厉操东山[1]，而其兄欲建式遏之功。谢太傅曰[2]：“卿兄弟志业[3]，何其太殊？”戴曰：“下官‘不堪其忧’，家弟‘不改其乐’。”

【注释】

①戴安道：戴逵，字安道，善鼓琴书画，不仕而终。厉操：磨炼节操。②谢太傅：谢安。③志业：志趣事业。

【译文】

戴逵已经在东山隐居，他哥哥又想为国家建功立业。太傅谢安对他哥哥说：“你们兄弟俩的志向、事业，怎么差异这么大呢？”他哥哥回答说：“下官受不了那种忧愁，而我弟弟却改不了那种乐趣。”

【原典】

郗超每闻欲高尚隐退者，辄为办百万资，并为造立居宇。在剡，为戴公起宅[1]，甚精整。戴始往旧居，与所亲书曰：“近至剡，如官舍。”郗为傅约亦办百万资[②]，傅隐事差互[③]，故不果遗[④]。

【注释】

①剡（shàn）：县名，在今浙江嵊州。戴公：戴逵。②傅约：傅琼，小字约。③差互：指事情出差错或未办成。④果遗：指馈赠未能成为现实。

【译文】

郗超每次听到崇尚高远想隐居的人，就为他们筹措百万钱，并且给他们盖房子。在会稽郡剡县时，他就给戴逵盖了房子，非常精致完美。戴逵刚刚前去居住时，给亲友写信说："最近到了剡地，就好像住进官衙一样。"郗超也为傅约筹集了百万钱财，后来傅约隐居一事错过了机会，所以馈赠未能成为事实。

贤媛第十九

【原典】

陈婴者[①]，东阳人。少修德行，著称乡党[②]。秦末大乱，东阳人欲奉婴为主，母曰："不可！自我为汝家妇，少见贫贱，一旦富贵，不祥。不如以兵属人[③]：事成，少受其利；不成，祸有所归。"

【注释】

①陈婴：秦末东阳（今安徽天长）人，初为项羽干将，项羽死后归汉。②乡党：乡里，家乡。③属：归属，托付。

【译文】

陈婴是东阳县人，从小就很注意自己的道德品行，在家乡享有很高的名望。秦代末年，天下大乱，东阳人想拥护陈婴做首领，陈母对陈婴说："不行！自从我做了陈家的媳妇后，年轻时就见你家很贫贱，现在很容易一下子就取得了富贵，这是不吉祥的。不如把军队交给别人：事成了，可以稍为取得些好处；而如果失败了，灾祸也自有别人去承担。"

【原典】

汉元帝宫人既多[①]，乃令画工图之，欲有呼者，辄披图召之。其中常者，皆行货赂。王明君姿容甚丽[②]，志不苟求[③]，工遂毁为其状。后匈奴来和，求美女于汉帝，帝以明君充行。既召见而惜之。但名字已去，不欲中改，于是遂行。

【注释】

①汉元帝：刘奭（shì），汉宣帝之子，西汉第八位皇帝，在位十六年，重视儒术，与匈奴和亲。②王明君：王昭君，晋人为避文帝司马昭之讳，改为王明君。王昭君为汉元帝时宫人，汉元帝对北方匈奴实行和亲政

策，将昭君嫁给匈奴呼韩邪单于，为宁胡阏氏。③苟求：苟且求情。

【译文】

汉元帝时，后宫宫女很多，于是就让画工去画下她们的相貌，自己想要召见她们时，就翻看画像按图召见。宫女中相貌一般的人，都贿赂画工，使自己被画得好看些。王昭君容貌非常美丽，她立志不苟且求情，画工便在作画时将她画得很丑。后匈奴来要求和亲，向汉元帝求赐美女，元帝便拿昭君当做皇族女嫁去。等到召见昭君后，才发现她长得很美，心中非常舍不得，但是昭君的名字已经告诉了匈奴，又不想中途更改，于是王昭君就去了匈奴。

【原典】

汉成帝幸赵飞燕[①]，飞燕谗班婕妤祝诅[②]，于是考问。辞曰："妾闻死生有命，富贵在天。修善尚不蒙福，为邪欲以何望？若鬼神有知，不受邪佞之诉；若其无知，诉之何益？故不为也。"

【注释】

①汉成帝：刘骜（前51—前7），字太孙，元帝子。赵飞燕：原为长安宫女，善歌舞，号飞燕，后为成帝所宠幸，立为皇后。②班婕妤（jié yú）：汉成帝宠姬，因遭赵飞燕谗毁失宠。

【译文】

汉成帝很宠爱赵飞燕，飞燕诬陷班婕妤祈求鬼神加祸于后宫，于是成帝就拷问班婕妤。班的供词说："我听说人的死生由命运来决定，富贵随天意去安排。做好事都不一定能得福报，起邪念又想得到什么呢？如果鬼神有知觉，就不会接受那种邪恶谄佞的祷告；如果鬼神没有知觉，向它祷告又有什么用呢？所以我是不会做这种事的。"

【原典】

许允妇是阮卫尉女[①]，德如妹[②]，奇丑。交礼竟，允无复入理，家人深以为忧。会允有客至，妇令婢视之，还答曰："是桓郎。"桓郎者，桓范也[③]。妇云："无忧，桓必劝入。"桓果语许云："阮家既嫁丑女与卿，故当

有意，卿宜察之。”许便回入内。既见妇，即欲出。妇料其此出，无复入理，便捉裾停之。”许因谓曰：“妇有四德[④]，卿有其几？”妇曰：“新妇所乏唯容尔。然士有百行[⑤]，君有几？”许云：“皆备。”妇曰：“夫百行以德为首，君好色不好德，何谓皆备？”允有惭色，遂相敬重。

【注释】

①阮卫尉：阮共，字伯彦，尉氏（今属河南）人，官至卫尉卿。②德如：阮侃，字德如，阮共之子。③桓范：字元则，魏沛郡（今安徽宿州）人，官大司农。④四德：古代指妇女应具备的四种德行：品德、言语、容仪、女功。⑤百行：指多方面的品行。

【译文】

许允的妻子是卫尉卿阮共的女儿，阮侃的妹妹，长相特别丑。新婚行完交拜礼，许允就不想再进新房去，家里人都为这事而感到十分担忧。一天，有位客人来看望许允，新娘便叫婢女去打听是谁来了，婢女回来后说：“是桓郎。”桓郎就是桓范。新娘说：“这下好了不用担心了，桓郎一定会劝他进来的。”桓范果然劝许允说：“阮家既然嫁个丑女给你，想必是有一些想法的，你应该学会体察和明白。”许允便转身进入新房，见了新娘，马上就想退出。新娘料定他这一走再也不可能进来了，就拉住他的衣襟让他留下。许允便问她说；“妇女应该有四种美德，你有哪几种？”新娘说：“新妇所缺少的只是容貌罢了。可是读书人应该有各种好品行，您有几种？”许允说：“样样都有。”新娘说：“各种好品行里头首要的是德，可是您爱色不爱德，怎么能说样样都有？”许允听了，面有愧色，于是从此夫妇俩互相敬重。

【原典】

许允为吏部郎[①]，多用其乡里，魏明帝遣虎贲收之[②]。其妇出诫允曰：“明主可以理夺，难以情求。”既至，帝覈问之。允对曰：“‘举尔所知[③]。’臣之乡人，臣所知也。陛下检校为称职与不[④]，若不称职，臣受其罪。”既检校，皆官得其人，于是乃释。允衣服败坏，诏赐新衣。初，允被收，举家号哭。阮新妇自若云：“勿忧，寻还。”作粟粥待，顷之允至。

【注释】

①吏部郎：官名，主管官吏选拔。②魏明帝：曹叡。虎贲（bēn）：官名，管宫门警卫之官。③举尔所知：举荐你所了解的人。④检校：检查，考察。

【译文】

许允担任吏部郎的时候，选拔和任用的人大多是他的同乡，魏明帝知道这件事后，就派虎贲去逮捕他。许允的妻子跟出来劝诫他说："对英明的君主只可以用道理去取胜，很难用感情去求告。"押到后，明帝审查追究他。许允回答说："孔子说'提拔你所了解的人'，臣的同乡，就是臣所了解的人。陛下可以审查、核实他们是称职还是不称职，如果不称职，臣愿受应得之罪。"查验以后，知道各个职位都用人得当，于是就释放了他。许允穿的衣服已经显得很破旧了，明帝就下令赏赐新衣给他。起初，许允被逮捕时，全家人都号哭不止，他的妻子阮氏却神态自若，说："不要担心，他不久就会回来。"并且煮好小米粥等着他，一会儿，许允就回来了。

【原典】

许允为晋景王所诛[①]，门生走入告其妇。妇正在机中，神色不变，曰："蚤知尔耳！"门人欲藏其儿，妇曰："无豫诸儿事。"后徙居墓所，景王遣钟会看之，若才流及父[②]，当收。儿以咨母，母曰："汝等虽佳，才具不多[③]，率胸怀与语[④]，便无所忧。不须极哀，会止便止[⑤]。又可少问朝事。"儿从之。会反以状对，卒免。

【注释】

①为晋景王所诛：指许允被司马师所杀。②才流：才智流品。③才具：才能。④率：顺着。⑤止：指停止哭泣。

【译文】

许允被晋景王杀害了，他的门人跑来告诉他妻子。她正在织机上织布，听到消息，神色不变，说："早就知道会有这样的结果！"门人想把许允的儿子藏起来，许允妻子说："不关孩子们的事。"后来全家迁到许允的

墓地里住，司马师派钟会去看望他们，并吩咐说，如果儿子的才能品行比得上他父亲，就应该逮捕他们。许允的儿子知道这些情况后，便去和母亲商量，母亲说："你们虽然都不错，可是才能不大，可以怎么想就怎么和他谈，这样就没有什么可担心的。也不必哀伤过度，钟会不哭了，你们就不哭。又可以稍微问及朝廷的事。"她儿子照母亲的吩咐去做。钟会回去后，把情况报告给了司马师，许允的儿子终于免祸。

【原典】

贾充妻李氏作《女训》，行于世。李氏女①，齐献王妃②；郭氏女③，惠帝后。充卒，李、郭女各欲令其母合葬，经年不决。贾后废，李氏乃祔葬④，遂定。

【注释】

①李氏女：贾充与前妻李氏生二女：褒、裕。褒，名荃，裕，名浚。荃为齐王攸妃。②齐献王：即司马攸。③郭氏女：郭槐生一女，名南风，为晋惠帝之皇后，与贾谧等专朝政十余年，后被赵王伦所废。④祔（fù），合葬。

【译文】

贾充的妻子李氏写了《女训》一书，流传当代。李氏的女儿是齐献王王妃；郭氏的女儿是晋惠帝的皇后。贾充死后，李氏、郭氏的女儿各自都想让自己的母亲和贾充合葬，这件事过去了很多年都没有得到妥善解决。后来贾后被废，李氏才得以合葬，丧事终于确定了下来。

【原典】

王汝南少无婚[①]，自求郝普女[②]。司空以其痴，会无婚处，任其意，便许之。既婚，果有令姿淑德[③]。生东海[④]，遂为王氏母仪[⑤]。或问汝南何以知之？曰："尝见井上取水，举动容止不失常，未尝忤观[⑥]，以此知之。"

【注释】

①王汝南：王湛，曾任汝南内史，故称。②郝普：字道匡，太原襄城人，官洛阳太守。③令姿淑德：美好的姿容，善良的品德。④东海：指王承，他曾任东海郡太守，故称。⑤母仪：做母亲们的典范。⑥忤观：指碍眼、不雅观的景象。

【译文】

汝南内史王湛年轻时没人提亲，便自己向郝普的女儿求亲。他父亲王昶因为他痴呆，认为他一定会无处求婚，就随他的心意，答应了他。婚后，郝氏果真美貌贤淑。后来生了王承，终于成了王家母亲们的典范。有人问王湛当初是怎么了解她的？王湛说："我曾经看见她上水井边打水，举止仪容不失常态，也没有不顺眼的地方，就这样了解了她。"

【原典】

周浚作安东时[①]，行猎，值暴雨，过汝南李氏。李氏富足，而男子不在。有女名络秀[②]，闻外有贵人，与一婢于内宰猪羊，作数十人饮食，事事精办，不闻有人声。密觇之[③]，独见一女子，状貌非常，浚因求为妾。父兄不许。络秀曰："门户殄瘁[④]，何惜一女？若连姻贵族，将来或大益。"父兄从之。遂生伯仁兄弟[⑤]。络秀语伯仁等："我所以屈节为汝家作妾，门户计耳！汝若不与吾家作亲亲者，吾亦不惜余年。"伯仁等悉从命。由此李氏在世，得方幅齿遇[⑥]。

【注释】

①周浚：字开林，汝南安成（今河南汝南）人。②络秀：汝南李宗伯

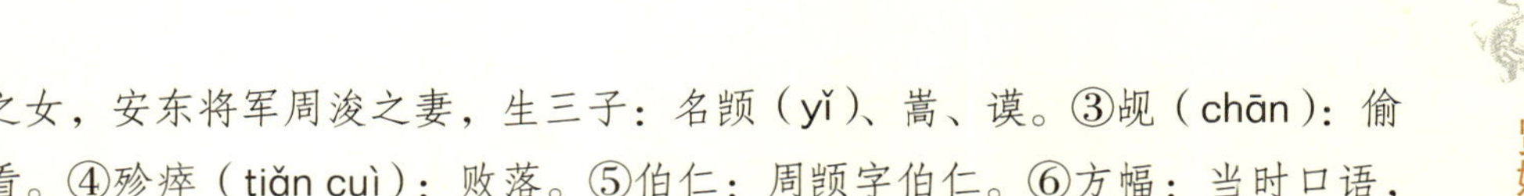

之女，安东将军周浚之妻，生三子：名顗（yǐ）、嵩、谟。③觇（chān）：偷看。④殄瘁（tiǎn cuì）：败落。⑤伯仁：周顗字伯仁。⑥方幅：当时口语，指正当，正式。齿遇：受到礼遇。

【译文】

周浚任安东将军时，外出打猎，有一次不巧遭遇天降暴雨，于是就改道去探望汝南李氏。李氏家境富有，只是男人不在家。这家有个女儿，名叫络秀，听说外面来了贵人，就和一个婢女在后院杀猪宰羊，准备几十人的饮食，事事都做得很到位，却没怎么听见有人声。周浚感到很奇怪，就出去偷看一下，看见一个女子，相貌不同一般，过后，周浚就请求娶她为妾，女方的父亲、兄弟不答应。络秀说："我们家门第衰微，为什么还舍不得一个女儿呢？如果能和贵族联姻，将来也许好处会更大。"父兄就顺从了她。后来生了周顗兄弟。络秀对周顗兄弟说："我降低身份给你家做妾的原因，只是为我家门第作想罢了。你们如果不肯和我家做亲戚，我也不会爱惜晚年！"周顗兄弟全都听从母亲的吩咐，因此，李氏在生前，还是得到了很公正的礼遇。

【原典】

陶公少时[①]，作鱼梁吏[②]，尝以坩鲊饷母[③]。母封鲊付使，反书责侃[④]，曰："汝为吏，以官物见饷，非唯不益，乃增吾忧也。"

【注释】

①陶公：陶侃。②鱼梁吏：指管理堵水捕鱼的官吏。③坩（gān）：盛物的陶器。④反书：回信。

【译文】

陶侃年轻时做了监管鱼梁的小吏，曾托人送去一罐腌鱼给母亲。他母亲把腌鱼封好交给来人带回去，并且回信责备陶侃说："你做官吏，拿公家的东西送给我，这不只没有好处，反而增加了我对你的担忧啊。"

【原典】

桓宣武平蜀[①]，以李势妹为妾，甚有宠，常著斋后。主始不知，既闻，与数十婢拔白刃袭之。正值李梳头，发委藉地[②]，肤色玉曜[③]，不为动容。徐曰："国破家亡，无心至此。今日若能见杀，乃是本怀[④]。"主惭而退。

【注释】

①桓宣武：桓温。平蜀：指平定十六国之一的成汉政权。②委：下垂。③曜：明亮。④本怀：本愿、本意。

【译文】

桓温平定了蜀地，娶李势的妹妹做妾，很宠爱她，经常把她安置在书斋后面住。他的妻子南康公主起初不知道，后来听说了，就带着几十个婢女提着刀趁她不备去杀她。到了那里，正遇见李氏在梳头，头发垂下来铺到地上，肤色像白玉一样光彩照人，并没有因为公主到来而表情有变。她从容不迫地说道："我国破家亡，并不情愿到这里来。今天如果能被杀而死，这倒是我的心愿。"公主很惭愧，就退出去了。

【原典】

庾玉台[①]，希之弟也[②]。希诛，将戮玉台。玉台子妇，宣武弟桓豁女也。徒跣求进[③]，阍禁不内[④]。女厉声曰："是何小人？我伯父门，不听我前！"因突入，号泣请曰："庾玉台常因人脚短三寸，当复能作贼

不？”宣武笑曰[5]：“婿故自急[6]。”遂原玉台一门。

【注释】

①庾玉台：庾友，小字玉台，庾冰第三子。②希：庾希，字始彦，庾冰长子。③徒跣（xiǎn）：光着脚，赤脚。④阍（hūn）：守门人。⑤宣武：桓温。⑥故自：确实，的确。

【译文】

庾友是庾希的弟弟，庾希被杀以后，桓温将要杀庾友。庾友的儿媳妇，是桓温弟弟桓豁的女儿，她心急得光着脚去求见桓温，掌门官挡着不让进去。她大声斥责说：“这是哪个奴才？我伯父的家，竟敢不让我进去！”说着便冲了进去，哭喊着请求说：“庾友的一只脚短了三寸，常常要扶着人才能够走路，这样的人难道还会谋反吗？”桓温笑着说：“侄女婿确实着急了。”终于赦免了庾友这一家。

【原典】

桓车骑不好著新衣[1]。浴后，妇故送新衣与。车骑大怒，催使持去。妇更持还，传语云：“衣不经新，何由而故？”桓公大笑，著之。

【注释】

①桓车骑：桓冲，桓温之弟。

【译文】

车骑将军桓冲平时不太喜欢穿新衣服。有一次洗完澡，他妻子故意叫仆人送去新衣服给他，桓冲大怒，命令仆人快点将衣服拿走。他妻子又叫人再拿回来，并且传话说：“衣服不经过新的，怎么能变成旧的呢？”桓冲听罢大笑，就穿上了新衣。

【原典】

王江州夫人语谢遏曰[1]：“汝何以都不复进？为是尘务经心[2]，天分有限？”

【注释】

①王江州夫人：谢道韫。②经心：烦扰于心。

【译文】

江州刺史王凝之夫人谢道韫问谢玄："你为什么一点也不见长进？是一心注意世俗杂务，还是本来就天赋有限？"

【原典】

郗嘉宾丧[1]，妇兄弟欲迎妹还，终不肯归。曰："生纵不得与郗郎同室，死宁不同穴？"

【注释】

①郗嘉宾：郗超。

【译文】

郗超死了，他妻子的兄弟就想把妹妹接回家去，她却始终不肯返回娘家。说："活着的时候我虽然不能和郗郎同居一室，难道死了以后不能和他同葬一穴吗？"

术解第二十

【原典】

荀勖善解音声[①]，时论谓之暗解[②]。遂调律吕，正雅乐[③]。每至正会，殿庭作乐，自调宫商[④]，无不谐韵。阮咸妙赏，时谓神解[⑤]。每公会作乐，而心谓之不调。既无一言直勖，意忌之，遂出阮为始平太守。后有一田父耕于野，得周时玉尺，便是天下正尺。荀试以校己所治钟鼓、金石、丝竹，皆觉短一黍，于是伏阮神识。

【注释】

①荀勖（xù）：晋时官中书监，加侍中，并掌管乐事，修律吕行于世。②暗（àn）解：精通。③雅乐：典雅纯正之乐，古代帝王用于祭祀、朝会的音乐。④宫商：古以宫、商、角、徵、羽代表五个不同的音阶，此泛指五音。⑤神解：悟性过人。

【译文】

荀勖善于辨别乐音正误，当时的舆论认为他是非常熟悉和精通音乐的。于是，他调整音律，校正雅乐。每到正月初一举行朝贺礼时，殿堂上演奏音乐，他亲自调整五音，没有不韵律和谐的。阮咸对音乐也有很高的欣赏能力，当时的舆论认为他悟性过人。每逢官府集会奏乐，他心里都认为不协调。他也不提一点意见来纠正荀勖，荀勖心里很忌恨他，就找个借口调他出京任始平太守。后来有一个农民在地里干活，得到周代一把玉尺，这就是国家的标准尺。荀勖试着用它来校对自己所调试的各种乐器的律管，都较标准尺短了一粒米的长度，佩服阮咸的高超见识。

【原典】

人有相羊祜父墓，后应出受命君[①]。祜恶其言，遂掘断墓后，以坏其势。相者立视之，曰："犹应出折臂三公[②]。"俄而祜坠马折臂，位果至公。

【注释】

①受命君：指接受天命的君主。②三公：太尉、司徒、司空为三公。

【译文】

有个会看风水的人看了羊祜父亲的坟墓之后，说其后代该出真命天子。羊祜很厌恶他说的话，就把坟的后部挖断，以便破坏坟山的气脉。看风水的人马上又去看，说道："还要出个断臂的三公。"不久羊祜就从马背上摔下折断了手臂，他的官位也升到了三公的位置。

【原典】

王武子善解马性[①]。尝乘一马，著连钱障泥[②]。前有水，终日不肯渡。王云："此必是惜障泥。"使人解去，便径渡。

【注释】

①王武子：王济。②连钱：钱纹相连的一种花饰。障泥：放在马鞍下垂在马腹两侧的垫子，用来阻挡泥水的马饰。

【译文】

王济很擅长了解马的脾性。他曾经骑马外出，马背上盖着连钱花纹的垫子，碰到前面有条河，马就是不肯渡水过河。王济说："这一定是马舍不得弄坏身上的垫子。"就叫人解下垫子，马就径直渡过河了。

【原典】

陈述为大将军掾[①]，甚见爱重。及亡，郭璞往哭之，甚哀，乃呼曰："嗣祖，焉知非福！"俄而大将军作乱，如其所言。

【注释】

①陈述：字嗣祖，颍川许昌（今属河南）人。掾（yuàn）：官署属员。

【译文】

陈述任大将军王敦的属官，很受王敦的赏识和重视。到他死后，郭璞去哭丧，哭得非常痛苦伤心，只听他这么哭喊着说："嗣祖，怎么知道这

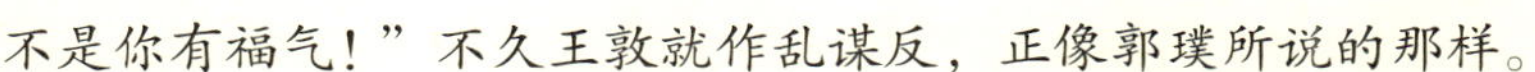
不是你有福气！”不久王敦就作乱谋反，正像郭璞所说的那样。

【原典】

王丞相令郭璞试作一卦[①]，卦成，郭意色甚恶，云：“公有震厄[②]！”王问：“有可消伏理不？”郭曰：“命驾西出数里，得一柏树，截断如公长，置床上常寝处，灾可消矣。”王从其语。数日中，果震柏粉碎，子弟皆称庆。大将军云[③]：“君乃复委罪于树木[④]。”

【注释】

①王丞相：王导。②震厄：雷击的灾难。③大将军：王敦。④委罪：把罪过推给别人。

【译文】

丞相王导叫郭璞试着占一卦，等卦象出来后，郭璞的心情和脸色都不太好，说：“您有遭雷击的灾难。”王导问：“那有什么办法可化解呢？”郭璞说：“坐车往西走几里地，那里有一棵柏树，截下一段和您一样高的树干，放在床上经常睡的那个位置，灾难就可以自然地消除了。”王导照他说的去做。过了几天，雷电果然把柏木击得粉碎，王家子侄们都纷纷对王导表示庆贺。只有大将军王敦对郭璞说：“您竟然能把罪过推给树木去承担！”

【原典】

郗愔信道甚精勤[①]，常患腹内恶，诸医不可疗。闻于法开有名[②]，往迎之。既来便脉，云：“君侯所患[③]，正是精进太过所致耳。”合一剂汤与之。一服，即大下，去数段许纸，如拳大；剖看，乃先所服符也。

【注释】

①信道：信奉天师道。②于法开：和尚名，以文学著名，兼通医术。③君侯：对列侯和尊贵者的尊称。

【译文】

郗愔信奉道教，非常虔诚。他常常感觉肚子不舒服，很多医生都没有给他看好病。听说于法开有名气，就差人把他找来。于法开来了就把脉，把完脉说："君侯害的病，恰恰是过分虔诚所引起的呀。"接着就配了一剂汤药给郗愔。郗愔吃完药就开始拉肚子，泻下几堆像拳头那么大的纸团；剖开一看，原来是先前所吃下的符箓。

【原典】

殷中军妙解经脉①，中年都废。有常所给使②，忽叩头流血。浩问其故，云："有死事，终不可说。"诘问良久，乃云："小人母年垂百岁，抱疾来久，若蒙官一脉，便有活理。讫就屠戮无恨③。"浩感其至性④，遂令舁来⑤，为诊脉处方。始服一剂汤，便愈。于是悉焚经方⑥。

【注释】

①殷中军：殷浩。经脉：经络血脉，中医根据人体的气血运行的理论来诊治病情。②所给使：指供使唤的仆役。③讫：诊治完毕。④至性：指孝顺父母的至诚之性。⑤舁（yú）：抬。⑥经方：古代对医药方书的统称。

【译文】

殷浩很精通医术，到了中年以后几乎都不怎么研究了。一天，他手下有一个常使唤的仆人，忽然给他磕头，一直磕到头破血流。殷浩问他有什么事，他说："有件关系到人命的事，但不过终究还是不能说的。"追问了很久，这才说道："小人的母亲年纪快到一百岁了，从生病到现在已经很长时间了，如果能够得到大人诊一次脉，使她有办法活下去，那么母亲病好后，就算把我杀了也心甘情愿。"殷浩被他的孝心感动，就叫他把母亲抬来，给他母亲诊脉开药方。才服了一剂药，病就好了。从此殷浩把医书全都烧了。

巧艺第二十一

【原典】

弹棋始自魏宫内[①]，用妆奁戏。文帝于此戏特妙[②]，用手巾角拂之，无不中。有客自云能，帝使为之。客著葛巾角[③]，低头拂棋，妙踰于帝。

【注释】

①弹棋：魏晋时的一种博戏。②文帝：魏文帝曹丕。③葛巾：用葛布做的头巾。

【译文】

弹棋是从魏代的后宫里开始出现的，玩的人可用梳妆的金钗、玉梳等来游戏。魏文帝对这种游戏特别擅长，他能用手巾角拂击棋子，没有弹不中的。有位客人自称也能这样做，魏文帝就让他试一试。只见客人戴着葛巾，低着头用葛巾角去拂击棋子，比魏文帝做得还巧妙。

【原典】

钟会是荀济北从舅[①]，二人情好不协。荀有宝剑，可直百万[②]，常在母钟夫人许。会善书，学荀手迹，作书与母取剑，仍窃去不还。荀勖知是钟而无由得也，思所以报之。后钟兄弟以千万起一宅，始成，甚精丽，未得移住。荀极善画，乃潜往画钟门堂[③]，作太傅形象[④]，衣冠状貌如平生。二钟入门，便大感恸[⑤]，宅遂空废。

【注释】

①荀济北：荀勖，封济北郡公，故称。②直：值，价值。③门堂：指门侧堂屋。④太傅：钟繇，钟会和钟毓的父亲。⑤感恸：大受感动而悲痛。

【译文】

钟会是济北公荀勖的堂舅，两人感情不和。荀勖有一把宝剑，价值百万，经常放在他母亲钟夫人那里。钟会擅长书法，就模仿荀勖笔迹，写了一封信给他母亲要宝剑，于是骗走了宝剑不还。荀勖知道这事是钟会干的，可是也想不出办法将宝剑要回来，就决定报复他。后来钟家兄弟花了千万钱修建一所住宅，刚落成，非常精美，还没有搬进去住。荀勖很擅长绘画，就偷偷地到钟会的新居去，画上钟繇的像，衣服、帽子和相貌都和生前一模一样。钟毓和钟会兄弟进门看见，大为伤感悲痛，不能住进去，房子于是闲置不用。

【原典】

戴安道就范宣学[①]，视范所为。范读书亦读书，范钞书亦钞书。唯独好画，范以为无用，不宜劳思于此[②]。戴乃画《南都赋图》，范看毕咨嗟[③]，甚以为有益，始重画。

【注释】

①戴安道：戴逵。②劳思：花费心思。③咨嗟：赞叹。

【译文】

戴逵登门向范宣学习，处处模仿范宣的做法。范宣读书，他也读书，范宣抄书，他也抄书。只是他本人还特别热爱绘画，范宣认为绘画没有实际的用处，不应该在这方面费心劳神。戴逵于是画了《南都赋图》，范宣看后赞叹不已，这才感觉到绘画很有好处，也开始重视起绘画来。

【原典】

顾长康画裴叔则[①]，颊上益三毛。人问其故，顾曰："裴楷俊朗有识具[②]，正此是其识具。"看画者寻之，定觉益三毛如有神明[③]，殊胜未安时。

【注释】

①裴叔则：裴楷。②识具：见识和才能。③神明：指人的精神。

【译文】

顾恺之给裴叔则画像，在脸颊的部位多画了三根胡子。有人问他这么画是什么原因，顾恺之说："裴楷俊逸爽朗，很有才识，这恰恰是最能表现他见识和才能的地方啊。"看画的人寻味起画像来，确实觉得增加了三

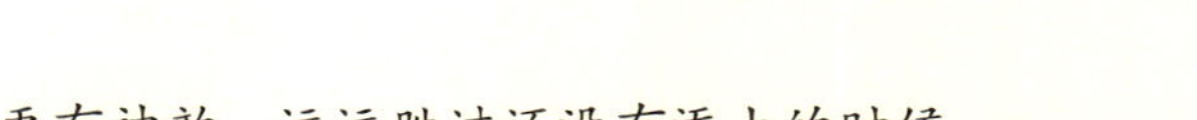

根胡子让人显得更有神韵，远远胜过还没有添上的时候。

【原典】

顾长康好写起人形。欲图殷荆州[①]，殷曰：“我形恶[②]，不烦耳。”顾曰：“明府正为眼尔。但明点童子，飞白拂其上[③]，使如轻云之蔽日。”

【注释】

①殷荆州：殷仲堪。②形恶：形象丑陋。③飞白：中国画的一种笔法，线条枯笔露白。拂：画的一种笔法，轻轻拂拭。

【译文】

顾恺之喜欢人物写生。他想给荆州刺史殷仲堪画像，仲堪说：“我的相貌不好看，还是不麻烦你了。”顾恺之说：“您只是担心眼睛的缘故罢了。只要明显地点出眼珠，用飞白笔法轻轻掠过上面，这样眼部就能取得像轻云遮住明月那样的效果。”

【原典】

顾长康画谢幼舆在岩石里[①]。人问其所以[②]，顾曰：“谢云：‘一丘一壑，自谓过之。’此子宜置丘壑中。”

【注释】

①谢幼舆：谢鲲。②所以：原因。

【译文】

顾恺之画谢鲲的像，将他的肖像背景设置在山崖乱石当中。有人问他这样做是什么原因，顾恺之说："谢鲲说过：'在深山幽谷隐居方面，我自认为超过名士庾亮。'这位先生就该安置在深山幽谷里。"

【原典】

顾长康画人，或数年不点目精[①]。人问其故，顾曰："四体妍蚩[②]，本无关于妙处；传神写照[③]，正在阿堵中[④]。"

【注释】

①目精：眼珠。②四体：人的四肢。妍蚩：同"妍媸"，美丑。③传神：指生动地表现出人物的神情意态。④阿堵：这个，此处指眼珠。

【译文】

顾恺之画人像，有时几年都不点眼睛。有人问他这是什么原因，他说："人形体的美丑，本来和人的神情意态没有必然关系；画像能否传神吸引人，关键之处就在于能否画好眼睛。"

宠礼第二十二

【原典】

元帝正会[1]，引王丞相登御床[2]，王公固辞，中宗引之弥苦[3]。王公曰："使太阳与万物同晖，臣下何以瞻仰？"

【注释】

①元帝：晋元帝司马睿。正会：指正月初一朝会。②王丞相：王导。御床：皇帝的坐卧之榻。③弥苦：更加恳切。

【译文】

晋元帝在正月初一举行朝贺礼时，想要拉着丞相王导登上御座和自己坐在一起，王导坚决推辞，元帝更加诚恳地拉着他。王导说："如果太阳和万物一起发光，那臣下又该怎么瞻仰太阳呢？"

【原典】

王珣、郗超并有奇才，为大司马所眷拔[1]。珣为主簿，超为记室参军。超为人多须，珣状短小。于时荆州为之语曰："髯参军[2]，短主簿。能令公喜[3]，能令公怒。"

【注释】

①大司马：指桓温。②髯：面颊上的胡须。③公：指桓温。

【译文】

王珣和郗超都具有特殊的才能，两人都受到了大司马桓温的器重和提拔。王珣在桓温手下担任主簿，郗超担任记室参军。郗超这个人脸上胡子多，王珣则身材矮小。当时荆州有人专门编了几句歌谣说他们："大胡子的参军，矮个子的主簿。能叫桓公欢喜，也能叫桓公发愁。"

【原典】

许玄度停都一月[①]，刘尹无日不往[②]，乃叹曰："卿复少时不去，我成轻薄京尹[③]！"

【注释】

①许玄度：许询。②刘尹：刘惔（tán），字真长。③京尹：京兆尹，京都地区的行政长官。

【译文】

许询在京城停留了一个月，丹阳尹刘惔没有一天不去看望他的，于是叹息道："你如果过些天还不走，那我就成为不负责任的京尹了！"

【原典】

卞范之为丹阳尹，羊孚南州暂还[①]，往卞许[②]，云："下官疾动，不堪坐[③]。"卞便开帐拂褥，羊径上大床，入被须枕。卞回坐倾睐[④]，移晨达莫。羊去，卞语曰："我以第一理期卿[⑤]，卿莫负我！"

【注释】

①南州：指姑孰，故址在今安徽当涂。②许：处所。③疾动：毛病发作。④倾睐：注视，斜着眼睛看。⑤第一理：指第一等善谈义理的人。期：期望，期待。

【译文】

卞范之任丹阳尹的时候，羊孚从姑孰暂时回京，到卞范之家去看望他，说："我的疾病发作了，坐不住。"卞范之就拉开帐子，把褥子掸干净，羊孚径直上了大床，盖上被子，靠着枕头。卞范之返回座位坐着，注视着他，两人就这样从早晨一直谈到了傍晚。羊孚要走了，卞范之对他说："我期望你能成为第一等善谈义理的人，希望你不要辜负我！"

任诞第二十三

【原典】

陈留阮籍[①]，谯国嵇康[②]，河内山涛[③]，三人年皆相比，康年少亚之。预此契者：沛国刘伶[④]，陈留阮咸，河内向秀，琅邪王戎[⑤]。七人常集于竹林之下，肆意酣畅[⑥]，故世谓“竹林七贤”。

【注释】

①陈留：郡名，治所在陈留县（今河南开封东南）。②谯国：谯郡，治所在谯县（今安徽亳州）。③河内：郡名，治所在野王县（今河南沁阳）。④沛国：沛郡，治所在相县（今安徽濉溪）。⑤琅邪：郡名，治所在东武县（今山东诸城）。⑥酣畅：畅快地饮酒。

【译文】

陈留郡阮籍、谯国嵇康、河内郡山涛，这三个人年纪相仿，嵇康的年纪比他们稍微小些。参与他们聚会的人还有：沛国刘伶，陈留郡阮咸，河内郡向秀，琅邪郡王戎。这七个人经常在竹林下聚会清谈，并无所顾忌地开怀畅饮，当时的人称他们“竹林七贤”。

【原典】

阮籍遭母丧，在晋文王坐[①]，进酒肉。司隶何曾亦在坐[②]，曰：“明公方以孝治天下，而阮籍以重丧[③]，显于公坐饮酒食肉，宜流之海外，以正风教。”文王曰：“嗣宗毁顿如此[④]，君不能共忧之，何谓？且有疾而饮酒食肉，固丧礼也！”籍饮啖不辍[⑤]，神色自若。

【注释】

①晋文王：司马昭。②司隶：官名，司隶校尉。③重丧：重大的丧事，指父母之死。④嗣宗：阮籍。毁顿：因哀伤过度而导致身体毁损，精

神困顿。⑤饮啖（dàn）：指喝酒吃肉。

【译文】

阮籍在为母亲服丧期间，在晋文王的宴席上喝酒吃肉。司隶校尉何曾也在座，对晋文王说："您正在用孝道治理天下，阮籍现在身处重丧，却公然在您的宴席上喝酒吃肉，真应该将他流放到荒漠之地，以端正社会风俗和教化。"文王说："阮籍哀伤痛苦到这个样子，您不能和我一起为他分忧，还说什么呢？再说因病而喝酒吃肉，这本来就合乎丧礼啊！"阮籍依然吃喝不停，神色自若。

【原典】

阮公邻家妇有美色[①]，当垆酤酒[②]。阮与王安丰常从妇饮酒[③]，阮醉，便眠其妇侧。夫始殊疑之，伺察，终无他意。

【注释】

①阮公：阮籍。②垆：酒店前安放酒瓮的土台子，指酒店。酤（gū）：卖。③王安丰：王戎。

【译文】

阮籍邻居家的妇人，容貌很是漂亮，在酒垆旁卖酒。阮籍和安丰侯王戎经常到他家邻居那里买酒喝，阮籍喝醉了，就睡在那位妇人身旁。妇人的丈夫起初特别怀疑阮籍，观察一番他的行为，发现他自始至终也没有别的意图。

【原典】

阮仲容、步兵居道南[①]，诸阮居道北。北阮皆富，南阮贫。七月七日，北阮盛晒衣[②]，皆纱罗锦绮。仲容以竿挂大布犊鼻裈于中庭[③]。人或怪之，答曰："未能免俗，聊复尔耳！"

【注释】

①阮仲容：阮咸。步兵：阮籍。②晒衣：当时习俗，七月初七晒衣以防虫蛀。③犊（dú）鼻裈：一种干杂活时穿的裤子，无裆，形如小牛鼻。

【译文】

阮咸、阮籍住在道南，其他阮姓住在道北。道北阮家都过得很富有，

道南阮家却过得很清贫。七月七日那天，道北阮家大晒衣服，晒的都是华贵的绫罗绸缎；阮咸却用竹竿挂起一条粗布做的犊鼻形状的裤子晒在院子里。有人对他的做法感到不解，他回答说："我还不能免除世俗之情，姑且这样做做罢了！"

【原典】

阮仲容先幸姑家鲜卑婢[①]。及居母丧，姑当远移，初云当留婢，既发，定将去。仲容借客驴，著重服，自追之[②]，累骑而返。曰："人种不可失！"即遥集之母也。

【注释】

①阮仲容：阮咸。鲜卑：我国古代北方少数民族名。②重服：指因为父母丧而穿的孝服。

【译文】

阮咸早就宠幸着姑姑家那个鲜卑族的婢女。在给母亲守孝期间，他姑姑要举家搬到很远的地方去，起初说要留下这个婢女，起程以后，还是把她带走了。阮咸知道了，借了客人的驴，穿着孝服，亲自去追她，两人一起骑着驴回来。阮咸说："传宗接代的人不能丢掉。"这个婢女就是阮孚的母亲。

【原典】

刘道真少时[①]，常渔草泽，善歌啸，闻者莫不留连。有一老妪，识其非常人，甚乐其歌啸，乃杀豚进之。道真食豚尽，了不谢。妪见不饱，又进一豚，食半余半，乃还之。后为吏部郎，妪儿为小令史，道真超用之。不知所由，问母，母告之。于是赍牛酒诣道真[②]，道真曰："去！去！无可复用相报。"

【注释】

①刘道真：刘宝，西晋山阳郡高平人（今山东邹城西南）。②赍（jī）：携带。

【译文】

刘宝年轻时，常常到草泽去打鱼，他擅长用口哨吹小曲，听到的人没有不流连忘返的。有一个老妇人，知道他不是一个普通的人，而且很喜欢听他吹口哨，就杀了一只小猪送给他吃。刘宝吃完了小猪，一点也不道谢。老妇人见他还没有吃饱，又送上一只小猪。刘宝吃了一半，剩下一半，就退回给老妇人。后来他担任吏部郎，老妇人的儿子是个职位低下的令史，刘宝就越级任用了他。令史不知道是什么原因，就去问母亲，母亲告诉他事情经过。于是他带上牛肉酒食去拜见刘宝，刘宝说："走吧，走吧！我没有什么可以再用来回报你的了。"

【原典】

张季鹰纵任不拘[①]，时人号为"江东步兵[②]"。或谓之曰："卿乃可纵适一时，独不为身后名邪？"答曰："使我有身后名，不如即时一杯酒！"

【注释】

①张季鹰：张翰，西晋吴郡吴（今江苏苏州）人。②江东步兵：步兵，指阮籍，张翰是江东人，所以称他为江东步兵，这里是说他嗜酒放荡，有如步兵校尉阮籍。

【译文】

张翰性格豪放不羁，当时的人都称他为"江东步兵"。有人对他说："你虽然可以一时放纵，但是你不考虑身后的名声吗？"张翰回答说："与其让我身后有名，还不如现在让我喝一杯酒！"

【原典】

祖车骑过江时[①]，公私俭薄，无好服玩。王、庾诸公共就祖[②]，忽见裘袍重叠，珍饰盈列，诸公怪问之。祖曰："昨夜复南塘一出[③]。"祖于时恒自使健儿鼓行劫钞[④]，在事之人，亦容而不问。

【注释】

①祖车骑：祖逖。②王、庾诸公：指王导、庾亮等人。③南塘：地名，在东晋都城建康秦淮河南岸。一出：去一遭，到一趟。④鼓行：古代行军，击鼓则进，鸣金则退，因称行进为鼓行，这里指公开进行。

【译文】

车骑将军祖逖过江南下时，公库与私府都不宽裕，没有什么好的衣服和玩赏物品。有一次，王导、庾亮等人一起去看望祖逖，忽然看到他那里皮毛衣服层层堆积，珍贵饰物陈列满架，王导等人感到很奇怪，就问祖逖原因。祖逖回答说："昨天夜里又到南塘走了一趟。"祖逖当时经常亲自派勇士公然去抢劫，地方的官员也能容忍而不追究他。

【原典】

温太真位未高时[①]，屡与扬州、淮中估客樗蒱[②]，与辄不竞。尝一过，大输物，戏屈，无因得反。与庾亮善，于舫中大唤亮曰："卿可赎我！"庾即送直[③]，然后得还。经此数四。

【注释】

①温太真：温峤，字太真。②樗蒱（chū pú）：一种赌博游戏。③直：通"值"，即赎金。

【译文】

温峤官职还不高的时候，屡次和扬州、淮中的客商赌博，一赌起来，总是赌不过人家。有一次，他又去了，输了很大一笔钱，玩得钱都输光了，没有办法回去。他和庾亮关系很好，就在船上大声招呼庾亮说："你来赎我！"庾亮随即送赎金过去，他才能够回来。他多次做过这种事。

【原典】

周伯仁风德雅重[①]，深达危乱。过江积年，恒大饮酒。尝经三日不醒，时人谓之“三日仆射”。

【注释】

①周伯仁：周顗，字伯仁，官至尚书左仆射。

【译文】

周顗风格德行高尚庄重，深知国家的危乱。过江以后，连年经常豪饮，曾经一连三天喝醉不醒。当时的人把他叫作“三日仆射”。

【原典】

卫君长为温公长史[①]，温公甚善之。每率尔提酒脯就卫[②]，箕踞相对弥日[③]。卫往温许，亦尔。

【注释】

①卫君长：卫永，字君长，官至左军长史。温公：温峤。②率尔：随意，随便。脯（fǔ）：干肉。③弥日：整天。

【译文】

卫永担任温峤的长史时，温峤非常欣赏他。经常很随便地提着酒肉到卫永那里去，两人伸开腿面对面坐着，一喝就是一整天。卫永到温峤那里去，也是这样。

【原典】

苏峻乱，诸庾逃散。庾冰时为吴郡[①]，单身奔亡，民吏皆去。唯郡卒独以小船载冰出钱塘口，蘧篨覆之[②]。时峻赏募觅冰，属所在搜检甚急。卒舍船市渚[③]，因饮酒醉还，舞棹向船曰：“何处觅庾吴郡？此中便是。”冰大惶怖，然不敢动。监司见船小装狭[④]，谓卒狂醉，都不复疑。自送过浙江，寄山阴魏家，得免。后事平，冰欲报卒，适其所愿。卒曰：“出自厮下[⑤]，不愿名器。少苦执鞭[⑥]，恒患不得快饮酒。使其酒足，余年毕矣，无所复须。”冰为起大舍，市奴婢，使门内有百斛酒，终其身。时谓此卒非唯有智，且亦达生。

【注释】

①为吴郡：做吴郡太守。②蘧篨（qú chú）：用芦苇或竹篾编的粗席。③市渚：到小洲上买东西。④监司：负责监察的官员。⑤厮下：指地位卑微、低贱的仆役。⑥执鞭：拿鞭子赶车，泛指为他人服役。

【译文】

苏峻发动叛乱时，姓庾一族的人都逃散了。庾冰当时是吴郡太守，一个人独自逃亡。百姓和手下官员都跑完了，只有郡衙里一个差役独自用小船载着他逃出钱塘江口，用席子遮掩着他。当时苏峻正悬赏搜捕庾冰，并要求属下四处搜查，催得非常紧急。那个差役离开小船，到江中小洲上去买东西，喝醉了酒回来，舞着船桨对着船说："还到哪里去找庾吴郡，这里面就是！"庾冰听了，非常恐惧，可是不敢动。搜捕的人看见船小舱窄，认为是差役烂醉后胡说，一点也不再怀疑。差役把庾冰送过钱塘江，寄居在山阴县魏家，庾冰才得以脱险。后来平定了叛乱，庾冰想要报答那个差役，满足他的要求。差役说："我是差役出身，不想当官。只是从小就苦于当奴仆，经常发愁不能痛快地喝酒；如果让我这后半辈子能有足够的酒喝，这就行了，不再需要什么了。"庾冰给他修建了一所大房子，买来奴婢，让他家里经常有上百斛的酒，就这样供养了他一辈子。当时的人认为这个差役不仅只有智谋，而且对人生的态度也很达观。

【原典】

袁彦道有二妹[①]：一适殷渊源，一适谢仁祖。语桓宣武云："恨不更有一人配卿。"

【注释】

①袁彦道：袁耽。

【译文】

袁耽有两个妹妹：一个嫁给了殷浩，另一个嫁给了谢尚。有一次他对桓温说："遗憾的是，没有第三个妹妹许配给你。"

【原典】

王子猷诣郗雍州[①]，雍州在内，见有毾㲪，云："阿乞那得此物？"令左右送还家。郗出见之，王曰："向有大力者负之而趋。"郗无忤色[②]。

【注释】

①王子猷：王徽之。郗雍州：郗恢，小名阿乞，东晋时曾任雍州刺史。②忤色：生气的样子。

【译文】

王徽之去拜访雍州刺史郗恢，郗恢还在内室，王徽之看见客厅上有一条很不错的羊毛毯，说："阿乞怎么会有这样的好东西！"就叫下属送回自己家里。郗恢出来寻找毛毯，王徽之说："刚才有个大力士背着它跑了。"郗恢没有表现出一点生气的样子。

【原典】

谢安始出西戏，失车牛，便杖策步归。道逢刘尹[①]，语曰："安石将无伤？"谢乃同载而归。

【注释】

①刘尹：刘惔。

【译文】

谢安开始时到西边赌博，输掉了车子和驾车的牛，只好拄着拐棍走回家。半路上碰到了丹阳尹刘惔，刘惔说道："安石恐怕受伤了吧？"谢安于是就搭他的车回去了。

【原典】

襄阳罗友有大韵[①]，少时多谓之痴。尝伺人祠，欲乞食，往太蚤，门未开。主人迎神出见，问以非时，何得在此？答曰："闻卿祠，欲乞一顿食耳。"遂隐门侧。至晓，得食便退，了无怍容[②]。为人有记功[③]，从桓宣武平蜀，按行蜀城阙观宇，内外道陌广狭，植种果竹多少，皆默记之。后宣武漂洲与简文集[④]，友亦预焉。共道蜀中事，亦有所遗忘，友皆名列，

曾无错漏。宣武验以蜀城阙簿，皆如其言。坐者叹服。谢公云："罗友讵减魏阳元[⑤]！"后为广州刺史，当之镇，刺史桓豁语令莫来宿[⑥]。答曰："民已有前期。主人贫，或有酒馔之费，见与甚有旧，请别日奉命。"征西密遣人察之。至日，乃往荆州门下书佐家[⑦]，处之怡然，不异胜达。在益州，语儿云："我有五百人食器。"家中大惊。其由来清，而忽有此物，定是二百五十沓乌樏[⑧]。

【注释】

①襄阳：郡名，治所在襄阳县（今湖北襄州区）。罗友：字宅仁，东晋襄阳（今湖北襄阳）人。②怍（zuò）容：羞愧的表情。③记功：记忆力。④漂洲：当作"溧洲"，长江中小洲名。⑤魏阳元：魏舒，字阳元，晋武帝时官至司徒。⑥桓豁：桓温弟。⑦书佐：刺史的属官，主管起草文书等事。⑧乌樏（lěi）：黑漆食盒，多用于清贫之家，一沓可供两人用，所以二百五十沓就是五百人的食器。

【译文】

襄阳人罗友有特殊的风度，年轻时人们大多认为他痴呆。有一次他打听到有户人家要祭神，就想过去讨点吃喝，去得太早了，那家大门还没开。后来那家主人出来迎神，看见他，就问：还不到时候，怎么能在这里等着？他回答说："听说你祭神，想讨一顿酒饭罢了。"便闪到门边躲着，一直等到天亮，得了吃食便走了，一点也不感到羞愧。他的记忆力超强，曾跟随桓温平定蜀地，占领成都后，他巡视整个都城，宫殿楼阁的里里外外，道路的宽窄，所种植的果木、竹林的多少，都一一记在心里。后来桓温在溧洲和简文帝举行会议，罗友也参加了。会上一起谈及蜀地的情况，桓温也有所遗忘，这时罗友都能按名目一一列举出来，一点也没有弄错。桓温拿出蜀地记载都城情况的簿册来验证，都和他说的一模一样。在座的人都很惊讶佩服。谢安说："罗友哪里比魏舒差！"后来罗友出任广州刺史，当他要到镇守地赴任的时候，荆州刺史桓豁和他说，让他晚上过来住宿，他回答说："我已经和别人有约了，那家主人很清贫，但也许会破费钱财置办酒食，我们是老交情了，请允许我改日有空再去拜访您吧。"桓豁暗中派人观察他，到了晚上，他竟到荆州刺史的属官书佐家去了，在那里过得很愉快，和对待名流显贵没有什么两样。任益州刺史时，对他儿子说："我有五百人的食具。"家里人听说后大吃一惊，他为人向来清白，却突然拥有这些东西，想必是二百五十套黑色的食盒碟子。

【原典】

桓子野每闻清歌[①]，辄唤"奈何！"谢公闻之曰[②]："子野可谓一往有深情。"

【注释】

①桓子野：桓伊，字叔夏，小字子野，东晋时官至护军将军。清歌：挽歌。②谢公：谢安。

【译文】

桓伊每次听到别人唱挽歌，总是帮腔呼喊"奈何！"谢安听见了，说："子野可以称得上是一往情深。"

【原典】

张湛好于斋前种松柏[①]。时袁山松出游，每好令左右作挽歌[②]。时人

谓："张屋下陈尸，袁道上行殡。"

【注释】

①张湛：字处度，东晋高平（今山西）人，官至中书郎。②挽歌：送葬时唱的哀悼死者的歌。

【译文】

张湛喜欢在房屋前种植松树和柏树。当时袁山松外出游赏，常常喜欢叫随从唱挽歌。当时的人都说："张湛是在房屋前停放尸首，袁山松是在大路上出殡。"

【原典】

罗友作荆州从事，桓宣武为王车骑集别[①]。友进坐良久，辞出，宣武曰："卿向欲咨事，何以便去？"答曰："友闻白羊肉美，一生未曾得吃，故冒求前耳。无事可咨。今已饱，不复须驻。"了无惭色。

【注释】

①王车骑：王洽。集别：聚会送行。

【译文】

罗友任荆州刺史桓温的从事，桓温把大家召集在一起给车骑将军王洽送别，罗友来了以后坐了很久，才告辞退出。桓温问他："你刚才像是要商量什么事，为什么就走呢？"罗友回答说："我听说白羊肉味道特别鲜美，以前还从来没有机会吃到过，所以就冒昧地请求前来罢了。其实没有什么事要商量的。现在已经吃饱了，就没有必要再留下了。"说时，罗友的脸上竟没有一点羞愧。

【原典】

张驎酒后挽歌甚凄苦[①]，桓车骑曰："卿非田横门人[②]，何乃顿尔至致？"

【注释】

①张驎：张湛，小字驎。②田横：秦末人，在楚、汉之争中，曾自立为齐王，后来逃亡至海岛，汉高祖刘邦定天下，田横来投降，未至洛阳，

羞惭自杀，随从人员唱挽歌表示哀悼。

【译文】

张湛在酒后唱起了挽歌，神情非常凄苦。车骑将军桓冲说："你不是田横的弟子，为什么突然就凄苦到了这种地步？"

【原典】

王子猷居山阴[①]。夜大雪，眠觉，开室，命酌酒。四望皎然，因起仿偟，咏左思《招隐诗》。忽忆戴安道，时戴在剡[②]，即便夜乘小船就之。经宿方至，造门不前而返。人问其故，王曰："吾本乘兴而行，兴尽而返，何必见戴？"

【注释】

①王子猷：王徽之。山阴：县名，在会稽以北，晋时属会稽郡。②剡（shàn）：县名。

【译文】

王徽之住在山阴县。一天夜里下大雪，他一觉醒来，打开房门，叫仆人拿酒来喝。眺望四方，一片洁白，于是起身徘徊，朗诵左思的《招隐诗》。忽然想起戴逵，当时戴逵住在剡县，他立即连夜坐小船到戴家去。船行了一夜才到，到了戴家门口，没有进去，就原路返回。有人问他原因，王徽之说："我本是趁着一时兴致去的，兴致没有了就回来，为什么一定要见到戴安道呢？"

【原典】

王卫军云[①]："酒正自引人著胜地。"

【注释】

①王卫军：王荟，字敬文，王导之子。

【译文】

卫将军王荟说："酒正好能把人引入一种美妙的境界。"

【原典】

王子猷出都[①]，尚在渚下。旧闻桓子野善吹笛，而不相识。遇桓于岸上过，王在船中，客有识之者云："是桓子野。"王便令人与相闻云[②]："闻君善吹笛，试为我一奏。"桓时已贵显，素闻王名，即便回下车[③]，踞胡床[④]，为作三调。弄毕，便上车去。客主不交一言。

【注释】

①出都：赴京都，到京都去。出，到、至。②相闻：通消息，传话。③回下车：转身下车。④踞：蹲，蹲坐。

【译文】

王徽之坐船进京，船停泊在小洲旁边。过去听说过桓伊擅长吹笛子，可是并不认识他。这时正碰上桓伊从岸上经过，王徽之在船中，听到有个认识桓伊的客人说："那是桓伊"。王徽之便派人替自己传个话给桓伊，说："听说您擅长吹笛子，能否为我奏一曲。"桓伊当时已经做了大官，一向久闻王徽之的名声，于是立刻掉头下车，上船坐在座椅上，为王徽之吹了三支曲子。吹奏完毕，就上车走了。宾主双方没有说过一句话。

【原典】

王孝伯问王大[①]："阮籍何如司马相如[②]？"王大曰："阮籍胸中垒块[③]，故须酒浇之。"

【注释】

①王孝伯：王恭。王大：王忱。②司马相如：字长卿，汉代著名辞赋家。③垒块：比喻胸中郁积的不平之气。

【译文】

王恭问王忱："阮籍和司马相如比你觉得怎样？"王忱说："阮籍心里积压着不平之气，所以需要借酒浇愁。"

【原典】

王佛大叹言[①]："三日不饮酒，觉形神不复相亲。"

【注释】

①王佛大：王忱，字佛大。

【译文】

王忱叹息说：“三天不喝酒，就觉得身体和精神不再依附和牵连了。”

简傲第二十四

【原典】

晋文王功德盛大[①]，坐席严敬[②]，拟于王者。唯阮籍在坐，箕踞啸歌，酣放自若。

【注释】

①晋文王：司马昭。②坐席：即座位，这里指满座的人。严敬：严肃庄重。

【译文】

晋文王功劳很大，恩德深厚，座上的客人在他面前没有不表现得严肃庄重，把他比拟为王的。只有阮籍在座上，伸开两腿坐着，啸咏歌唱，痛饮放纵。

【原典】

王平子出为荆州[①]，王太尉及时贤送者倾路[②]。时庭中有大树，上有鹊巢。平子脱衣巾，径上树取鹊子。凉衣拘阂树枝[③]，便复脱去。得鹊子还，下弄，神色自若，傍若无人。

【注释】

①王平子：王澄，王衍之弟。②倾路：指挤满路。③拘阂：挂碍，钩住。

【译文】

王澄要被调到外地任荆州刺史，太尉王衍和当代名流全都来送行。当时院子里有棵大树，树上有个喜鹊窝。王澄于是脱去上衣和头巾，爬上树去掏小喜鹊。汗衫挂住了树枝，就干脆再脱掉。掏到了小鹊，又下树来继续把玩，神态自若，旁若无人。

【原典】

高坐道人于丞相坐[①]，恒偃卧其侧[②]。见卞令[③]，肃然改容云："彼是礼法人。"

【注释】

①高坐：西晋和尚。丞相：王导。②偃卧：仰卧。③卞令：卞壶，字望之，官尚书令。

【译文】

高坐和尚去丞相王导家做客，常常是仰卧在王导身旁。但是当他见到尚书令卞壶，就变得神态严肃起来，说："他是讲究礼法的人。"

【原典】

谢万在兄前[①]，欲起索便器。于时阮思旷在坐曰[②]："新出门户，笃而无礼[③]。"

【注释】

①谢万：字万石，谢安、谢奕之弟。②阮思旷：阮裕，字思旷。③笃：忠厚诚实。

【译文】

谢万在兄长面前，想起身找便壶。当时阮裕也在座，说："作为一个新兴的大家族，里面的人忠厚诚实却不懂礼节。"

【原典】

谢中郎是王蓝田女婿[①]，尝著白纶巾[②]，肩舆径至扬州听事见王[③]，直言曰："人言君侯痴，君侯信自痴。"蓝田曰："非无此论，但晚令耳[④]。"

【注释】

①谢中郎：谢万，曾为从事中郎，故称。王蓝田：王述，袭父爵为蓝田侯，故称。②纶（guān）巾：古代配有青丝带的头巾。③听事：官署的大厅。④晚令：指成名较迟。令，指好名声。

从事中郎谢万是蓝田侯王述的女婿，他曾经戴着白头巾，坐着轿子，直接来到扬州府的大厅上见王述，并直言不讳地说：“人家都说大人傻，大人确实是傻。”王述回答道：“不是没有这种议论，只是因为我成名比较迟罢了。”

【原典】

谢公尝与谢万共出西[①]，过吴郡[②]。阿万欲相与共萃王恬许[③]，太傅云[④]：“恐伊不必酬汝，意不足尔。”万犹苦要，太傅坚不回，万乃独往。坐少时，王便入门内，谢殊有欣色，以为厚待已。良久，乃沐头散发而出，亦不坐，仍据胡床，在中庭晒头，神气傲迈，了无相酬对意。谢于是乃还，未至船，逆呼太傅。安曰：“阿螭不作尔[⑤]！”

【注释】

①谢公：谢安。谢万：谢安弟。②吴郡：郡名，治所在今江苏苏州。③萃：聚集。④太傅：谢安。⑤阿螭（chī）：王恬的小名。

【译文】

谢安曾经和谢万一起坐船到西边的京都去，经过吴郡时，谢万想和谢安一起到王恬那里，太傅谢安说：“恐怕他不一定会理你，我看不值得去拜访他。”谢万还是极力邀哥哥和自己一起去，但谢安态度坚决，谢万只好独自一个人去了。到王恬家坐了一会儿，王恬就进到屋去了，谢万心里很高兴，以为自己会受到热情款待。过了很久，王恬竟洗完头披着头发出来了，也不陪客人坐，而是就坐在马扎上，在院子里晒头发，神情傲慢而放纵，一点也没有应酬客人的意思。谢万于是只好回去，还没有回到船上，就开始大声喊他哥哥。谢安说：“阿螭没有理睬你啊！”

【原典】

王子猷作桓车骑参军[①]。桓谓王曰：“卿在府久，比当相料理[②]。”初不答，直高视，以手版拄颊云[③]：“西山朝来，致有爽气。”

【注释】

①王子猷：王徽之，字子猷。②料理：安排。③手版：手板，古代官吏上朝或谒见上司时所拿的笏，以备记事之用。

【译文】

王徽之任车骑将军桓冲的参军。桓冲对他说："你到府中已经有很长一段时间了，近日内应该处理政务了。"王徽之并没有回答，只是看着远处，用手板支着腮帮子说："西山的早晨，空气真是新鲜呀。"

【原典】

谢万北征，常以啸咏自高[①]，未尝抚慰众士。谢公甚器爱万，而审其必败[②]，乃俱行。从容谓万曰："汝为元帅，宜数唤诸将宴会，以说众心。"万从之。因召集诸将，都无所说，直以如意指四坐云："诸君皆是劲卒[③]。"诸将甚忿恨之。谢公欲深著恩信[④]，自队主将帅以下，无不身造[⑤]，厚相逊谢。及万事败，军中因欲除之。复云："当为隐士[⑥]。"故幸而得免。

【注释】

①啸咏：长啸歌咏。自高：自命清高。②审：推究分析。③劲卒：精壮的士兵。④深著：深入显明。⑤身造：亲自访问。⑥隐士：谢安。

【译文】

谢万率兵北伐时，常常以长啸歌咏表示自己的清高，从来不曾安抚慰问过自己手下的将士。谢安很赏识和看重谢万，但心里很清楚他一定会失败，就和他一同出征。谢安从容不迫地对谢万说："你身为主帅，应该多抽些时间请将领们来宴饮、聚会，让大家心里高兴。"谢万答应了。于是就召集众将领来，什么话都没说，只是拿如意指着满座的人说："诸位都是精锐的兵。"全体将领听了都很怨恨他。谢安对众将领想多加恩惠，多讲信用，从队长将帅以下，无不亲自登门拜访，非常谦虚，诚恳谢罪。到谢万北伐失败后，军队内部想乘机除掉谢万。后来又说："应该为谢安着想一下。"所以谢万能侥幸免掉一死。

【原典】

王子敬兄弟见郗公[①]，蹑履问讯[②]，甚修外生礼。及嘉宾死[③]，皆著高屐，仪容轻慢。命坐，皆云"有事，不暇坐。"既去，郗公慨然曰："使嘉宾不死，鼠辈敢尔！"

【注释】

①王子敬：即王献之。②蹑履：指穿着鞋，见客穿鞋在当时是有礼貌的表现。③嘉宾：郗超，字嘉宾，郗愔之子，是桓温亲信，曾权重一时。

【译文】

王献之兄弟去见郗愔，都要穿好鞋子去问候，很遵守做外甥的礼节。等到郗超去世以后，他们都穿着高底木板鞋，且态度明显很傲慢。郗愔叫他们坐，都说："有事，没时间坐。"他们走后，郗愔感慨道："如果郗超不死，这些鼠辈怎敢这样放肆！"

排调第二十五

【原典】

诸葛瑾为豫州[1]，遣别驾到台[2]，语云："小儿知谈，卿可与语。"连往诣恪[3]，恪不与相见。后于张辅吴坐中相遇[4]，别驾唤恪："咄咄郎君[5]。"恪因嘲之曰："豫州乱矣，何咄咄之有？"答曰："君明臣贤，未闻其乱。"恪曰："昔唐尧在上[6]，四凶在下[7]。"答曰："非唯四凶，亦有丹朱[8]。"于是一坐大笑。

【注释】

①诸葛瑾：字子瑜，诸葛亮之兄。为豫州：任豫州刺史。②别驾：官名，为州刺史的重要佐吏。③恪（kè）：诸葛恪，字元逊，诸葛瑾长子，少有才名，仕吴，官至太傅。④张辅吴：张昭，字子布，仕吴，为辅吴将军，故称。⑤郎君：属吏称长官之子。⑥唐尧：即陶唐氏，传说中的贤明君主。⑦四凶：传说中尧舜时的四个恶人：共工、驩兜、三苗、鲧，后被舜流放。⑧丹朱：相传为唐尧之子，由于不肖，唐尧传位给舜。

【译文】

诸葛瑾在担任豫州刺史的时候，派遣别驾入朝，并告诉他说："我的儿子很善言谈，你可以和他谈论谈论。"别驾多次去拜访诸葛恪，诸葛恪都不和他见面。后来两人在辅吴将军张昭家中作客时相遇，别驾招呼诸葛恪："哎呀呀，公子！"诸葛恪于是嘲笑他说："豫州出大乱了吗，有什么好惊叹的？"别驾回答说："君主圣明，臣子贤良，没有听说那里出了乱子。"诸葛恪说："古时上面虽有唐尧，下面仍有四凶。"别驾回答说："不仅有四凶，也有丹朱。"于是满座的人都哈哈大笑起来。

【原典】

钟毓为黄门郎[①]，有机警。在景王坐燕饮[②]。时陈群子玄伯、武周子元夏同在坐[③]，共嘲毓。景王曰："皋繇何如人？"对曰："古之懿士。"顾谓玄伯、元夏曰："君子周而不比，群而不党。"

【注释】

①钟毓：钟会的哥哥。②景王：司马师，司马懿之子，晋朝建立，追尊景帝。③陈群：陈泰之父。玄伯：即陈泰，字玄伯。

【译文】

钟毓任黄门侍郎，为人十分机灵敏锐。有一次陪侍景王宴饮。当时陈群的儿子陈泰、武周的儿子武陔一同在座，他们一起嘲笑钟毓。景王问："皋繇是怎样的一个人？"钟毓回答说："古代的一个有美德之士。"又回过头对陈泰、武陔说："君子诚信而不勾结，合群共处而不结党营私。"

【原典】

嵇、阮、山、刘在竹林酣饮，王戎后往。步兵曰："俗物已复来败人意[①]！"王笑曰："卿辈意，亦复可败邪？"

【注释】

①俗物：世俗之人，俗人。败人意：败坏人家的意兴。

【译文】

嵇康、阮籍、山涛、刘伶在竹林中畅饮，王戎后到，步兵校尉阮籍说："俗物又来败坏人的意兴！"王戎笑着说："你们这些人的意兴，难道是能够败坏的吗？"

【原典】

孙子荆年少时欲隐[①]，语王武子"当枕石漱流[②]"，误曰"漱石枕流"。王曰："流可枕，石可漱乎？"孙曰："所以枕流，欲洗其耳；所以漱石，欲砺其齿。"

【注释】

①孙子荆：孙楚，字子荆，晋太原人。②王武子：王济，字武子。枕

石漱流：用石块做枕头，用流水来漱口，指隐居山林。

【译文】

孙楚年轻时想要隐居，就告诉王济说自己打算“枕石漱流”，却口误说成了“漱石枕流”。王济说：“流水可以枕，石头可以漱口吗？”孙楚说：“枕流水是想要洗干净自己的耳朵，用石头漱口是想要磨炼自己的牙齿。”

【原典】

荀鸣鹤、陆士龙二人未相识[①]，俱会张茂先坐[②]。张令共语，以其并有大才，可勿作常语。陆举手曰：“云间陆士龙。”荀答曰：“日下荀鸣鹤。”陆曰：“既开青云睹白雉[③]，何不张尔弓，布尔矢[④]？”荀答曰：“本谓云龙骙骙[⑤]，定是山鹿野麋[⑥]。兽弱弩强，是以发迟。”张乃抚掌大笑。

【注释】

①荀鸣鹤：荀隐，字鸣鹤，晋颍川人。陆士龙：陆云，字士龙，吴郡吴县华亭（今上海松江）人。②张茂先：张华。③白雉：白色的野鸡。雉，野鸡。④布：搭放。⑤骙骙（kuí kuí）：强壮的样子。⑥麋（mí）：指麋鹿。

【译文】

荀隐、陆云两人原来并不相识，在张华家中作客时碰见了。张华让他们一起谈一谈，因为他们都有很高的学问和才干，就要求他们不要说平常的俗话。陆云拱手说：“我是云间陆士龙。”荀隐回答说：“我是日下荀鸣鹤。”陆云说：“既然青云已经散开，看见了白色的野鸡，为什么不张开你的弓，搭上你的箭？”荀隐回答说：“我本来以为云间之龙很强壮，原来却是山野间一只四不像的麋鹿。野兽虚弱而弓弩强大，因此迟迟不敢放箭。”张华于是拍手大笑。

【原典】

陆太尉诣王丞相[①]，王公食以酪[②]。陆还遂病。明日与王笺云[③]：“昨食酪小过，通夜委顿[④]。民虽吴人，几为伧鬼[⑤]。”

【注释】

①陆太尉：陆玩，字士瑶，吴郡吴人。王丞相：王导。②酪：用动物乳汁做的食品。③笺：下级给上级的书信。④委顿：委靡疲困。⑤伧：当时南人对北方人的蔑称。

【译文】

太尉陆玩去拜访丞相王导，王导拿奶酪来款待他。陆玩回家后就病倒了。第二天他给王导写信说："昨天吃奶酪稍微有点过量，整夜疲困不堪。小民虽然是吴人，却差一点成了北方的死鬼。"

【原典】

元帝皇子生[①]，普赐群臣。殷洪乔谢曰："皇子诞育，普天同庆。臣无勋焉，而猥颁厚赉[②]。"中宗笑曰[③]："此事岂可使卿有勋邪？"

【注释】

①元帝：司马睿。皇子：简文帝司马昱。②猥（wěi）：谦词，表示谦卑。厚赉（lài）：优厚的赏赐。③中宗：元帝司马睿的庙号。

【译文】

晋元帝皇子降生，遍赏群臣。殷羡谢赏时说："皇子诞生，普天下共同庆贺。臣下没有什么功劳，却承蒙皇上优厚的赏赐。"元帝笑着说："这事难道能让你有功劳吗？"

【原典】

诸葛令、王丞相共争姓族先后[①]，王曰："何不言葛、王，而云王、葛？"令曰："譬言驴马，不言马驴，驴宁胜马邪？"

【注释】

①诸葛令：诸葛恢，官至尚书令，故称。王丞相：王导。

【译文】

尚书令诸葛恢和丞相王导两人一起辩论姓氏的先后。王导说："为什么不说葛、王，而说王、葛呢？"诸葛恢说："譬如说驴马，不说马驴，驴难道就胜过马了吗？"

【原典】

王公与朝士共饮酒①，举琉璃碗谓伯仁曰：“此碗腹殊空，谓之宝器，何邪？”答曰：“此碗英英②，诚为清彻，所以为宝耳！”

【注释】

①朝士：指朝廷官员。②英英：透明的样子，指晶莹剔透。

【译文】

王导和朝廷的官员一起饮酒，他举起琉璃碗对周顗说：“这个碗腹内空空，人们却还称它为宝器，这是因为什么呢？”周顗回答说：“这个碗亮晶晶的，看上去晶莹剔透，这就是它能够成为宝器的原因啊！”

【原典】

明帝问周伯仁①：“真长何如人②？”答曰：“故是千斤犗特。”王公笑其言。伯仁曰：“不如卷角牸③，有盘辟之好④。”

【注释】

①明帝：司马绍。②真长：刘惔。③卷角牸（zì）：卷角的老母牛。④盘辟：盘旋。

【译文】

晋明帝问周顗：“刘惔是怎么样的人？”周顗回答说：“自然是个千斤重的阉牛。”王导嘲笑他说的活。周顗说：“当然比不上卷角的老母牛，能够好好地盘旋进退。”

【原典】

康僧渊目深而鼻高[①]，王丞相每调之。僧渊曰："鼻者面之山，目者面之渊。山不高则不灵，渊不深则不清。"

【注释】

①康僧渊：晋高僧，西域人，精通佛理。

【译文】

康僧渊眼睛深陷，鼻梁很高，丞相王导便经常嘲笑他。康僧渊说："鼻子是一个人脸上的山，眼睛是人脸上的深潭。山不高，就会显得没有灵气；潭不深，就不会清澈。"

【原典】

庾征西大举征胡[①]，既成行，止镇襄阳。殷豫章与书，送一折角如意以调之[②]。庾答书曰："得所致，虽是败物，犹欲理而用之。"

【注释】

①庾征西：庾翼，庾亮弟，官至征西将军，故称。②折角如意：断了一个角的如意。

【译文】

征西将军庾翼大举征伐胡人，军队出发以后，停留在襄阳防守。豫章太守殷羡写信给他，并送了一只缺角的如意来戏弄他。庾翼回信说："收到你送来的礼物，虽然是破损了的东西，但我还是想把它修好了来使用。"

【原典】

桓大司马乘雪欲猎[①]，先过王、刘诸人许[②]。真长见其装束单急[③]，问："老贼欲持此何作[④]？"桓曰："我若不为此，卿辈亦那得坐谈？"

【注释】

①桓大司马：桓温。②王、刘：王濛、刘惔。③单急：服装轻便紧身，指着戎装。④老贼：朋友间的戏称。

【译文】

大司马桓温趁着下雪想去打猎，先去王濛、刘惔的住处探望。刘惔看见他身着戎装，问道："老家伙穿着这身衣服要做什么？"桓温说："我如果不穿这种衣服，你们这班人又哪能闲坐清谈呢？"

【原典】

王、刘每不重蔡公。二人尝诣蔡，语良久，乃问蔡曰："公自言何如夷甫？"答曰："身不如夷甫[1]。"王、刘相目而笑曰[2]："公何处不如？"答曰："夷甫无君辈客。"

【注释】

①夷甫：王衍，字夷甫。②相目：互相对视。

【译文】

王濛、刘惔常常不尊重蔡谟。他们两人曾经去看望蔡谟，谈了很久，他们就问蔡谟说："您自己评价比王衍怎么样？"蔡谟回答说："我不如王衍。"王濛和刘惔相视一笑，又问："您什么地方不如？"蔡谟回答说："王衍没有像你们这样的客人。"

【原典】

张吴兴年八岁[1]，亏齿，先达知其不常，故戏之曰："君口中何为开狗窦？"张应声答曰："正使君辈从此中出入。"

【注释】

①张吴兴：张玄之，曾任吴兴太守，故称。

【译文】

吴兴太守张玄之八岁那年，掉了门牙，前辈贤达知道他不平凡，故意戏弄他说："您嘴里为什么现在开了一个狗洞？"张玄之应声回答说："正是让像你们这样的人从这里出入。"

【原典】

郝隆七月七日出日中仰卧[1]。人问其故，答曰："我晒书。"

【注释】

①郝隆：字佐治，汲郡（今河南汲县西南）人，官至征西将军。

【译文】

郝隆在七月七日那天在太阳下脸朝上躺着。有人问他这是干什么，他回答说："我在晒书。"

【原典】

范玄平在简文坐[①]，谈欲屈，引王长史曰："卿助我。"王曰："此非拔山力所能助。"

【注释】

①范玄平：范汪，字玄平，东晋颍阳（今河南许昌东南）人。简文：简文帝司马昱。

【译文】

范汪在简文帝家作客，清谈眼看要理亏了。就把左长史王濛拉过来说："请你帮帮我吧！"王濛说："这不是靠拔山的力量所能帮助的。"

【原典】

郝隆为桓公南蛮参军[①]，三月三日会[②]，作诗。不能者，罚酒三升。隆初以不能受罚，既饮，揽笔便作一句云："娵隅跃清池[③]。"桓问："娵隅是何物？"答曰："蛮名鱼为娵隅。"桓公曰："作诗何以作蛮语？"隆曰："千里投公，始得蛮府参军，那得不作蛮语也？"

【注释】

①郝隆：字佐治，曾为桓温属官。②三月三日会：原来为农历的上巳节，魏代以后定在三月三日，这一天人们到水边洗濯，祈福驱邪，也借此宴饮、郊游。③娵（jū）隅：古时南方的民族称鱼为娵隅。

【译文】

郝隆任桓温南蛮校尉府的参军。三月三日的聚会上，要求作诗，不能作诗的，要罚喝三升酒。郝隆刚开始因为作不出诗而被罚喝酒。喝完罚酒后，提笔写下一句诗："娵隅跃清池。"桓温问："娵隅是什么？"郝隆回答说："南蛮称鱼为娵隅。"桓温说："作诗为什么还要用蛮语呢？"郝隆说："我从千里之外来投奔您，才得到南蛮校尉府的参军一职，哪能不说南蛮语呢？"

【原典】

桓豹奴是王丹阳外生①，形似其舅，桓甚讳之。宣武云："不恒相似，时似耳！恒似是形，时似是神。"桓逾不说。

【注释】

①桓豹奴：桓嗣，字恭祖，小字豹奴，桓温的侄子，桓冲之子。王丹阳：王混，字奉正，王导之孙，王恬之子，官至丹阳尹。

【译文】

桓嗣是丹阳尹王混的外甥，容貌有点像他的舅父，桓嗣对这一点很忌讳。桓温说："你也不是总像他，只不过有时像他罢了！经常和他相像的是外貌，有时像他的是神态。"桓嗣听了更加不高兴。

【原典】

王子猷诣谢万①，林公先在坐，瞻瞩甚高②。王曰："若林公须发并全，神情当复胜此不？"谢曰："唇齿相须，不可以偏亡③。须发何关于神明？"林公意甚恶，曰："七尺之躯④，今日委君二贤。"

【注释】

①王子猷（yóu）：王徽之。②瞻瞩：指目光、神态。③偏亡：偏废，缺失。④七尺之躯：身高七尺，是成人的身长，这里指男子汉，大丈夫。

【译文】

王徽之到谢万家去，支道林和尚已经在座了，并表现出一副很高傲、瞧不起人的姿态。王徽之说："如果林公胡须头发都齐全，神态和风度能比现在更强吗？"谢万说："嘴唇和牙齿是互相依存的，是人体不可缺少的一部分。至于胡须头发和人的精神有什么关联呢？"支道林听了心里很不高兴，说："我这堂堂七尺之躯，今天就交给你们二位贤达评说了。"

【原典】

郗司空拜北府[①]，王黄门诣郗门拜[②]云："应变将略[③]，非其所长。"骤咏之不已。郗仓谓嘉宾曰[④]："公今日拜，子猷言语殊不逊，深不可容！"嘉宾曰："此是陈寿作诸葛评，人以汝家比武侯，复何所言！"

【注释】

①郗司空：郗愔。②王黄门：王徽之，他曾任黄门侍郎，故称。③将略：用兵的谋略。④郗仓：郗融，字景山，小字仓，郗愔次子。嘉宾：郗超，小字嘉宾，郗愔长子。

【译文】

司空郗愔就任北府长官，黄门侍郎王徽之登门祝贺，说："随机应变和用兵谋略两方面，并不是他的长处。"并不停地反复朗诵着这两句。郗融对郗超说："父亲今天受任，王徽之说话很不谦恭有礼，真不该这样纵容他！"郗超说："这是陈寿给诸葛亮作的评语，人家把你父亲比作诸葛亮，你还说什么呢！"

【原典】

王文度、范荣期俱为简文所要。范年大而位小，王年小而位大。将前，更相推在前。既移久，王遂在范后。王因谓曰："簸之扬之，糠秕在前[①]。"范曰："洮之汰之[②]，沙砾在后[③]。"

【注释】

①糠秕：糠皮。②洮：洗。③沙砾：沙子和小石块。

【译文】

王坦之和范启一起受到简文帝邀请。范启年纪大而职位低，王坦之年纪小而职位高。到了简文帝那里，将要进去的时候，两人几次来回推让，要让对方走在自己的前面。已经推让了很久，王坦之终于走在范启的后面。王坦之于是说："簸米扬米，秕子和糠在前面。"范启说："淘米洗米，沙子和石子在后面。"

【原典】

魏长齐雅有体量[①]，而才学非所经。初宦当出，虞存嘲之曰[②]："与卿约法三章：谈者死[③]，文笔者刑[④]，商略抵罪[⑤]。"魏怡然而笑，无忤于色。

【注释】

①魏长齐：魏颛，字长齐，会稽（今浙江绍兴）人，官至山阴令。②虞存：字道长，晋会稽山阴人，官至尚书吏部郎。③谈：指清谈。④文笔：指写文章。⑤商略：指评论，品评人物。

【译文】

魏颛为人处世很有度量，可是才学却不是他所擅长的。在刚做官要赴任时，虞存嘲弄他说："与你约法三章：高谈阔论的人要处死，舞文弄墨的人该判刑，品评人物的人得抵罪。"魏颛很开心地笑了，脸上没有一点抵触的情绪。

【原典】

郗嘉宾书与袁虎[①]，道戴安道、谢居士云[②]："恒任之风，当有所弘耳。"以袁无恒，故以此激之。

【注释】

①郗嘉宾：郗超。袁虎：袁宏，小字虎，晋陈郡人，官至东阳太守。②戴安道：戴逵。谢居士：谢敷。

【译文】

郗超写信给袁宏，评论戴逵、谢敷说："人做事得有恒心和负责任这种作风，这种作风应该得到发扬啊。"因为袁宏没有恒心，所以用这样的话来激励他。

【原典】

范启与郗嘉宾书曰[①]："子敬举体无饶纵[②]，掇皮无余润[③]。"郗答曰："举体无余润，何如举体非真者？"范性矜假多烦[④]，故嘲之。

【注释】

①郗嘉宾：郗超。②子敬：王献之。饶纵：指肌肤丰满肥胖。③掇

皮：剥皮。④矜假：矜持做作。

【译文】

范启给郗超的信写道："王献之全身干巴巴的，即使扒下全身的皮，也没有一点多余的肌肉。"郗超说："全身干巴巴的比起全身都是假的，哪样好？"范启生性矫揉造作，絮烦多事，所以郗超这样来嘲笑他。

【原典】

谢遏夏月尝仰卧[①]，谢公清晨卒来，不暇著衣，跣出屋外[②]，方蹑履问讯[③]。公曰："汝可谓'前倨而后恭'。"

【注释】

①谢遏：谢玄，小字遏，是谢安兄谢奕之子。②跣：赤脚。③蹑履：穿上鞋。

【译文】

谢玄在夏天时曾在床上仰面躺着，谢安在清晨突然过来了，谢玄来不及穿好衣服，光着脚跑出屋外，这才穿上鞋子向谢安问候。谢安说："你这样可以说是'前倨而后恭'。"

【原典】

苻朗初过江[①]，王咨议大好事[②]，问中国人物及风土所生，终无极已[③]。朗大患之。次复问奴婢贵贱，朗云："谨厚有识中者，乃至十万；无意为奴婢问者，止数千耳。"

【注释】

①苻朗：字元达，前秦苻坚之侄，降晋后任员外散骑侍郎。②王咨议：王肃之，字幼恭，王羲之子。③终无极已：指问个不停，没完没了。

【译文】

苻朗刚过江到晋国，骠骑咨议王肃之非常爱管闲事，有空就向他咨询中原地区的人物、风土人情和物产等情况，问起来就没完没了。苻朗对他非常反感。有一天，王肃之又向他咨询奴婢价钱的高低，苻朗说："谨慎、忠厚、有见识的奴婢，能高达十万钱；而愚昧无知又要就奴婢的事问来问去的，只要几千钱而已。"

【原典】

顾长康啖甘蔗[①]，先食尾。问所以，云："渐至佳境[②]。"

【注释】

①顾长康：顾恺之。②佳境：美妙的境界。

【译文】

顾恺之吃甘蔗，总是先从蔗梢吃起。有人问他这样做的原因是什么，他说："这样吃才能逐渐进入美妙的境界。"

【原典】

孝武属王珣求女婿[①]，曰："王敦、桓温，磊砢之流[②]，既不可复得，且小如意，亦好豫人家事，酷非所须。正如真长、子敬比，最佳。"珣举谢混。后袁山松欲拟谢婚，王曰："卿莫近禁脔[③]。"

【注释】

①孝武：孝武帝司马曜。②磊砢（luǒ）：形容才能卓越。③禁脔（luán）：喻指不许别人染指的东西。

【译文】

晋孝武帝嘱托王珣选女婿，说："像王敦、桓温这些人，属于才能特别卓越的，这些人在当代很难再找到，而且这类人稍为得意了，就喜欢插手别人的家事，因此他们不是我需要的人。只是像刘惔、王献之这类人最

好。”王珣提出谢混。后来袁山松打算把女儿嫁给谢混，王珣就对袁山松说：“你不要去染指别人的东西。”

【原典】

祖广行恒缩头[①]。诣桓南郡，始下车，桓曰：“天甚晴朗，祖参军如从屋漏中来[②]。”

【注释】

①祖广：字渊度，范阳（今河北涿州）人，任桓玄参军，官至护军长史。②屋漏：破屋漏雨之处。

【译文】

祖广走路时经常好缩着脑袋。有一天，他去拜访南郡公桓玄，刚一下车，桓玄就看着他说道：“天气很晴朗，怎么祖参军像是刚从漏雨的房子里出来似的。”

轻诋第二十六

【原典】

王太尉问眉子①："汝叔名士②，何以不相推重？"眉子曰："何有名士终日妄语？"

【注释】

①王太尉：王衍。②叔：指王澄，王衍之弟，字平子。

【译文】

太尉王衍问王玄说："你叔父是当代的名士，你为什么不推崇他？"王玄说："哪有名士整天胡言乱语的呢？"

【原典】

深公云①："人谓庾元规名士②，胸中柴棘三斗许。"

【注释】

①深公：竺道潜，字法深，晋高僧。②庾元规：庾亮，字元规。

【译文】

竺法深说："有人评价庾亮是名士，可是他心里面装着的小心计恐怕有三斗之多！"

【原典】

庾公权重①，足倾王公。庾在石头，王在冶城坐②。大风扬尘，王以扇拂尘曰："元规尘污人！"

【注释】

①庾公：庾亮。②冶城：古城名，在今南京西。坐：驻守。

【译文】

庾亮权势很大，足以盖过王导。庾亮在石头城，王导在冶城驻守。有一次，大风扬起了尘土，王导用扇子扇掉尘土说："庾亮的尘土弄脏人。"

【原典】

王丞相轻蔡公[①]，曰："我与安期、千里共游洛水边[②]，何处闻有蔡充儿？"

【注释】

①王丞相：王导。蔡公：蔡谟，字道明，蔡充子。②安期：王承。千里：阮瞻。

【译文】

丞相王导很轻视蔡谟，说："我和王承、阮瞻一块儿在洛水之滨游览时，哪里听说有蔡充的儿子这回事呢？"

【原典】

褚太傅初渡江[①]，尝入东，至金昌亭[②]。吴中豪右[③]，燕集亭中。褚公虽素有重名，于时造次不相识别。敕左右多与茗汁[④]，少著粽，汁尽辄益，使终不得食。褚公饮讫，徐举手共语云："褚季野！"于是四座惊散，无不狼狈。

【注释】

①褚太傅：褚裒，字季野，河南阳翟人，少负盛名，死后追赠太傅，故称。②金昌亭：驿亭名，在今江苏苏州阊门外。③吴中：指吴郡地区。豪右：豪门大族。④敕（chì）：古时自上告下之词。

【译文】

太傅褚裒刚到江南时，曾经到吴郡去，到了金昌亭，吴地的豪门大族，正在亭中聚会宴饮。褚裒虽然一向享有很高的名声，可是当时那些富豪在匆忙中，并不认识他，就另外吩咐手下人多给他茶水，少摆粽子，茶喝完了就添上，让他始终没有机会吃到东西。褚裒喝完茶，慢慢和大家作揖、谈话，说："我是褚季野。"于是满座的人都惊慌走散，没有一个不是狼狈不堪。

【原典】

谢镇西书与殷扬州[1]，为真长求会稽。殷答曰："真长标同伐异[2]，侠之大者。常谓使君降阶为甚[3]，乃复为之驱驰邪？"

【注释】

①谢镇西：谢尚，曾任镇西将军。殷扬州：殷浩，曾任扬州刺史。②标同伐异：称赞同道而攻击异己，等于党同伐异。③使君：对州郡长官的尊称。

【译文】

镇西将军谢尚写信给扬州刺史殷浩，推荐刘惔主持会稽郡的事务。殷浩回信说："刘惔赞扬和自己同道的人，攻击异己，是心胸非常狭隘的人中最大的那个。我常常觉得你对他谦恭得有点过分了，现在你怎么竟然还为他奔走效力呢？"

【原典】

桓公入洛[1]，过淮、泗，践北境，与诸僚属登平乘楼[2]，眺瞩中原，慨然曰："遂使神州陆沈[3]，百年丘墟，王夷甫诸人[4]，不得不任其责！"袁虎率而对曰[5]："运自有废兴，岂必诸人之过？"桓公懔然作色[6]，顾谓四坐曰："诸君颇闻刘景升不[7]？有大牛重千斤，啖刍豆十倍于常牛，负重致远，曾不若一羸牸。魏武入荆州，烹以飨士卒[8]，于时莫不称快。"意以况袁。四坐既骇，袁亦失色。

【注释】

①桓公：桓温。②平乘楼：大船的船楼。平乘，指大船。③神州：指中原地区。陆沈：比喻国土沦陷。④王夷甫：王衍，字夷甫，位至三公，喜好清谈。⑤袁虎：袁宏，字彦伯，小字虎。⑥懔（lǐn）然：令人敬畏的样子。⑦刘景升：刘表，字景升，东汉高平（今山东巨野南）人。⑧飨：用酒肉招待人。

【译文】

桓温进兵洛阳，经过淮水、泗水，踏上北方地区，和下属们登上船楼，遥望中原，感慨地说道："终于使国土沦陷，长时间成为废墟，王衍

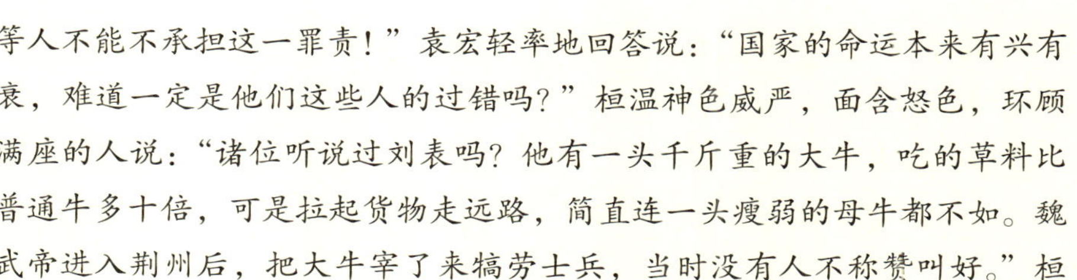
等人不能不承担这一罪责！”袁宏轻率地回答说：“国家的命运本来有兴有衰，难道一定是他们这些人的过错吗？”桓温神色威严，面含怒色，环顾满座的人说：“诸位听说过刘表吗？他有一头千斤重的大牛，吃的草料比普通牛多十倍，可是拉起货物走远路，简直连一头瘦弱的母牛都不如。魏武帝进入荆州后，把大牛宰了来犒劳士兵，当时没有人不称赞叫好。”桓温本意是用大牛来比喻袁宏。满座的人听罢都感到很震惊，袁宏本人也是大惊失色。

【原典】

袁虎、伏滔同在桓公府[①]。桓公每游燕，辄命袁、伏[②]。袁甚耻之，恒叹曰：“公之厚意，未足以荣国士[③]。与伏滔比肩[④]，亦何辱如之？”

【注释】

①袁虎：袁宏。伏滔：字玄度，曾任桓温属下参军。②辄命袁、伏：总是叫袁宏、伏滔参加。③国士：一国所推崇的杰出人物。④比肩：并肩，比喻声望地位相等。

【译文】

袁宏和伏滔一同在桓温的大司马府中任职。桓温每逢游乐宴饮，都会叫上袁宏和伏滔来参加。袁宏对此感到非常羞愧，常常对桓温叹息说：“您的深厚情意，不能够让杰出人士感到光荣。把我和伏滔同等看待，还有什么耻辱比得上这个呢？”

【原典】

刘尹、江虨、王叔虎、孙兴公同坐[①]，江、王有相轻色。虨以手歙叔虎云[②]：“酷吏！”词色甚强。刘尹顾谓：“此是瞋邪？非特是丑言声，拙视瞻。”

【注释】

①刘尹：刘惔。江虨（bīn）：字思玄，江统之子。王叔虎：王彪之。孙兴公：孙绰。②歙（shè）：威胁之意。

【译文】

刘惔、江虨、王彪之、孙绰坐在一起，江虨和王彪之露出互相轻视的神色。江虨用手势威胁王彪之说："真是残暴的官吏！"说话的声音和脸色都很严厉。刘惔回头看着他说道："你这是在发怒吗？不仅说话难听，神色也很拙劣！"

【原典】

桓公欲迁都[①]，以张拓定之业。孙长乐上表，谏此议甚有理。桓见表心服，而忿其为异，令人致意孙云："君何不寻《遂初赋》[②]，而强知人家国事！"

【注释】

①桓公：桓温。②《遂初赋》：孙绰所作，意为辞去官职，实现隐退的初愿。

【译文】

桓温想迁都洛阳，来发展扩充疆土，安定国家的事业。长乐侯孙绰上奏章谏阻，他的主张很有见地。桓温看到奏章以后心里也是很钦佩，但他痛恨孙绰反对自己，就叫人向孙绰传话过去："您为什么不重温《遂初赋》，而硬要去过问别人的家国大事呢！"

【原典】

孙长乐兄弟就谢公宿[①]，言至款杂。刘夫人在壁后听之，具闻其语。谢公明日还，问："昨客何似？"刘对曰："亡兄门[②]，未有如此宾客！"谢深有愧色。

【注释】

①孙长乐兄弟：指孙绰和他的哥哥孙统。谢公：谢安。②亡兄：指已死的刘惔。

【译文】

长乐侯孙绰兄弟到谢安家住宿，言谈非常匮乏、杂乱。谢安妻子刘夫人在隔壁听，全都听到了他们的谈话。谢安第二天回到家里，问刘夫人

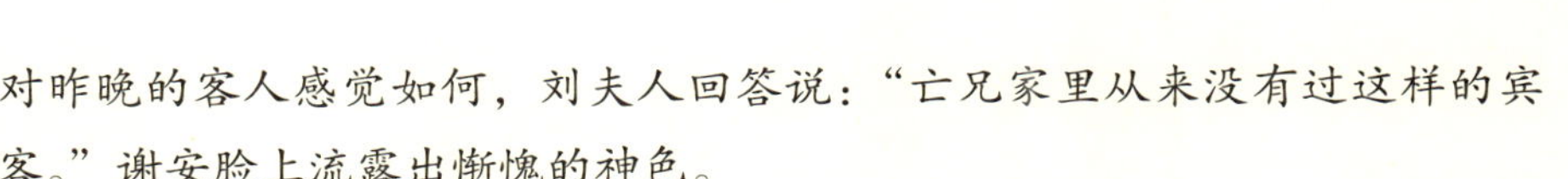
对昨晚的客人感觉如何，刘夫人回答说："亡兄家里从来没有过这样的宾客。"谢安脸上流露出惭愧的神色。

【原典】

王中郎与林公绝不相得[①]。王谓林公诡辩，林公道王云："著腻颜帢，缔布单衣[②]，挟《左传》，逐郑康成车后，问是何物尘垢囊？"

【注释】

①王中郎：王坦之。林公：支道林。②绤布：粗葛布。

【译文】

王坦之和支道林合不来。王坦之认为支道林只会诡辩，支道林批评王坦之说："戴着油腻的过时的帽子，穿着粗葛布单衣，胳膊下夹着一部儒家经典《左传》，跟在郑康成的车子后面跑。请问这是什么装满臭垃圾的袋子？"

【原典】

孙长乐作王长史诔云[①]："余与夫子，交非势利，心犹澄水，同此玄味[②]。"王孝伯见曰[③]："才士不逊[④]，亡祖何至与此人周旋[⑤]！"

【注释】

①孙长乐：孙绰。王长史：王濛。②玄味：高远的旨趣。③王孝伯：王恭，字孝伯。④才士：有才气之士，指孙绰。⑤亡祖：指王濛，王濛是王恭的祖父。

【译文】

长乐侯孙绰给司徒左长史王濛写诔文，说："我与老夫子，相互交往不是为了势利，心里澄清得如同湖水，还一起欣赏玄妙的乐趣。"王恭看到后说："文人不谦虚，我先祖父何至于跟这种人交往！"

【原典】

殷觊、庾恒并是谢镇西外孙[①]。殷少而率悟，庾每不推。尝俱诣谢公，谢公熟视殷曰[②]："阿巢故似镇西。"于是庾下声语曰："定何似？"谢公续复云："巢颊似镇西。"庾复云："颊似，足作健不[③]？"

【注释】

①殷颉（yǐ）：字伯通，小字巢。庾恒：字敬则，庾龢之子，官至尚书仆射。谢镇西：谢尚。②熟视：仔细看。③作健：成为强者。

【译文】

殷颉、庾恒都是镇西将军谢尚的外孙。殷颉年少时就很直爽，有悟性，但庾恒却常常不推崇他。有一次他们都去拜访谢安，谢安仔细地看着殷颉说："阿巢的确长得像谢尚。"于是，庾恒低声问道："到底哪里像？"谢安接着又说："阿巢的脸颊长得像谢尚。"庾恒又问："脸蛋儿长得像，就能成为强者称雄吗？"

【原典】

苻宏叛来归国[①]。谢太傅每加接引[②]，宏自以有才，多好上人[③]，坐上无折之者[④]。适王子猷来[⑤]，太傅使共语。子猷直孰视良久，回语太傅云："亦复竟不异人！"宏大惭而退。

【注释】

①苻宏：前秦苻坚太子，苻坚被杀后投奔晋朝，为辅国将军。②谢太傅：谢安。接引：接待推荐。③上：凌驾，高出。④折：折服。⑤王子猷：王徽之。

【译文】

苻宏背叛前秦来归降晋朝，太傅谢安常常加以接待、推荐。苻宏认为自己很有才华，经常喜欢将自己凌驾于他人之上，座上宾客没有人能折服他。恰好王徽之来，谢安让他们一起交谈讨论。王徽之只是仔细打量了他好长时间，回头对谢安说："终究和别人没有什么不同。"苻宏见状深感惭愧，便起身告辞了。

假谲第二十七

【原典】

魏武少时[1]，尝与袁绍好为游侠[2]，观人新婚，因潜入主人园中，夜叫呼云："有偷儿贼！"青庐中人皆出观[3]，魏武乃入，抽刃劫新妇。与绍还出，失道，坠枳棘中，绍不能得动，复大叫云："偷儿在此！"绍遑迫自掷出，遂以俱免。

【注释】

①魏武：曹操。②游侠：指喜好交游，轻生重义，勇于救人急难等侠义行为的人。③青庐：当时婚俗，以青布搭屋迎娶新妇，举行婚礼。

【译文】

魏武帝曹操年轻时，和袁绍两人常常喜欢做游侠。有一次，他们去看人家结婚，乘机偷偷溜进主人的园子里，到了半夜大声喊道："有小偷！"青庐里面的人，都跑出来探个究竟，曹操便进去，拔出刀来抢劫新娘子，接着和袁绍迅速跑出来，半路上不小心迷了路，陷入了荆棘丛中，袁绍动不了。曹操又大喊："小偷在这里！"袁绍内心很害怕，就赶快自己跳了出来，两人这才得以逃脱。

【原典】

魏武行役，失汲道[1]，军皆渴，乃令曰："前有大梅林，饶子[2]，甘酸，可以解渴。"士卒闻之，口皆出水，乘此得及前源。

【注释】

①汲道：通向水源的道路。②饶子：指果实很多。

【译文】

曹操带领部队远行军，找不到取水的路，全军上下都很口渴，于是曹操便传令下去说："前面发现大片的梅树林子，里面梅子很多，味道甜酸，可以解渴。"士兵听了这番话，口水都流出来了，利用这个办法，部队才得以赶到前面的水源。

【原典】

魏武常言[①]："人欲危己，己辄心动。"因语所亲小人曰："汝怀刃密来我侧，我必说心动。执汝使行刑，汝但勿言其使，无他[②]，当厚相报。"执者信焉[③]，不以为惧，遂斩之。此人至死不知也。左右以为实，谋逆者挫气矣[④]。

【注释】

①魏武：曹操。常：曾经。②无他：没有别的，无害。③执者：指被逮捕的人。④挫气：挫伤了勇气，丧气。

【译文】

曹操曾经说过："如果有人要害我，我立刻就会心跳加快。"于是就对他身边一位贴身的侍从说："你怀揣着刀偷偷地来到我的身边，我一定会说心跳。我叫人逮捕你去执行刑罚，你只要不说出是我指使，就会没事，到时我一定会重金报答你。"被抓的侍从相信了他，一点也不觉得害怕，于是就被杀了。这个人到死也不知道到底是怎么回事。于是手下的人认为这是真的，那些图谋不轨的人都灰心丧气了。

【原典】

魏武常云："我眠中不可妄近，近便斫人[①]，亦不自觉，左右宜深慎此！"后阳眠[②]，所幸一人窃以被覆之[③]，因便斫杀。自尔每眠，左右莫敢近者。

【注释】

①斫：杀人。②阳：通"佯"，假装。③所幸：宠幸的人。

【译文】

魏武帝曹操曾经说过："我睡觉的时候千万不要随便靠近我，一靠近我，我就会杀人，连自己都不知道是怎么回事，我身边的人务必要小心这一点！"有一天，曹操假装睡熟了，有个亲信偷偷地拿条被子给他盖上，曹操就趁机

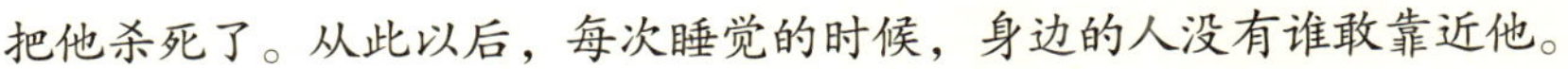

把他杀死了。从此以后，每次睡觉的时候，身边的人没有谁敢靠近他。

【原典】

王大将军既为逆[①]，顿军姑孰。晋明帝以英武之才，犹相猜惮[②]，乃著戎服[③]，骑巴賨马[④]，赍一金马鞭，阴察军形势。未至十余里，有一客姥[⑤]，居店卖食。帝过愒之，谓姥曰："王敦举兵图逆，猜害忠良，朝廷骇惧，社稷是忧。故劬劳晨夕[⑥]，用相觇察，恐形迹危露，或致狼狈。追迫之日，姥其匿之。"便与客姥马鞭而去。行敦营匝而出，军士觉，曰："此非常人也！"敦卧心动，曰："此必黄须鲜卑奴来[⑦]！"命骑追之，已觉多许里，追士因问向姥："不见一黄须人骑马度此邪？"姥曰："去已久矣，不可复及。"于是骑人息意而反。

【注释】

①王大将军：王敦。②猜惮：怀疑畏惧。③戎服：军服。④巴賨（cóng）马：巴地賨人所进贡的马。賨人为我国古代少数民族，居住今四川渠县一带。⑤客姥（mǔ）：客居的老妇人。⑥劬（qú）劳：劳苦。⑦鲜卑奴：对晋明帝的蔑称。晋明帝生母荀氏是北燕胡人，故其相貌与胡人相似。

【译文】

大将军王敦已经发动叛乱，把军队驻扎在姑孰。晋明帝虽然很有文才武略，但还是很怀疑畏惧他，于是就穿上军装，骑着巴賨马，拿着一条金马鞭，去暗中刺探王敦军队的情况。离王敦的军营还差十多里，有一外乡老妇在店里卖小吃，晋明帝路过那里停下休息，对她说："王敦起兵图谋不轨，猜忌并且陷害朝廷忠臣良将，我担心国家的命运，所以早晚辛劳，来侦察王敦的动向，恐怕行动败露，可能陷于困境。我被追击的时候，希望老人家为我隐瞒行踪。"于是把马鞭送给这位外乡老妇后离开了。沿着王敦的营区走了一圈就出来了，王敦的士兵发现了，说："这不是普通人啊！"王敦躺在床上，忽然心跳，说："这一定是黄胡子的鲜卑奴来了！"下令骑兵去追赶他，可是已经相距很远了。追击的士兵就问刚才那位老妇："没有看见一个黄胡子的人骑马从这里经过吗？"老妇说："已经走了很久了，再也追不上了。"于是骑兵打消了继续追赶的念头，就回军营去了。

【原典】

王右军年减十岁时[①]，大将军甚爱之[②]，恒置帐中眠。大将军尝先出，右军犹未起。须臾，钱凤入[③]，屏人论事[④]，都忘右军在帐中，便言逆节之谋。右军觉，既闻所论，知无活理，乃剔吐污头面被褥，诈孰眠。敦论事造半[⑤]，方意右军未起，相与大惊曰："不得不除之！"及开帐，乃见吐唾从横，信其实孰眠，于是得全。于时称其有智。

【注释】

①王右军：王羲之。②大将军：王敦。③钱凤：字世仪，东晋人，为王敦铠曹参军，随王敦谋反，失败被杀。④屏：避开。⑤造半：到一半。

【译文】

右军将军王羲之不满十岁的时候，大将军王敦十分喜爱他，常常把他安排在自己的床帐中睡觉。有一次王敦先出帐，王羲之还没有起床。一会儿，钱凤进来，王敦避开手下的人，商议事情，一点也没想到王羲之还睡在床上，就说起叛乱的计划。王羲之醒来，已经听到了他们的谈论，就知道自己是没法活命了，于是抠出口水，把头脸和被褥都弄脏了，假装睡得很熟。王敦商量事情到中途，才想起王羲之还没有起床，彼此十分害怕，说："不得不把他杀了。"等到掀开帐子，才看见他吐得到处都是，就相信他真的睡得很熟，于是王羲之才保住了性命。当时人们都称赞他很有智慧和谋划。

【原典】

温公丧妇[①]，从姑刘氏，家值乱离散，唯有一女，甚有姿慧[②]，姑以属公觅婚。公密有自婚意，答云："佳婿难得，但如峤比云何？"姑云："丧败之余，乞粗存活，便足慰吾余年，何敢希汝比？"却后少日，公报姑云："已觅得婚处，门地粗可，婿身名宦，尽不减峤。"因下玉镜台一枚[③]。姑大喜。既婚，交礼，女以手披纱扇[④]，抚掌大笑曰："我固疑是老奴，果如所卜！"玉镜台，是公为刘越石长史[⑤]北征刘聪所得[⑥]。

【注释】

①温公：温峤。②有姿慧：漂亮、聪明。③玉镜台：玉制镜座，用以

承托圆形的铜镜。④纱扇：新娘用来遮脸的用具，疑是盖头一类。⑤刘越石：刘琨。⑥刘聪：十六国时期前汉国国君。

【译文】

温峤死了妻子。他的堂姑刘氏，一家人碰上战乱，辗转离散，身边只有一个女儿，非常漂亮聪慧。堂姑托温峤给找个女婿。温峤私下里有意给自己定亲，就回答说："称心如意的女婿不容易找到，只是和我一样的行不行？"姑母说："经过战乱活下来的人，只求马马虎虎保住条命，就足以让我晚年感到安适了，哪里还敢希望能和你相比？"过后几天，温峤回复姑母说："已经找到一户人家，门第还算比较体面，女婿本人名声、官位全都不比我差。"于是送上一个玉镜台做聘礼。姑母非常高兴。等到结婚，行了交拜礼以后，新娘用手拨开面纱，拍手大笑说："我本来就怀疑是你这个老家伙，果然不出我的猜测。"玉镜台是温峤做刘琨的长史北伐刘聪时得到的。

【原典】

王文度弟阿智[①]，恶乃不翅[②]，当年长而无人与婚。孙兴公有一女，亦僻错[③]，又无嫁娶理。因诣文度，求见阿智。既见，便阳言："此定可，殊不如人所传，那得至今未有婚处？我有一女，乃不恶，但吾寒士，不宜与卿计，欲令阿智娶之。"文度欣然而启蓝田云："兴公向来，忽言欲与阿智婚。"蓝田惊喜。既成婚，女之顽嚚[④]，欲过阿智。方知兴公之诈。

【注释】

①王文度：王坦之。阿智：王处之，字文将，小名阿智，晋侍中王述之子。②不翅：不止，不仅。③僻错：怪僻，不近情理。④顽嚚（yín）：愚蠢而顽固。

【译文】

王坦之的弟弟王处之，不仅是愚蠢顽劣而已。当他成人时，年纪不小了却没有人和他结亲。孙绰有一个女儿，性格也很怪僻，不近情理，也没有办法嫁出去。孙绰便去拜访王坦之，要求见见阿智。见面后，就假装说："阿智这孩子一定是不错的，一点儿也不像人们所传的那样，哪能到现在还没有成亲呢？我有一个女儿，长得还可以不算很丑，只不过我是个贫寒之士，本不应和你商量婚事的，但我想让阿智娶她。”王坦之很高兴地将这件事告诉父亲蓝田侯王述，说：“孙绰刚才来过，忽然说起要和阿智结亲。”王述又惊奇又高兴。结婚以后，女方的愚蠢、顽固，超过了阿智。王家这才知道孙绰的狡猾。

【原典】

范玄平为人好用智数①，而有时以多数失会。尝失官居东阳，桓大司马在南州②，故往投之。桓时方欲招起屈滞，以倾朝廷；且玄平在京，素亦有誉，桓谓远来投己，喜跃非常。比入至庭，倾身引望，语笑欢甚。顾谓袁虎曰：“范公且可作太常卿。”范裁坐，桓便谢其远来意。范虽实投桓，而恐以趋时损名③，乃曰：“虽怀朝宗，会有亡儿瘗在此，故来省视。”桓怅然失望，向之虚伫④，一时都尽。

【注释】

①范玄平：范汪，字玄平。智数：心计权术。②南州：姑孰，在今安徽当涂。③趋时：迎合时势。④虚伫：虚心等待。

【译文】

范汪为人处世爱用权术。可是有时他也因为多用权术而错失良机。他曾经失掉官职住在东阳郡，由于大司马桓温在姑孰，便想前去投奔他。桓温当时正打算招揽起用不得志的人才，以颠覆朝廷。再说范汪在京都，一向也很有声誉，桓温便认为他是远道而来投奔自己的，因此特别高兴。等到他进入院内，便侧身伸长脖子远望，说说笑笑，高兴得很。还回头对袁虎说：“范公暂且可以任太常卿。”范汪刚刚坐下，桓温就感谢他远道而来的好意。范汪虽然确实是来投奔桓温，可是又怕人家说他趋炎附势，有损名声，便说：“我虽然有心拜见长官，也正巧我有个儿子葬在这里，特意前来看望一下。”桓温听了，无精打采，大失所望，刚才那种虚心期待之情，顷刻之间全都没了。

黜免第二十八

【原典】

诸葛厷在西朝[①]，少有清誉，为王夷甫所重[②]，时论亦以拟王。后为继母族党所谗，诬之为狂逆。将远徙，友人王夷甫之徒，诣槛车与别[③]。厷问："朝廷何以徙我？"王曰："言卿狂逆[④]。"厷曰："逆则应杀，狂何所徙？"

【注释】

①诸葛厷（hóng）：字茂远，西晋琅琊（今山东临沂北）人。西朝：指西晋。②王夷甫：王衍。③槛车：囚车。④狂逆：狂放而且叛逆。

【译文】

诸葛厷在西晋时，年纪轻轻就享有很好的声誉，受到王衍的器重，当时的舆论也将他和王衍相比。后来被他继母的亲族造谣中伤，诬蔑他是狂放叛逆。将要把他流放到边远地区时，他的朋友王衍等人到囚车前与他告别，诸葛厷问："朝廷为什么要流放我？"王衍说："说你狂放、叛逆。"诸葛厷说："叛逆就该斩首，狂放有什么可流放的呢？"

【原典】

桓公入蜀[①]，至三峡中，部伍中有得猿子者。其母缘岸哀号，行百余里不去，遂跳上船，至便即绝。破视其腹中，肠皆寸寸断。公闻之怒，命黜其人。

【注释】

①桓公：桓温。入蜀：指桓温于晋穆帝永和二年（公元346年）出兵攻蜀。

【译文】

桓温进军蜀地，到达三峡时，部队里有个人逮到了一只小猿，母猿沿着江岸悲哀地号叫，一直追着船跑了一百多里路也不肯离开，最后终于跳上了船，一跳上就马上气绝。剖开母猿的肚子看，肠子都一寸一寸地断开了。桓温知道了这件事情后大怒，下令免去了那个人的职务。

【原典】

桓公坐有参军椅烝薤[①]，不时解，共食者又不助，而椅终不放，举坐皆笑。桓公曰："同盘尚不相助，况复危难乎？"敕令免官[②]。

【注释】

①桓公：桓温。烝薤（xiè）：一种蔬菜名。②敕令：命令。

【译文】

桓温的宴席上，有个参军用筷子夹烝薤吃时，筷子不小心被卡住了，一时夹不下来，同桌一起吃饭的人，又没人伸手帮他一把，而这位参军始终夹着不放手，满座的人都笑了起来。桓温说："同在一个盘子里吃饭，尚且不能互相帮助，更何况遇到危急患难呢？"便下令罢了他们的官。

【原典】

殷中军废后，恨简文曰[①]："上人著百尺楼上[②]，儋梯将去[③]。"

【注释】

①简文：晋简文帝司马昱。②上人：让人上去。③儋（dān）：二人用肩抗。

【译文】

中军将军殷浩被废为庶人以后，抱怨简文帝，说："让人登上百尺高楼后，然后将梯子拿掉了。"

【原典】

桓玄败后[①]，殷仲文还为大司马咨议[②]，意似二三，非复往日。大司马府听前有一老槐，甚扶疏。殷因月朔[③]，与众在听，视槐良久，叹曰："槐树婆娑，无复生意！"

【注释】

①败：指桓玄在晋安帝时执掌朝政，逼其禅位，建国号楚，后为刘裕声讨，兵败被杀。②殷仲文：桓玄的姐夫，助桓玄篡逆，官至侍中、尚书，后被刘裕所杀。③月朔：夏历每个月的初一。

【译文】

桓玄失败以后，殷仲文回到朝廷，担任大司马咨议，心情似乎反复不定，不再像以前那样了。大司马府厅堂前有一棵老槐树，枝叶非常松散、毫无生气。殷仲文按照初一的惯例，和众人聚集在厅堂上，他对着槐树看了很久，叹息说："老槐树枝叶散乱，不再有生机了！"

【原典】

殷仲文既素有名望，自谓必当阿衡朝政。忽作东阳太守，意甚不平。及之郡，至富阳，慨然叹曰："看此山川形势，当复出一孙伯符①！"

【注释】

①孙伯符：孙策，字伯符，孙坚之子，他占据江东，为吴国的建立奠定了基业。

【译文】

殷仲文一向很有名望，自认为一定能担当辅佐帝王、主持朝政的重任。如今忽然被调去做东阳太守，心里非常不平。等到了富阳时，他感慨地叹息说："看这里的山河地理形势，应该能再出一位像孙策那样的人！"

俭啬第二十九

【原典】

和峤性至俭，家有好李，王武子求之[①]，与不过数十。王武子因其上直[②]，率将少年能食之者[③]，持斧诣园，饱共啖毕，伐之，送一车枝与和公，问曰："何如君李？"和既得，唯笑而已。

【注释】

①王武子：王济，和峤的妻弟。②上直：指官员上朝值班。直，通"值"。③率将：带领。

【译文】

和峤生性极为吝啬，自己家有良种李树，王济求他给些李子，他只给了不过几十个。王济趁他上朝值班的空隙，带着一拨喜欢吃李子的小伙子，拿着斧子到果园里去，大家一起尽情地吃饱以后，把李树砍掉了，然后给和峤送去一车树枝，问道："比你家的李树好不好？"和峤收下了树枝，只是笑一笑罢了。

【原典】

王戎俭吝，其从子婚[①]，与一单衣，后更责之[②]。

【注释】

①从子：侄儿。②责：索取。

【译文】

王戎为人很吝啬，他的侄儿结婚，只送一件单衣，过后又被他给要回去了。

【原典】

司徒王戎[①]，既贵且富，区宅、僮牧[②]、膏田、水碓之属[③]，洛下无比。契疏鞅掌[④]，每与夫人烛下散筹算计。

【注释】

①司徒：官名，三公之一。②区宅：房屋、住宅。③水碓（duì）：利用水力旋动的舂米器具。④契疏：契约、账簿。鞅掌：烦劳，繁多。

【译文】

司徒王戎在朝廷当了很大的官，已经非常富有和显贵了，又有富足的财产，房屋住宅、奴婢仆夫、肥沃的良田、舂米的器具之类，整个洛阳城里没有人能和他相比的。他家里的契约账簿很多，常常和妻子在烛光下摆开筹码来计算。

【原典】

王戎女适裴頠，贷钱数万。女归，戎色不说。女遽还钱[①]，乃释然[②]。

【注释】

①遽：急忙。②释然：指不悦之色消除。

【译文】

王戎的女儿嫁给裴頠，曾向王戎借了几万钱。女儿回到娘家，王戎的脸色就变得很不高兴。于是女儿赶紧把钱还给他，王戎这才心平气和了。

【原典】

卫江州在寻阳[①]，有知旧人投之[②]，都不料理，唯饷“王不留行”一斤[③]。此人得饷，便命驾。李弘范闻之曰：“家舅刻薄，乃复驱使草木。”

【注释】

①卫江州：卫展，字道舒，晋河东安邑（今山西运城）人。②知旧人：相知的老朋友。③王不留行：一种草药名。

【译文】

江州刺史卫展在寻阳时，有相知的老朋友来投奔他，他一概不作安排，只送给客人一斤“王不留行”草药。客人得到礼物后，就驾车走了。

他的外甥李弘度听说了这件事后，说："我舅父实在是太刻薄了，他竟然指使草木来为自己效劳。"

【原典】

苏峻之乱[①]，庾太尉南奔见陶公。陶公雅相赏重。陶性俭吝，及食，啖薤[②]，庾因留白。陶问："用此何为？"庾云："故可种。"于是大叹庾非唯风流，兼有治实。

【注释】

①苏峻之乱：指苏峻与祖约起兵讨庾亮，倾覆东晋朝廷之事，在晋成帝咸和二年（327）。②薤：多年生草本植物，鳞茎和嫩叶可以吃。

【译文】

苏峻叛乱时，太尉庾亮南逃去见陶侃，陶侃很赏识和看重他。陶侃为人很吝啬，到吃饭的时候，给他吃薤头，庾亮顺手留下薤白。陶侃问他："要这东西做什么？"庾亮说："仍然可以种。"于是陶侃非常赞叹庾亮不仅风度优雅，还具有治国的实际才能。

汰侈第三十

【原典】

石崇每要客燕集[①]，常令美人行酒。客饮酒不尽者，使黄门交斩美人[②]。王丞相与大将军尝共诣崇[③]。丞相素不能饮，辄自勉强，至于沉醉。每至大将军，固不饮，以观其变。已斩三人，颜色如故，尚不肯饮。丞相让之，大将军曰："自杀伊家人，何预卿事？"

【注释】

①石崇：字季伦。要：约请。②黄门：指宦者。③王丞相：王导。大将军：王敦。

【译文】

石崇每次宴请客人，常常让美人劝酒。如果哪位客人不将杯中酒喝尽，就叫家奴接连杀掉劝酒的美人。丞相王导和大将军王敦曾一起到石崇家赴宴，王导一向不擅长喝酒，总是勉强自己喝下去，直到大醉。每次轮到王敦喝酒时，他坚持不喝，以观察石崇究竟怎么样。已经连续杀了三个美人，王敦依然脸色不变，还是不肯喝酒。王导责备他，王敦说："他杀的是他自己家里的人，碍你什么事？"

【原典】

石崇厕常有十余婢侍列[①]，皆丽服藻饰[②]。置甲煎粉、沉香汁之属[③]，无不毕备。又与新衣著令出，客多羞不能如厕。王大将军往[④]，脱故衣，著新衣，神色傲然。群婢相谓曰："此客必能作贼。"

【注释】

①侍列：列队侍奉客人。②藻饰：修饰，打扮。③甲煎粉：唇膏类化妆品、香料。沉香汁：沉香木制成的香水。④王大将军：王敦。

【译文】

石崇家的厕所，经常有十多个婢女列队侍奉客人，她们都穿着华丽的衣服，打扮得很漂亮。厕所里有甲煎粉、沉香汁一类物品，各种各样的东西都准备得很齐全。上厕所的客人还必须换上新衣服才能出来，于是客人们大都因为害羞而不肯去上厕所。大将军王敦上厕所，就敢脱掉原来的衣服，穿上新衣服，并且还流露出傲慢的表情。婢女们私下互相评论说："这个客人一定会作乱！"

【原典】

武帝尝降王武子家①，武子供馔，并用琉璃器。婢子百余人，皆绫罗绔䙓，以手擎饮食。烝㹠肥美，异于常味。帝怪而问之，答曰："以人乳饮㹠。"帝甚不平，食未毕，便去。王、石所未知作②。

【注释】

①武帝：晋武帝司马炎。王武子：王济。②王、石：王恺、石崇。

【译文】

晋武帝曾经到王济家里去，王济就设宴好好侍奉，盛食物用的全都是琉璃器皿。家中婢女有一百多人，都穿着用绫罗绸缎缝制的衣服，用手托举着食物。蒸好的小猪肥嫩鲜美，和一般的味道有点不一样。武帝感到奇怪，问王济这是怎么烹调的，王济回答说："是用人乳喂的小猪。"武帝听了心中觉得很不舒服，还没有吃完，就走了。这是连王恺、石崇都不懂得的制作方法。

【原典】

王君夫以粭糒澳釜①，石季伦用蜡烛作炊②。君夫作紫丝布步障碧绫里四十里，石崇作锦步障五十里以敌之。石以椒为泥，王以赤石脂泥壁③。

【注释】

①王君夫：王恺，字君夫。②石季伦：石崇，字季伦。③赤石脂：一种风化石，色红，纹理细腻，可涂饰墙壁。

【译文】

王恺用麦芽糖来擦洗锅子，石崇就用蜡烛当柴火来做饭。王恺用紫丝布做步障，衬上绿缕里子，长达四十里，石崇就用锦缎做成长达五十里的步障来和他抗衡。石崇用花椒种子和泥涂墙，王恺就用赤石脂来涂饰墙壁。

【原典】

石崇与王恺争豪[①]，并穷绮丽，以饰舆服[②]。武帝，恺之甥也，每助恺。尝以一珊瑚树，高二尺许赐恺，枝柯扶疏，世罕其比。恺以示崇。崇视讫，以铁如意击之[③]，应手而碎。恺既惋惜，又以为疾己之宝，声色甚厉。崇曰："不足恨，今还卿。"乃命左右悉取珊瑚树，有三尺、四尺，条干绝世，光彩溢目者六七枚，如恺许比甚众。恺惘然自失。

【注释】

①豪：豪华，阔绰。②舆服：指车马冠服与各种仪仗。③如意：一种表示祥瑞之玩物，可以用金、玉、铜、铁、竹、木等材质制成。

【译文】

石崇和王恺争比阔绰，两人都用最鲜艳华丽的东西来装饰自家的车马及冠服。晋武帝是王恺的外甥，常常资助王恺。他曾经把一棵二尺来高的珊瑚树送给王恺，这棵珊瑚树枝条繁茂，世上很少有和它相当的。王恺拿来给石崇看，石崇拿铁如意去敲它，随手就将其打碎了。王恺觉得非常可惜，又认为石崇是在妒忌自己的宝物，所以便一时声色俱厉。石崇说："不值得遗憾，现在我就赔给你。"于是就命侍从将家里的珊瑚树全都拿出来，有高达三尺、四尺的，枝条美丽世上少有，光彩夺目的有六七棵，像王恺那样的就更多了。王恺看了，惘然若失。

【原典】

王武子被责[①]，移第北邙下[②]。于时人多地贵，济好马射，买地作埒[③]，编钱币地竞埒。时人号曰"金沟"。

【注释】

①王武子：王济。被责：被责罚免官。②北邙（máng）：即邙山，在今河南洛阳东北。③埒（liè）：矮墙。

【译文】

王济被处分，移居到北邙山下。当时人多地贵，王济很喜欢跑马射箭，就买了地筑起矮墙当做跑马场，他用铜钱串连起来当作矮墙，于是环绕着整个马场的矮墙都是用钱编起来的。当时的人把这里叫作"金沟"。

【原典】

彭城王有快牛[1]，至爱惜之。王太尉与射[2]，赌得之。彭城王曰："君欲自乘则不论；若欲啖者，当以二十肥者代之。既不废啖，又存所爱。"王遂杀啖。

【注释】

①彭城王：司马权，字子舆，晋武帝堂叔，封彭城王。②王太尉：王衍。

【译文】

彭城王有一头跑得很快的牛，他非常喜欢、珍爱这头牛。太尉王衍和他赌射箭，把牛赢了。彭城王说："如果您想用它来驾车，我就不说什么了；如果想杀来吃，我就要用二十头肥牛来换下它。这既不耽误您的口福，又能够保全我所喜爱的牛。"结果王衍还是把这头牛给杀掉吃了。

忿狷第三十一

【原典】

魏武有一妓[①]，声最清高，而情性酷恶。欲杀则爱才，欲置则不堪[②]。于是选百人，一时俱教。少时，还有一人声及之，便杀恶性者。

【注释】

①魏武：曹操。②置：指不予追究。不堪：不能忍受。

【译文】

魏武帝曹操有一名歌女，她的歌声特别清脆高亢，但是脾气不好，性格顽劣。曹操想杀了她，却又爱惜她的才能；想对她不予追究，却又实在难以忍受她的坏脾气。于是就挑选了一百名歌女同时培养。不久，果然有一名歌女的歌喉赶上了她，曹操便把那个性情恶劣的歌女杀了。

【原典】

王司州尝乘雪往王螭许[①]。司州言气少有牾逆于螭[②]，便作色不夷[③]。司州觉恶，便舆床就之[④]，持其臂曰："汝讵复足与老兄计？"螭拨其手曰："冷如鬼手馨，强来捉人臂！"

【注释】

①王司州：王胡之，他曾做司州刺史，故称。王螭（chī）：王恬，小字螭虎，王导之子，王胡之的堂弟。②牾（wǔ）逆：抵触、冒犯。③不夷：不平和，不愉快。④舆（yú）床：搬动坐榻。

【译文】

司州刺史王胡之有一次趁着大雪天到王恬那里去。王胡之说话的语气和态度稍微有点冒犯了王恬，王恬就变了脸色，一副很不高兴的样子。王胡之觉得冒犯了他，就赶紧把坐榻挪近王恬身边，拉着他的手臂说："你值得和老兄我计较这些吗？”王恬拉开他的手说：“冷得像鬼手一样，还硬要来拉人家的胳膊！”

【原典】

桓宣武与袁彦道樗蒲[①]，袁彦道齿不合，遂厉色掷去五木。温太真云：“见袁生迁怒，知颜子为贵[②]。”

【注释】

①袁彦道：袁耽，字彦道，陈郡阳夏（今属河南）人。樗蒱（chū pú）：当时流行的一种赌博游戏。②颜子：颜回，孔子的学生。

【译文】

桓温和袁耽赌博，袁耽掷出的骰子不合自己的心意，竟然愤怒地将五枚色子扔了出去。温峤说：“看见袁耽把怒气发泄到骰子上，才知道了颜回的宝贵。”

【原典】

谢无奕性粗强[①]。以事不相得[②]，自往数王蓝田[③]，肆言极骂。王正色面壁不敢动，半日，谢去良久，转头问左右小吏曰：“去未？”答云：“已去。”然后复坐。时人叹其性急而能有所容。

【注释】

①谢无奕：谢奕，字无奕，谢安之兄。②相得：彼此情意相投。③王蓝田：王述。

【译文】

谢奕的脾气很不好，非常粗暴固执，曾因为一件事情和王述意见不统一，就亲自前去数落蓝田侯王述，并由着自己的心情肆意攻击谩骂对方。王述表情严肃，对着墙一动不动地坐着。过了半天，谢奕已经走了很久，他才回过头问身旁的小官吏说：“谢奕走了没有？”小官吏回答说：“已经走了。”然后王述才转过身又坐回原处。当时的人们都称赞他虽然性情急躁，可是能宽容别人。

【原典】

王令诣谢公[①]，值习凿齿已在坐[②]，当与并榻。王徙倚不坐[③]，公引之与对榻。去后，语胡儿曰[④]：“子敬实自清立，但人为尔多矜咳[⑤]，殊足损其自然。”

【注释】

①王令：王献之，官至中书令，故称。②习凿齿：出身寒门，有史才，官至荥阳太守。③徙倚：徘徊。④胡儿：谢朗，小字胡儿，谢安的侄子。⑤矜咳：矜持拘执。

【译文】

中书令王献之去拜访谢安，正遇上习凿齿已经在座，按照当时的礼节应和习凿齿并排坐。但王献之来回走动着，不肯入座，于是谢安就拉着他坐到了习凿齿对面的榻上。客人走后，谢安对谢朗说：“献之确实是清高不随俗，不过人为地保持傲慢、固执，会损害他的自然天性。”

【原典】

桓南郡小儿时[①]，与诸从兄弟各养鹅共斗[②]。南郡鹅每不如，甚以为忿。乃夜往鹅栏间，取诸兄弟鹅悉杀之。既晓，家人咸以惊骇，云是变怪[③]，以白车骑[④]。车骑曰：“无所致怪，当是南郡戏耳！”问，果如之。

【注释】

①桓南郡：桓玄，桓温之子，爵封南郡公。②从兄弟：堂兄弟。③变怪：鬼怪变异。④车骑：桓冲，桓玄之叔，曾任车骑将军。

【译文】

南郡公桓玄在自己还是小孩子时，和堂兄弟们各自养鹅来斗。桓玄因为自己的鹅常常斗输，就非常怨恨他们的鹅。于是就在夜里跑到鹅栏里，将堂兄弟们的鹅全抓出来杀掉。天亮以后，全家人都被这件事吓坏了，说这是妖物在作怪，于是就将这事告诉车骑将军桓冲。桓冲说：“不可能是妖物在作怪，这肯定是桓玄在和大家开玩笑罢了！”追问起来，果然如此。

谗险第三十二

【原典】

王平子形甚散朗[1]，内实劲侠[2]。

【注释】

①王平子：王澄，太尉王衍之弟。散朗：洒脱开朗。②劲侠：刚劲狭隘。

【译文】

王澄外表看起来非常潇洒、爽朗，内心却非常刚烈、狭隘。

【原典】

袁悦有口才[1]，能短长说[2]，亦有精理。始作谢玄参军，颇被礼遇。后丁艰[3]，服除还都，唯赍《战国策》而已。语人曰："少年时读《论语》《老子》，又看《庄》《易》，此皆是病痛事[4]，当何所益邪？天下要物，正有《战国策》。"既下，说司马孝文王，大见亲待，几乱机轴[5]。俄而见诛。

【注释】

①袁悦：字元礼，东晋陈郡阳夏（今河南太康）人。②短长说：原指战国时纵横家纵横游说之术，《战国策》也名《短长书》，这里指游说。③丁艰：遭遇父母的丧事。④病痛：一般指小病，比喻小事。⑤机轴：喻指朝廷的秩序。

【译文】

袁悦有口才，擅长游说，他说的话都很精辟有道理。他起初担任谢玄的参军，很受礼遇优待。后来，遇到父母的丧事，在家守孝，除丧服后回到京城，只带了《战国策》罢了。他对别人说："我年轻时读了《论语》《老子》，后来又看《庄子》《周易》，发现这些书讲的都是小事，对人有什么益处呢？天下重要的书籍，只有《战国策》。”到了京城以后，他去游说会稽王司马道子，受到了特别的亲近厚待，几乎影响了朝廷的正常秩序。不久他就被杀了。

【原典】

孝武甚亲敬王国宝、王雅[①]。雅荐王珣于帝[②]，帝欲见之。尝夜与国宝、雅相对，帝微有酒色，令唤珣。垂至，已闻卒传声，国宝自知才出珣下，恐倾夺要宠，因曰：“王珣当今名流，陛下不宜有酒色见之，自可别诏也。”帝然其言，心以为忠，遂不见珣。

【注释】

①孝武：晋孝武帝司马曜，简文帝之子，在位二十四年。王国宝：王坦之之子，东晋时历任中书令、尚书左仆射。王雅：字茂建，东晋时官侍中、太子少傅、左仆射。②王珣：王导之孙。

【译文】

晋孝武帝很亲近并且尊重王国宝和王雅。王雅向孝武帝推荐王珣，孝武帝便想要召见他。有一天晚上，孝武帝和王国宝、王雅对坐着喝酒，孝武帝脸上略带酒意，便下令召见王珣。王珣将到，已经听到了吏卒传话的声音，王国宝知道自己的才能在王珣之下，害怕王珣会和自己争宠，就对孝武帝说：“王珣是当今的名流人士，陛下不宜带着酒意去召见他，本来可以选择其他时间召见的。”孝武帝认为他说得对，心里便认为他是忠心的，于是没有召见王珣。

【原典】

王绪数谗殷荆州于王国宝[①]，殷甚患之，求术于王东亭[②]。曰：“卿但数诣王绪，往辄屏人，因论它事，如此，则二王之好离矣。”殷从之。国宝见王绪，问曰：“比与仲堪屏人何所道？”绪云：“故是常往来，无它所论。”国宝谓绪于己有隐，果情好日疏，谗言以息。

【注释】

①王绪：字仲业，太原（今属山西）人。殷荆州：殷仲堪。②术：方法。王东亭：王珣，封东亭侯。

【译文】

王绪曾多次在王国宝面前说荆州刺史殷仲堪的坏话，殷仲堪对这事感到很担忧，向东亭侯王珣讨教对付他的办法。王珣说："你只要一次又一次地去拜访王绪，一去就叫手下的人退出去，接着谈别的事情，这样，二王的交情就疏远了。"殷仲堪就按他说的去做。后来王国宝见到王绪，问道："你近来和殷仲堪在一起，经常赶走手下人，都说些什么呢？"王绪回答说："都是一般的普通往来，没有谈论别的什么事情。"王国宝认为王绪对自己有隐瞒，两人的感情果然渐渐疏远了，谗言这才平息下来。

尤悔第三十三

【原典】

魏文帝忌弟任城王骁壮[①]。因在卞太后阁共围棋[②]，并啖枣，文帝以毒置诸枣蒂中。自选可食者而进，王弗悟，遂杂进之。既中毒，太后索水救之。帝预敕左右毁瓶罐，太后徒跣趋井，无以汲。须臾，遂卒。复欲害东阿[③]，太后曰："汝已杀我任城，不得复杀我东阿！"

【注释】

①魏文帝：曹丕，字子桓，曹操次子。任城王：曹彰，字子文，曹操与卞太后所生之第二子，好勇性刚，深得曹操喜爱。骁（xiāo）壮：勇猛健壮。②卞太后：魏文帝曹丕的母亲，曹丕登位时尊为太后。③东阿：指曹植，字子建，曹操第三子，封东阿王，故称。

【译文】

魏文帝曹丕妒忌他的弟弟任城王曹彰勇猛刚强。于是就借在卞太后的内阁里一起下围棋并吃枣的机会，文帝先把毒药放在枣蒂里，自己挑那些没放毒的吃；任城王曹彰没有察觉，就把有毒、没毒的混着吃了。中毒以后，卞太后要找水来救他。可是文帝事先命令手下的人把装水的瓶瓶罐罐都打碎了，卞太后匆忙间光着脚赶到井边，却没有东西打水，不久任城王曹彰就死了。魏文帝又要害死东阿王曹植，卞太后说："你已经害死了我的任城儿，不能再害我的东阿儿了！"

【原典】

陆平原河桥败[①]，为卢志所谗，被诛。临刑叹曰："欲闻华亭鹤唳[②]，可复得乎？"

【注释】

①陆平原：陆机，字平原，吴郡吴人。②华亭鹤唳：华亭，今上海市松辽县西平原村，有华亭谷、华亭水，是陆机故居。其地出鹤，当地人谓之鹤窠。后来用“华亭鹤唳”表示怀念故土而感慨生平悔入仕途。唳，鸣叫。

【译文】

平原内史陆机在河桥兵败后，受到卢志的诬陷，终于被杀。他在临刑前感慨道：“还想听一听故乡华亭的鹤鸣，但还能听得到吗？”

【原典】

刘琨善能招延[①]，而拙于抚御。一日虽有数千人归投，其逃散而去，亦复如此，所以卒无所建。

【注释】

①刘琨：字越石，中山魏昌（今河北无极县）人，西晋政治家、文学家、音乐家和军事家。

【译文】

刘琨擅长招揽人才，可是他却并不善于安抚和驾驭人才。一天之内可能会有几千人前来投奔他，可是逃跑离开的人也有这么多，所以他最终没有取得很大的成就。

【原典】

王大将军起事[①]，丞相兄弟诣阙谢[②]。周侯深忧诸王，始入，甚有忧色。丞相呼周侯曰：“百口委卿[③]！”周直过不应。既入，苦相存救[④]。既释，周大说，饮酒。及出，诸王故在门。周曰：“今年杀诸贼奴[⑤]，当取金印如斗大系肘后。”大将军至石头，问丞相曰：“周侯可为三公不？”丞相不答。又问：“可为尚书令不？”又不应。因云：“如此，唯当杀之耳！”复默然。逮周侯被害，丞相后知周侯救己，叹曰：“我不杀周侯，周侯由我而死。幽冥中负此人！”

【注释】

①王大将军：王敦。②丞相：指王导。③百口：指全家人的性命。④存救：保全，援救。⑤贼奴：指王敦等叛逆之臣。

【译文】

大将军王敦起兵反，丞相王导和家族众兄弟到朝廷请罪。武城侯周𫖮特别担心王氏一家的命运，刚进宫时，表情显得很忧虑。王导招呼周𫖮说："我一家百口人的性命就全拜托你了！"周𫖮照直走过去，没有回答。进宫后，极力援救王导。事情解决以后，周𫖮十分高兴，喝起酒来。等到出宫，王氏一家仍然在门口。周𫖮说："今年把乱臣贼子都消灭了，定会拿到像斗大的金印挂在胳膊肘上。"王敦攻陷石头城后，问王导说："周𫖮可以做三公吗？"王导不回答。又问："可以做尚书令吗？"王导又不回答。王敦就说："既然这样，那就杀掉他算了！"王导再次选择默不作声。等到周𫖮被害后，王导才知道周𫖮原来是救过自己的，他叹息说："我不杀周𫖮，周𫖮却是因为我而死，到阴曹地府中，我对不起这个人！"

【原典】

庾公欲起周子南[①]，子南执辞愈固。庾每诣周，庾从南门入，周从后门出。庾尝一往奄至，周不及去，相对终日。庾从周索食，周出蔬食[②]，庾亦强饭，极欢；并语世故，约相推引，同佐世之任[③]。既仕，至将军二千石[④]，而不称意。中宵慨然曰："大丈夫乃为庾元规所卖！"一叹，遂发背而卒。

【注释】

①庾公：庾亮。周子南：周邵，字子南，与南阳翟汤隐于寻阳庐山，东晋时官至西阳太守。②蔬食：指粗食。③佐世：辅佐朝廷治理天下。④将军二千石：周邵官至镇蛮将军、西阳太守，俸禄二千石。

【译文】

庾亮很想让周邵出来做官，周邵执意推辞，而且态度越来越坚决。庾亮每次去拜访周邵，庾亮从南门进来，周邵就从后门出去。有一次庾亮突然拜访，周邵来不及避开，就和庾亮面对面坐了一整天。庾亮向周邵讨要饭吃，周邵就拿出粗茶淡饭，庾亮也勉强吃下去，还显得很高兴。两人一起谈论世事，庾亮向周邵约定，要引荐他，两人共同担负起辅助国家的重任。周邵出来做官后，官做到了将军、郡守，但他并不称心如意。在半夜里感慨地说："大丈夫竟然被庾亮给出卖了！"一声长叹，终于背疮发作而死。

【原典】

阮思旷奉大法[①]，敬信甚至。大儿年未弱冠，忽被笃疾。儿既是偏所爱重，为之祈请三宝[②]，昼夜不懈。谓至诚有感者，必当蒙祐。而儿遂不济。于是结恨释氏，宿命都除[③]。

【注释】

①阮思旷：阮裕，字思旷，阮籍族弟。大法：指大乘佛教深妙之法。②三宝：佛教称佛、法、僧为三宝。佛，指创教者释迦牟尼；法，指佛教的一切教法；僧，指继承和宣扬佛法的僧徒。③宿命：佛教用语，指前世善恶决定今世命运。

【译文】

阮裕信奉佛教，态度很虔诚，信奉的程度几乎到了顶点。大儿子尚未成年，忽然患了重病。这个儿子既是他特别喜爱也是他非常看重的，于是就为大儿子祈请三宝，昼夜坚持不懈。自认为信仰最虔诚，肯定能有所感应，必定可以让儿子得到眷顾。可是这个儿子到底还是没救过来。于是就怀恨佛教，把命定论全都抛弃了。

【原典】

桓公卧语曰[①]："作此寂寂，将为文、景所笑[②]！"既而屈起坐曰[③]："既不能流芳后世，亦不足复遗臭万载邪？"

【注释】

①桓公：桓温。②文、景：指晋文帝司马昭和晋景帝司马师。③屈起：突然。屈，通"崛"。

【译文】

桓温躺在床上说道："现在像我这样无所事事，将会被文帝、景帝所耻笑。"接着他一下坐起来说："既然不能流芳百世，难道遗臭万年也不可以吗！"

【原典】

简文见田稻[①]，不识，问是何草，左右答是稻。简文还，三日不出，云："宁有赖其末[②]，而不识其本[③]？"

【注释】

①简文：晋简文帝司马昱。②末：末端，指稻谷。③本：根本，指稻禾。

【译文】

简文帝看见田里的稻子，不认识，就问那是什么草，近侍回答是稻子。简文帝回到宫里，三天没有出门，说："哪里有依靠它的末梢活命，而不识其根本的呢？"

【原典】

桓车骑在上明畋猎[①]。东信至[②]，传淮上大捷[③]。语左右云："群谢年少，大破贼。"因发病薨。谈者以为此死，贤于让扬之荆[④]。

【注释】

①桓车骑：桓冲，大司马桓温之弟，官至车骑将军。②东信：东边的信使。③淮上大捷：晋孝武帝太元八年（383 年），谢玄等人于淝水打败前秦苻坚。④贤：胜过。

【译文】

车骑将军桓冲在上明打猎。这时东边的信使到了，送来淮上大捷的消息。桓冲对随从说："谢家年轻人大败贼寇！"于是就发病死了。当时的舆论都认为他这样死去，比当年让出扬州刺史职位到荆州去任职更贤明。

纰漏第三十四

【原典】

王敦初尚主①，如厕，见漆箱盛干枣，本以塞鼻，王谓厕上亦下果，食遂至尽。既还，婢擎金澡盘盛水，琉璃碗盛澡豆②，因倒著水中而饮之，谓是干饭。群婢莫不掩口而笑之。

【注释】

①尚主：指娶公主为妻。②澡豆：洗手、洗面用的物品。

【译文】

王敦刚和公主结婚，上厕所时，看见漆箱里装着干枣，这原本是用来堵鼻子的，王敦以为厕所里也要摆设果品，便拿着吃起来，结果干枣都被他给吃光了。出来时，看侍女端着装水的金澡盘，装澡豆的琉璃碗，王敦便把澡豆倒入水里喝了，以为是干粮。侍女们都捂着嘴笑话他。

【原典】

元皇初见贺司空①，言及吴时事，问："孙皓烧锯截一贺头②，是谁？"司空未得言，元皇自忆曰："是贺劭。"司空流涕曰："臣父遭遇无道，创巨痛深③，无以仰答明诏。"元皇愧惭，三日不出。

【注释】

①贺司空：贺循，死后追赠司空。②孙皓：三国时吴国的最后一个君主。③创：创伤，伤口。

【译文】

晋元帝第一次召见司空贺循，谈到吴国的事情，问道："孙皓烧红一把锯，锯下一个姓贺的头颅，这个人是谁？"贺循还没说，元帝自己想起来，说："是贺劭。"贺循流着泪说："臣的父亲碰上无道昏君，臣心

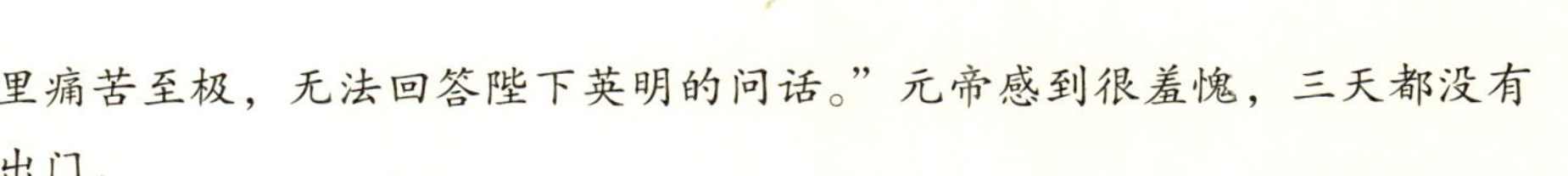

里痛苦至极，无法回答陛下英明的问话。”元帝感到很羞愧，三天都没有出门。

【原典】

谢虎子尝上屋熏鼠[①]。胡儿既无由知父为此事[②]，闻人道痴人有作此者，戏笑之，时道此非复一过。太傅既了己之不知，因其言次，语胡儿曰：“世人以此谤中郎[③]，亦言我共作此。”胡儿懊热[④]，一月日闭斋不出。太傅虚托引己之过[⑤]，以相开悟，可谓德教[⑥]。

【注释】

①谢虎子：谢据，小字虎子。②胡儿：谢朗，小字胡儿，谢据之子。③中郎：指谢据，他在兄弟中排名第二，故称。④懊（ào）热：烦闷，烦躁。⑤虚托：假托。⑥德教：以道德的教育来感化人，使人觉悟。

【译文】

谢据曾经爬上房顶熏老鼠。谢朗从来都不知道父亲做过这件事，所以听人说有个像傻子一样的人做了这样的事，就跟人一起嘲笑这种人，还不止一次地提起这件事。太傅谢安明白谢朗并不知道他的父亲做过这种事，就趁着他说起这件事的机会，对谢朗说：“一般人拿这件事情来毁谤你的父亲，还说我与他共同做了这件事。”谢朗听了，悔恨烦躁，将自己关在书房里一个月不出来。谢安用假托这件事是自己的过错，以此来开导谢朗，使他醒悟过来，这可以说是德教。

【原典】

殷仲堪父病虚悸[①]，闻床下蚁动，谓是牛斗。孝武不知是殷公[②]，问仲堪：“有一殷，病如此不？”仲堪流涕而起曰：“臣进退唯谷[③]。”

【注释】

①殷仲堪父：殷师，字师子，陈郡（今河南）人。虚悸：中医病名，因气血亏虚造成心跳发慌等症状。②孝武：晋孝武帝司马曜。殷公：指殷仲堪之父。③进退唯谷：进退两难，这里指不知所对。

【译文】

殷仲堪的父亲生病得了虚悸症，听到床下有蚂蚁的响动，以为是牛在斗架。晋孝武帝不知道生病的人就是殷仲堪的父亲，便问殷仲堪道："有一个姓殷的人，生的病就是这样的吗？"殷仲堪流着泪站起来回答说："臣子进退两难，不知该如何回答。"

【原典】

虞啸父为孝武侍中①，帝从容问曰："卿在门下②，初不闻有所献替。"虞家富春③，近海，谓帝望其意气，对曰："天时尚暖，鮆鱼虾鲊未可致，寻当有所上献。"帝抚掌大笑。

【注释】

①虞啸父：东晋会稽余姚（今浙江余姚）人。②门下：官署名，即门下省，是皇帝的顾问机关。③富春：县名，在今浙江富阳。

【译文】

虞啸父担任晋孝武帝侍中时，孝武帝很从容地问他："你在门下省任职时，怎么从来没有听到你进献过什么可行的高见。"虞啸父的家在富春，靠近海边，虞啸父误以为这是孝武帝希望他能进贡一些物品，就回答说："现在天气还暖和，鱼类制品现在还捕不到，不久应当会有所进献。"孝武帝听了拍手大笑。

惑溺第三十五

【原典】

魏甄后惠而有色[①]，先为袁熙妻[②]，甚获宠。曹公之屠邺也[③]，令疾召甄，左右白："五官中郎已将去[④]。"公曰："今年破贼，正为奴。"

【注释】

①魏甄后：三国时魏文帝曹丕的皇后甄氏。②袁熙：字显奕，袁绍次子。③曹公：曹操。邺：县名，为冀州治所，故址在今河北临漳西南。④五官中郎：指曹丕，曾任五官中郎，故称。

【译文】

魏文帝曹丕的皇后甄氏既聪慧又漂亮，原先是袁熙的妻子，很受宠爱。曹操攻陷邺城，大肆杀害城里的百姓时，下令迅速召见甄氏，侍从禀告说："五官中郎已经把她带走了。"曹操说："今年打败袁贼，正是为了她。"

【原典】

贾公闾后妻郭氏酷妒[①]，有男儿名黎民，生载周[②]，充自外还，乳母抱儿在中庭，儿见充喜踊，充就乳母手中呜之[③]。郭遥望见，谓充爱乳母，即杀之。儿悲思啼泣，不饮它乳，遂死。郭后终无子。

【注释】

①贾公闾：贾充。郭氏：郭配之女，名槐，晋惠帝贾后之母。②载周：指满周岁。③呜：亲吻。

【译文】

贾充的后妻郭氏生性忌妒心很重，她有一个儿子名叫黎民，出生刚满一周岁时，有一天贾充从外面回来，乳母正抱着小孩在院子里玩，小孩看见贾充，高兴得活蹦乱跳，贾充在奶妈的手中亲吻了儿子一下。郭氏远远望见了，认为贾充爱上了乳母，于是立即就把乳母给杀了。小孩想念乳母，不停地啼哭，也不吃别人的奶，终于饿死了。郭氏后来一直没有再生儿子。

【原典】

孙秀降晋①，晋武帝厚存宠之，妻以姨妹蒯氏，室家甚笃②。妻尝妒，乃骂秀为"貉子"③。秀大不平，遂不复入。蒯氏大自悔责，请救于帝。时大赦，群臣咸见。既出，帝独留秀，从容谓曰："天下旷荡④，蒯夫人可得从其例不？"秀免冠而谢⑤，遂为夫妇如初。

【注释】

①孙秀：字彦才，吴郡吴（今江苏苏州）人。②室家：指夫妇。③貉子（háo zi）：野兽名，类似狐狸，此为骂人之语，因当时中原士族轻视江东吴人，故称他们为"貉子"。④旷荡：宽宏大量。⑤免冠：脱下帽子，古人免冠是表示谢罪的意思。

【译文】

孙秀投降了晋国，晋武帝深加安抚并宠信他，把小姨子蒯氏嫁给他，夫妻间感情很深厚。蒯氏曾经因为忌妒，竟骂孙秀是"貉子"。孙秀非常生气，于是就不再进蒯氏的内室了。蒯氏深为悔恨自责，请求武帝帮助。当时正巧逢大赦天下，群臣都受到召见。召见完毕，群臣已经离开，武帝单独把孙秀留下，语气和蔼地对他说："现在国家都以宽大为怀，实行大赦天下，蒯夫人是否可以按例得到宽恕呢？"孙秀脱帽谢罪，于是夫妇和好如初。

【原典】

王安丰妇①常卿安丰②。安丰曰："妇人卿婿，于礼为不敬，后勿复尔。"妇曰："亲卿爱卿，是以卿卿；我不卿卿，谁当卿卿！"遂恒听之。

【注释】

①王安丰：王戎。②卿：第二人称“你”或“您”的代词。用于夫称妻，夫妻对称，君称臣，上称下，长称幼，或同辈间互称，有表示尊重、客气、亲昵等的意思。

【译文】

安丰侯王戎的妻子常常称王戎为卿。王戎说：“妻子称丈夫为卿，在礼节上算不敬重，以后不要再这样称呼了。”妻子说：“亲卿爱卿，因此称卿为卿；我不称卿为卿，谁该称卿为卿！”于是王戎索性任凭她这样称呼。

【原典】

王丞相有幸妾姓雷[1]，颇预政事，纳货。蔡公谓之“雷尚书[2]”。

【注释】

①幸妾：受宠爱的妾。②蔡公：蔡谟。尚书：官名，掌管文书奏章，协助皇帝处理政务。

【译文】

丞相王导有个爱妾姓雷，非常喜欢干预政事，并私下收受贿赂。于是蔡谟就称她为“雷尚书”。

仇隙第三十六

【原典】

孙秀既恨石崇不与绿珠[①]，又憾潘岳昔遇之不以礼[②]。后秀为中书令，岳省内见之，因唤曰："孙令，忆畴昔周旋不？"秀曰："中心藏之，何日忘之？"岳于是始知必不免。后收石崇、欧阳坚石[③]，同日收岳。石先送市，亦不相知。潘后至，石谓潘曰："安仁，卿亦复尔邪？"潘曰："可谓'白首同所归'。"潘《金谷集诗》云："投分寄石友，白首同所归。"乃成其谶[④]。

【注释】

①孙秀：字俊忠，西晋琅琊（今山东临沂）人，赵王司马伦用为侍郎，后为中书令，专擅朝政，司马伦败后被杀。绿珠：石崇的爱妾，善吹笛，很漂亮。②潘岳：字安仁，曾任给事黄门侍郎。孙秀诬陷他和石崇追随淮南王等作乱，夷三族。③石崇：字季伦，小名齐奴，渤海南皮（今河北南皮东北）人。欧阳坚石：欧阳建，字坚石，是石崇的外甥。④谶（chèn）：预兆；预言。

【译文】

孙秀既怨恨石崇不肯让出绿珠给自己，又不满潘岳从前对自己的无礼羞辱。后来孙秀担任中书令，潘岳在中书省的官府里见到他，就和他打招呼道："孙令，你还记得我们过去的交往吗？"孙秀说："一直都藏在心里，哪有一天能够忘记的呢？"潘岳这才知道自己免不了祸难。后来孙秀逮捕了石崇、欧阳坚石，在同一天之内也逮捕了潘岳。石崇首先被押赴刑场，并不了解潘岳的情况。潘岳后来也被押到了刑场，于是石崇对他说："安仁，你也这样吗？"潘岳说："可以说是'白首同所归'。"潘岳在《金谷集诗》序中写道："投分寄石友，白首同所归。"这两句诗，竟成了他们遇害的预言。

【原典】

刘玙兄弟少时为王恺所憎①，尝召二人宿，欲默除之。令作阬②，阬毕，垂加害矣。石崇素与玙、琨善，闻就恺宿，知当有变，便夜往诣恺，问二刘所在。恺卒迫不得讳③，答云："在后斋中眠④。"石便径入，自牵出，同车而去，语曰："少年，何以轻就人宿？"

【注释】

①刘玙兄弟：刘玙与刘琨。②阬：同"坑"，土坑。③卒迫：同"猝迫"，仓猝，突然。④后斋：后房。

【译文】

刘玙与刘琨两兄弟年轻时是王恺所憎恨的人，王恺曾经邀请他们兄弟两人到家里过夜，想悄悄地杀死他们。就叫人挖坑，等坑挖好了，就杀害他们兄弟二人。石崇向来与刘玙、刘琨很要好，听说两人到王恺家过夜，知道可能会有意外发生，就连夜去拜访王恺，问刘玙、刘琨兄弟在什么地方。王恺匆忙间没法隐瞒，只得回答说："在后面房间里睡觉。"石崇就直接进去，亲自将他们兄弟二人拉出来，一同坐车走了，并且对他们说："年轻人，怎么能这么轻率地到别人家过夜呢？"

【原典】

王右军素轻蓝田①，蓝田晚节论誉转重，右军尤不平。蓝田于会稽丁艰②，停山阴治丧。右军代为郡，屡言出吊，连日不果。后诣门自通③，主人既哭，不前而去，以陵辱之。于是彼此嫌隙大构。后蓝田临扬州④，右军尚在郡，初得消息，遣一参军诣朝廷，求分会稽为越州⑤，使人受意失旨，大为时贤所笑。蓝田密令从事数其郡诸不法，以先有隙，令自为其宜。右军遂称疾去郡，以愤慨致终。

【注释】

①王右军：王羲之，官至右军将军，故称。②丁艰：指三蓝田死了母亲。③自通：自己通报。④临：监临，治理。⑤求分会稽为越州：会稽郡

属扬州，王羲之不愿在王述管辖之下，所以请求把会稽从扬州分出来，另外设置越州。

【译文】

右军将军王羲之一向看不起蓝田侯王述，王述晚年获得的评价和声誉更高更大，这一点让王羲之尤其感到不满。王述在任会稽内史时母亲过世，于是留在山阴县办理丧事。王羲之接替他出任会稽内史，他屡次说要前去吊唁，可是一连多天都没动静。后来他亲自登门通知前来吊唁，等到主人哭起来后，他却不上灵堂哭泣吊唁就走了，以此来羞辱王述。于是，双方就这样结下了深仇大恨。后来王述出任扬州刺史，王羲之仍然掌管会稽郡，刚得到王述出任扬州刺史的消息，王羲之就派一名参军到朝廷去，请求把会稽郡从扬州的管辖范围内划出来，成立越州。使者接受任务时领会错了意图，结果深为当时的名流所讥笑。王述也暗中派下属去列举会稽郡各种不法行为，因为两人先前就有了积怨，王述就叫王羲之自己找个合适的办法来解决。王羲之于是告病离任，因愤激感慨而送了命。

【原典】

王孝伯死①，县其首于大桁②。司马太傅命驾出，至标所③，孰视首，曰："卿何故趣④，欲杀我邪？"

【注释】

①王孝伯：王恭。②县（xuán）：同"悬"，悬挂。大桁（háng）：大浮桥，即朱雀桥，横跨于秦淮河上。③司马太傅：会稽王司马道子。标所：立柱子悬首示众的地方。④趣（cù）：通"促"，急促。

【译文】

王恭被处死后，他的头被挂在朱雀桥上示众。太傅司马道子坐车到示众的地方，仔细地看着王恭的头，说道："你为什么要那么着急杀我呢？"

参考文献

[1] 刘义庆 . 世说新语：中华经典指掌文库 [M]. 长沙：岳麓书社，2015.

[2] 文心工作室 . 最美国学：世说新语 [M]. 北京：中央编译出版社，2014.

[3] 刘义庆 . 世说新语：国学典藏 [M]. 上海：上海古籍出版社，2013.

[4] 刘义庆 . 世说新语：中华国学经典读本 [M]. 哈尔滨：北方文艺出版社，2013.

[5] 刘义庆 . 世说新语 [M]. 北京：企业管理出版社，2013.

[6] 刘义庆 . 世说新语笺疏（精）：中华国学文库 [M]. 北京：中华书局，2011.

[7] 刘义庆 . 世说新语：中国古典名著百部藏书 [M]. 昆明：云南人民出版社，2011.

[8] 刘义庆 . 世说新语：历代名著精选集 [M]. 南京：江苏凤凰出版社，2010.